Karine,

LA MAÎTRESSE DES OMBRES

se dissimule entre les pages...

Bonne lecture.

Bien à vous

Éric Bony

LA MAÎTRESSE DES OMBRES

Roman

Éditions Jeanne & Juliette

Du même auteur

La Voix des morts, Éditions City, 2018
La Musique des ténèbres, Éditions City, 2016
Le Tombeau du Diable, Éditions City, 2015

ISBN : 978-2-4944-7317-1
Les Éditions Jeanne & Juliette bénéficient pour la diffusion
et la commercialisation d'un partenariat
avec la Société Nouvelle Éditions Anne Carrière.

www.editionsjeanneetjuliette.com

À mon père qui, je l'espère, côtoie les étoiles.
À ma mère et à mes enfants, Nour et Gabriel.

« Les Esprits appartiennent à différentes classes et ne sont égaux ni en puissance, ni en intelligence, ni en savoir, ni en moralité. (...) Ceux des rangs inférieurs sont enclins à la plupart de nos passions : la haine, l'envie, la jalousie, l'orgueil, etc. ; ils se plaisent au mal. »

Allan Kardec, *Le Livre des Esprits*

Vendredi 18 mai 1900

21 heures, Neuilly-sur-Seine

Une femme aux fesses proéminentes, penchée sur un lit, le jupon relevé jusqu'aux hanches, se faisait fouetter avec une cravache par un homme uniquement vêtu d'un caleçon long. La scène aurait pu paraître ridicule, mais Hyppolite Dubois en était tout émoustillé. Cela faisait près d'une heure qu'il avait les yeux rivés à la visionneuse stéréoscopique achetée l'après-midi même au magasin d'optique. Avec une délicieuse sensation de plaisir coupable, il contemplait les photos coquines sur plaques de verre qu'il avait confisquées en début de semaine à l'un de ses élèves. Il avait copieusement réprimandé le chenapan, même humilié devant ses camarades, le sermonnant vertement de perdre son temps avec des futilités plutôt que d'étudier sérieusement la chimie. Le drôle n'était pas près de l'oublier... Directement chez le recteur avec renvoi à la clé ! Mais ces clichés, Hyppolite les avait gardés malgré le règlement de l'école. Et dire qu'il ne savait même pas que de telles images existaient ! Quelques jours après l'incident, il s'était renseigné sur l'appareil adéquat pour les visionner et s'en était procuré un dès que possible. Voir en trois dimensions ! Cela relevait d'un procédé de génie. Hyppolite n'en finissait pas de s'en émerveiller et se demandait pourquoi il ne s'y était pas intéressé avant. L'ingéniosité humaine au service de la luxure... Deux mêmes images juxtaposées, une pour chaque œil. Avec l'appareil, on avait une impression de relief. Pour un peu, on aurait presque pu toucher les chairs du modèle et entendre le claquement du fouet ! Décidément, le siècle commençait bien ! Bien sûr, les clichés étaient en noir et blanc, mais c'était déjà ça. Et peut-être qu'un jour, on arriverait à trouver un procédé photographique pour recréer les couleurs. Mais pour le moment, c'était largement suffisant pour faire travailler l'imagination. Et la sienne, bien qu'il affichât aux yeux de ses pairs et de ses élèves un manque de fantaisie, était très fertile.

Professeur de chimie de son état, craint par ses élèves de l'Université, admiré par ses pairs, Hyppolite Dubois approchait la cinquantaine. Petit, quelques rares cheveux gris sur un visage bouffi par la bonne chère, un ventre proéminent qu'il essayait de dissimuler sous ses gilets de costume prêts à éclater, il était vieux garçon marié avec la science et la recherche. La seule femme partageant sa vie était sa gouvernante Louison, originaire du Mans, qui entretenait la maison de famille que tous deux occupaient à Neuilly depuis des décennies. Pour le plus grand plaisir de son estomac, cette fine cuisinière lui préparait des repas aussi savoureux que copieux. Ses cailles farcies aux raisins et son steak à la sauce marchand de vin valaient leur pesant d'or. Et contrairement à ce que la société pouvait s'imaginer, Hyppolite n'avait jamais eu le goût de la gaudriole, encore moins avec Louison, mais ce soir, la série d'images pornographiques l'excitait assez pour vouloir s'encanailler. À l'instar d'un gamin préparant un mauvais coup, le professeur s'était préparé à cette soirée particulière en donnant congé à sa gouvernante : il lui avait offert une place pour aller voir *La Poudre aux yeux*, la comédie de boulevard d'Eugène Labiche, au théâtre des Variétés. Cette dernière, étonnée, avait profité de l'aubaine et s'était éclipsée sans demander son reste. Hyppolite avait soupé tôt et, son repas à peine terminé, était allé s'enfermer dans son bureau avec le matériel de stéréoscopie. Soudain, alors qu'il plaçait avec délectation la cinquième plaque dans l'appareil, il crut entendre un bruit sourd venant du rez-de-chaussée de la vieille demeure. Il consulta sa montre à gousset. Trop tard pour une visite de courtoisie, trop tôt pour que Louison rentre du théâtre... À moins que cette empotée se soit trompée sur l'horaire de la représentation. Contrarié, davantage frustré, il posa la visionneuse d'un geste brusque sur son bureau. Il prit rageusement la lampe à pétrole qui éclaira au passage les rangées de livres de chimie aux dos de cuirs, disposés sur les étagères des imposantes bibliothèques en merisier, et alla ouvrir la porte. Il s'avança sur le palier.

— Louison ? Est-ce toi ?

Silence. Puis un autre bruit, comme un meuble qu'on déplace. Cela venait de la cave, de son laboratoire. Aucun doute, il y avait quelqu'un chez lui. Des voleurs ? Que faire ? Pour appeler un agent, il fallait qu'il sorte. Ce n'était pas la meilleure solution. Avant qu'il n'atteigne la porte d'entrée, les cambrioleurs pouvaient surgir avec leur butin et se retrouver nez à nez avec lui. Ils n'hésiteraient pas à s'attaquer à lui et à le rouer de coups pour lui faire avouer où se cachaient ses maigres économies. Non, il y avait mieux à faire... Son sang ne fit qu'un tour. Ces gredins ne perdaient rien pour attendre. Ils ne savaient pas à qui ils avaient affaire ! Ils allaient savoir ce qu'il en coûte de pénétrer chez les gens.

Hyppolite descendit prudemment, essayant de ne pas faire grincer les marches, ce qui était quasiment impossible avec sa corpulence. Arrivé en bas, il ouvrit délicatement l'armoire, dans laquelle il rangeait un revolver Lefaucheux à barillet, conservé de la guerre de 1870. Il n'aimait pas cette arme. Elle lui rappelait de mauvais souvenirs de son passage sous les drapeaux. L'épisode sanglant de la Commune de Paris au cours duquel il avait obéi aux ordres et exécuté de trop nombreux communards. Des hommes pas plus coupables que lui. Dans ses cauchemars, des corps criblés de balles figés dans des postures grotesques, les rivières de sang s'écoulant entre les pavés. S'il n'avait pas eu le courage de refuser de participer à ce massacre, son traumatisme l'avait conduit à s'enfermer dans des recherches sans fin, évitant le contact avec l'espèce humaine. Des animaux dotés de paroles, des nuisibles. Et des nuisibles, il en avait ce soir dans sa cave.

Hyppolite vérifia que son arme était chargée et s'approcha du sous-sol. Les bruits avaient cessé. Il ouvrit doucement la porte et, la lampe dans une main, le pistolet dans l'autre, descendit d'un pas mal assuré. Bien qu'il ait de quoi se défendre, il n'était pas fier, trouvait même l'arme plus lourde que dans sa jeunesse. Son domaine de prédilection était la science, pas la chasse aux voleurs. Les éprouvettes, les becs à gaz, les alambics, les solutions liquides et gazeuses, il connaissait et maîtrisait ; la bagarre, non. Sur qui allait-il tomber ? Il était bien déterminé à défendre sa propriété. Surtout qu'ils avaient osé pénétrer dans la seule partie de la maison qui soit interdite à Louison elle-même. Son laboratoire était son antre. Son refuge où tout lui était permis, qu'il pouvait contrôler entièrement sans laisser de place au hasard. D'ailleurs, il avait fait installer l'électricité quelques mois plus tôt, dans ce seul endroit de sa maison. Il posa sa lampe à terre, tourna l'interrupteur et la reprit en main. Elle lui servirait peut-être encore. Au début, il ne remarqua rien de particulier. La grande salle carrelée paraissait vide. Les paillasses sur lesquelles s'alignaient des bocaux et des éprouvettes soigneusement étiquetées reflétaient la lueur chiche des ampoules.

— Il y a quelqu'un ?... Je vous préviens, je suis armé !

Aucune réponse. Arme au poing, il s'avança vers le fond dans l'unique recoin obscur oublié des installations électriques. Mais ce recoin, c'était sa partie sombre où il dissimulait les souvenirs d'un drame. Une tragédie, même, à laquelle il avait participé tandis qu'il pensait contribuer à faire avancer la science, à révéler des siècles d'errance. Les vestiges de cette nuit étaient relégués dans une armoire dont lui seul avait la clef. Et si ses précieuses reliques avaient disparu ? Cette perspective lui glaça le sang. Ce serait dévastateur. Et pas seulement pour lui, mais pour le monde scientifique. Hyppolite devait en avoir le cœur net. Son pas se fit hésitant, ses chaussons fourrés glissant sur le sol lustré. La lampe à pétrole éclaira le recoin, s'avança vers l'armoire, ouvrit la lourde porte, tremblant. Le soulagement fut immédiat. Tous les objets étaient bien là, alignés sur une étagère. Une dizaine de petits paquets soigneusement enveloppés dans un tissu rouge. Et au-dessous, un gros carnet à la couverture de cuir craquelé. Son carnet d'expériences. Il posa revolver sur l'étagère, attrapa l'un des paquets entre ses doigts. Il se souvenait de tout, de l'excitation, de la terreur et du chaos qui avait suivi la plus grande expérience de sa carrière Ce soir-là, il avait cru pouvoir percer le mystère scientifique ultime.

Soudain, il entendit, derrière lui, comme un sifflement. Il fourra le paquet dans sa poche, reprit son pistolet, se retourna. L'horreur. Hyppolite écarquilla les yeux, terrorisé. Frénétique, il déchargea son pistolet sur l'apparition qui lui faisait face. Mais au fond de lui, il se savait déjà au royaume des morts.

« Les êtres matériels constituent le monde visible ou corporel, et les êtres immatériels le monde invisible ou spirite, c'est-à-dire des Esprits. »

Allan Kardec, *Le Livre des Esprits*

Dimanche 20 mai 1900

CHAPITRE 1

18 heures, Exposition universelle, Paris

« Z'veux voir son corps brûler ! » Il avait hurlé aussi fort que ses jeunes poumons le lui permettaient. Le type de cri strident qui paralyse tout dans un rayon de dix mètres. Les promeneurs s'étaient arrêtés net, choqués. Certains les avaient bousculés en continuant à se frayer un chemin dans la foule compacte. Rien ne les arrêterait aujourd'hui. Un homme, monocle à l'œil droit, en avait même perdu son haut-de-forme et essayait maladroitement de le ramasser dans la forêt de jambes qui couvraient l'esplanade. D'autres encore, s'étaient retournés, essayant de voir à travers la foule, se surélevant sur leur pointe de pieds. Qui avait pu, en dépit de toute convenance, hurler de la sorte ? Mais l'auteur du crime était à chercher beaucoup plus bas.

Sa marinière, qui avait dû être blanche et bleue au début de l'après-midi, était à présent maculée de terre. Thomas – c'était le nom du garnement de dix ans qui offrait ce triste spectacle – se roulait par terre, dans la boue, en braillant. Ses cheveux châtains coupés court laissaient apparaître un visage écarlate baigné de larmes. Un visage d'ange, mais une âme de démon. Devant lui, hilare, Justine, sa sœur de huit ans, vêtue d'une petite robe bleue, habituée aux colères de son frère, battait des mains en sautant sur place, ses mèches blondes torsadées battant ses joues rouges de petite fille à chaque fois qu'elle retouchait terre.

Près d'eux, Alice, leur gouvernante, ne savait plus où se mettre. Non seulement ils gênaient la circulation, mais ils étaient devenus une véritable attraction pour les passants. La jeune femme pouvait lire dans les yeux de ceux qui les contournaient en soupirant reproche et pitié à voir cette femme incapable de tenir correctement un enfant. Alice sentit le rouge lui monter aux joues, le rouge de la honte devant le ridicule de la situation. Elle avait horreur de se donner en spectacle. Alors, tant pis pour sa robe de velours vert qu'elle risquait de salir ! Ravalant sa colère, qui l'aurait incitée à lui flanquer une fessée magistrale, elle se baissa à la hauteur du petit démon qui, maintenant, s'était mis à sangloter bruyamment et lui chuchota quelques mots à l'oreille. Aussitôt, les pleurs du gamin cessèrent. Il se releva, comme si de rien n'était, un sourire agaçant de vainqueur aux lèvres. Dieu que ce gamin l'énervait ! Elle n'avait jamais eu la fibre maternelle et voyait les enfants comme de petits chiards insupportables, pas moins terrifiants que ceux des contes de Grimm que lui lisait sa mère. Quelle idée de faire des gosses ? Quel intérêt d'avoir un corps déformé et de souffrir pendant neuf mois avec un risque de mourir à l'arrivée ? Et si tout se passait bien, on embrayait sur quelques mois de couches et d'allaitement pour des êtres ingrats qui mourraient jeunes, ou vous causaient des années de problèmes et d'inquiétude. Mais quelle manie de vouloir se reproduire, vraiment ! Le comble, c'est qu'Alice, qui ne voulait pas d'enfants, devait s'occuper de ceux des autres pour manger à sa faim. Jouer la gentille nourrice, la tendresse maternelle, réconforter, sévir, compatir, laver et câliner, était parfois difficile à tenir. Il faut dire que, fraîchement arrivée de province, elle n'avait pas vraiment le choix. Sans expérience, les emplois décents ne couraient pas les rues. Dans sa condition de gouvernante, la plus enviée pour une fille comme elle, Alice était logée, nourrie et touchait un petit salaire. C'était toujours mieux que d'être l'esclave d'un mari qu'elle n'aimait pas, en Bretagne. La jeune femme sortit son mouchoir et essuya le visage baigné de larmes et de boue. La crise était passée ; elle avait gagné un répit, de courte durée elle le savait, mais un répit tout de même. Il fallait en profiter.

— Allez, donnez-moi la main, il faut que l'on avance, sinon on risque de se faire écraser, leur dit-elle en passant son sac au poignet et en remettant son ombrelle sous son bras pour libérer ses mains gantées de dentelle.

Elle avait bien fait de la prendre. Après une ou deux averses matinales qui avaient rendu le terrain boueux, le soleil de ce début de printemps avait fait son apparition au milieu de l'après-midi et ne les avait pas lâchés depuis. Dans un peu plus de deux, il serait couché, laissant place à l'illumination féerique des bâtiments. Un spectacle qu'elle n'aurait manqué pour rien au monde depuis qu'elle avait lu sa description dans les journaux qui vantaient au quotidien les merveilles de l'Exposition: des milliers de lampes à incandescence, défiant l'obscurité. Ce devait être magique. Elle avait hâte que la nuit tombe. Et tant pis s'ils rentraient en retard ! Férue d'Histoire, Alice avait pourtant renoncé à emmener les enfants dans la reconstitution d'une mine s'enfonçant sur près d'un kilomètre sous la colline du Trocadéro, connaissant la peur panique du noir de Justine. Inutile de risquer une crise d'angoisse. Elle leur montrerait juste le gigantesque iguanodon qui en gardait l'entrée, de l'attraction Le monde souterrain, cela devrait les amuser. Elle aurait bien aimé y admirer le tombeau d'Agamemnon et les peintures du caveau de la nécropole de Memphis, mais avec les enfants, c'était impossible. Elle se promit de revenir seule un jour de congé. En attendant, il leur restait beaucoup d'attractions à visiter. Elle se demanda s'ils auraient le temps d'aller à la Galerie des Machines, une immense nef de verre et de métal située au bout du champ de Mars, devant l'école militaire, pour voir l'Exposition française de l'agriculture et de l'alimentation. Elle accueillait la reproduction grandeur nature du vaisseau le *Triomphant*, en hommage à la première production de cacao français venu de Martinique et présenté au roi Louis XIV en 1679. Avec ses voiles rouges et or, il devait être majestueux. Et juste à côté, il y avait la Grande roue de Paris... En attendant, elle avait une autre idée en tête.

Ils se remirent donc en marche, reprenant leur place dans la longue procession des milliers de personnes venues participer au plus prestigieux événement de ce début de siècle: l'Exposition universelle, la cinquième se déroulant dans la capitale... La plus ambitieuse et la plus impressionnante. Pensez donc : cinquante millions de visiteurs attendus sur sept mois, presque dix millions de plus que la population française de l'époque, quatre-vingt mille exposants venus du monde entier répartis sur deux cent douze hectares en cinq sites, de la place de la Concorde à la colline Chaillot, soit deux fois et demie plus d'espace que pour la précédente, en 1889. Avides de découvertes et d'émerveillements, les pèlerins d'un genre nouveau arpentaient les pavillons et les attractions érigés à la gloire de la Sainte Trinité de ce siècle naissant : la science, le progrès et l'industrie. Dans ce lieu empreint de magie, le temps s'était arrêté et l'espace s'était comprimé. Vous pouviez aussi bien déambuler dans la reconstitution d'un quartier du vieux Paris médiéval et visiter la maison de l'alchimiste Nicolas Flamel que partir dans les colonies et arpenter les ruelles étroites d'Alger en découvrant les savoir-faire des artisans indigènes. L'Exposition universelle était une gigantesque fête populaire, donnant l'impression aux visiteurs de parcourir le temps et le monde en quelques jours, en s'amusant. Bien sûr, Alice et ses protégés n'avaient pas pu tout voir. Ils étaient arrivés sous la pluie, passant sous la monumentale arche Art nouveau de quarante-cinq mètres de hauteur réalisée par René Binet place de la Concorde, avaient payé leur 1 franc à l'un des seize guichets et avaient commencé à visiter, au pas de course, découvrant au passage les Petit et Grand Palais construits pour l'occasion et descendant la Seine en bateau pour admirer les façades des pavillons étrangers. Ils avaient fini à pied en direction du champ de Mars. Un sacré dimanche pour les enfants ! Cela les changeait de leur promenade hebdomadaire de 15 heures à 17 heures au parc des Buttes-Chaumont.

— Où qu'on va ? demanda Justine d'une petite voix.

— Où va-t-on ? la reprit doctement Alice.

Tout en marchant, elle se pencha vers la fillette, et le lui expliqua :

— Eh bien, j'ai promis à ton frère de vous emmener au Globe Céleste découvrir les planètes et les étoiles. Vous allez voir, c'est une merveilleuse attraction qui est plus de votre âge que la mise à mort d'un pauvre animal, crut-elle bon d'ajouter en regardant Thomas avec insistance.

— Et puis, je lui ai aussi assuré que s'il n'arrêtait pas son cirque, je ferais fondre un par un tous ses soldats de plomb, ajoute-t-elle plus bas pour elle-même sans se départir de son sourire satisfait.

Comme s'il avait entendu ses pensées, le garnement, qui n'avait pas prononcé une parole depuis l'incident et gardé son air renfrogné, releva la tête en signe de défi.

— Et c'est encore loin, ton truc ? lui cracha-t-il d'une voix irritée.

Sa gouvernante l'avait vexé, une fois encore. Il ne lui pardonnait pas. Lui, un fils de bonne famille, ne se laisse pas menacer par une gouvernante qui ne vaut guère mieux qu'une vulgaire bonne sortie de sa campagne que son père embauche à toute heure. Mais pour qui se prenait-elle donc ? Il y a trois mois, quand ses parents l'avaient engagée, il avait tout de suite flairé le coup fourré. Petite, comme la plupart des gens de race bretonne, mais fine, ce qui dénotait des autres gouvernantes qu'il avait pu avoir... Un peu bêtes, mais belles et braves. Et surtout, dont l'embonpoint les empêchait de le rattraper lorsqu'il s'enfuyait dans les allées des parcs parisiens. Mais celle-là, n'avait décidément pas le physique de l'emploi. Son teint frais, son sourire impertinent aux lèvres dévoilant des dents en bon état, son nez retroussé, ses pommettes hautes parsemées de taches de rousseur et ses cheveux d'un blond terne dont les mèches retombaient sur des yeux d'un vert-gris tout aussi fades. Et puis, il la trouvait moche, trop maigrichonne pour survivre aux froids de l'hiver. Au moindre rhume, elle y passerait ! Bien fait pour elle ! Mais ce qui aurait dû lui mettre la puce à l'oreille, est qu'elle paraissait avoir de la culture et une bonne éducation, une insolence naturelle qui transparaissait au travers de ses reparties. Thomas en était profondément agacé. Chacun devait rester à sa place, c'est ainsi que la société fonctionne. Il l'avait entendue parler avec son père, d'égal à égal. Pour qui se prenait-elle ? Quelle effrontée ! Une sorcière, au minimum. Dès lors, elle était devenue le cauchemar de l'enfant. Elle osait le forcer à se laver régulièrement, l'obligeait à faire ses devoirs, et allait jusqu'à les vérifier. Au moins, ses précédentes gouvernantes ne savaient pas lire, il s'en amusait pour leur faire croire ce qu'il voulait bien. Souvent n'importe quoi. Elle avait même réussi à amadouer Justine en lui donnant des conseils pour mieux coiffer ses cheveux et y attacher des rubans. Sa sœur n'était même pas de son côté ; elle était d'une naïveté désolante. Au début, Thomas avait bien tenté de résister mais Alice était maligne, elle avait déjoué tous ses stratagèmes pour éviter ces corvées. Et elle savait que seule sa collection de soldats de plomb des guerres napoléoniennes était la prunelle de ses yeux, qu'il pourrait tout, ou presque, accepter pour les préserver.

En réponse et sans se départir de son calme, Alice lui envoya un sourire désarmant.

— Nous y sommes presque. Tu vois la Tour de trois cents mètres, près du pont de Iéna. C'est juste à côté.

Thomas, obnubilé par sa rancœur, avait à peine remarqué l'édifice qui pourtant se détachait nettement avec sa pointe jaune tournée vers le ciel d'un bleu éclatant.

— On dirait une lance géante ! laissa-t-il échapper, impressionné malgré lui.

— C'est exact. Cette tour a été érigée pour l'Exposition universelle de 1889 par Monsieur Eiffel. On l'a repeinte en jaune exprès pour cette exposition, pour qu'elle soit plus visible.

— Mais ce n'est pas le même jaune partout, fit remarquer le garçon.

— Très bien observé, jeune homme ! le félicita Alice. On appelle cela un dégradé de couleurs. Comme tu peux voir, elle est jaune orangé à la base de ses piliers et jaune clair au sommet.

— On y va, on y va ? s'enthousiasma Thomas.

— Je ne pense pas qu'on ait le temps aujourd'hui, les enfants. Si vous voulez, nous reviendrons dimanche prochain. L'Exposition est là jusqu'au 12 novembre. Mais je vous préviens, ajouta-t-elle, espiègle, si on fait cela, je ne veux pas vous entendre me dire que vous êtes fatigués... Il y a mille six cent soixante-cinq marches pour grimper jusqu'au sommet !

— Mais j'ai des jambes trop petites, objecta Justine de sa petite voix.

— Rassure-toi, nous y monterons en ascenseur. Allez, en route, le Globe nous attend ! Vous allez voir, c'est une expérience extraordinaire.

— *Etatordinaire* ? demanda la petite fille, les yeux étincelants.

— Oui, extraordinaire. Nous allons rentrer dans une grosse boule, posée sur des piliers. Il y a trois étages, récita Alice qui avait appris le programme par cœur le matin même. Le premier est un jardin de fleurs, le second un restaurant où l'on pourra peut-être s'arrêter pour prendre une citronnade.

— Et le troisième ? interrogea Justine.

— C'est là que ça va être fantastique ! Le globe tourne, et par des hublots, nous pourrons voir les étoiles du ciel.

— De vraies étoiles ? s'émerveilla la petite fille.

— Presque ! Elles sont faites avec des morceaux de verre éclairés par des lampes. Il y aura aussi les planètes, le Soleil et la Lune... Ce sera comme si nous étions réellement dans l'espace. Et le tout en musique composée par Camille Saint-Saëns.

Thomas, qui n'avait toujours rien dit jusque-là, s'entêtant à ruminer sa frustration, sembla soudain se détendre, et demanda s'il pourrait rencontrer des visiteurs d'autres planètes.

— Peut-être, si tu regardes bien, lui répondit Alice.

Ragaillardis par la perspective de découvrir l'univers et de monter au sommet de la tour, les deux enfants accélérèrent le pas. Ils arrivèrent à l'entrée du pont de Iéna. Derrière eux, le Trocadéro, construit aussi pour l'exposition précédente, et au-delà, la colline de Chaillot qui abritait les pavillons des colonies. Devant eux, de l'autre côté de la Seine, la tour, emblème triomphant de l'industrie du fer, se dressait majestueusement. Pour l'occasion, on ne l'avait pas seulement peinte, on l'avait ornée de sept mille ampoules qui illuminaient la nuit ses formes à la fois sveltes et robustes. Blottis à ses pieds, des pavillons, comme celui des manufactures d'État, du Touring Club – une association de vélocipédistes qui voulaient promouvoir le tourisme – ou encore le Palais de la Femme, qui présentait l'histoire de la femme à toutes les époques, dans ses différents travaux et métiers et dans l'accomplissement de ses devoirs de femme au foyer, de mère et d'éducatrice des enfants, d'inspiratrice de son mari... Arrivant parfois à s'élever au niveau de l'homme et à l'égaler dans ses œuvres. Derrière la tour s'étendait le champ de mars, gigantesque jardin arboré, bordé des Palais de la chimie, du génie civil, des moyens de transport, de la métallurgie, de la mécanique, des fils, tissus et vêtement... Tout le savoir-faire français regroupé en un rectangle avec, à l'extrémité, le château d'eau et l'imposant Palais de l'électricité. Alice et les enfants étaient émerveillés. L'exposition de ces prouesses techniques galvanisait la jeune femme, ébahie par les merveilles que ce siècle nouveau avait à offrir. Elle avait hâte de vivre dans ce monde-là et se félicitait de sa décision de venir tenter sa chance à Paris.

À la sortie du pont, elle aperçut, au loin sur la gauche, le *Maréorama* qu'ils avaient visité le matin. Quelle aventure ! L'attraction ambitionnait d'emmener les visiteurs en croisière de Marseille à Constantinople, ni plus, ni moins. Ils prenaient place sur le pont d'un Steamer monté sur vérins hydrauliques, donnant des impressions de roulis et de tangage. Autour d'eux se déroulait régulièrement un panorama mobile sur une toile d'un kilomètre et demi et de quinze mètres de haut peinte à la main par Hugo d'Alesi, connu pour ses affiches touristiques pour les chemins de fer. Et pour parfaire l'illusion, les cheminées du bateau crachaient de la fumée, les voyageurs recevaient des embruns et des odeurs d'algues étaient diffusées. On pouvait même envoyer des cartes postales de son voyage. En bonne bretonne née d'un père pêcheur, Alice avait adoré cette expérience qui avait fait remonter en elle beaucoup de souvenirs et de nostalgie. Les enfants, quant à eux, avaient presque eu le mal de mer et il s'en était fallu de peu qu'ils ne vomissent leur petit déjeuner.

Alice fut tirée de ses pensées par une Justine impatiente qui tirait sur sa manche pour avancer.

— Allez, en route, le ciel nous attend ! dit-elle.

Elle les entraîna à droite le long de la Seine en direction du Globe. Bizarrement, il ne semblait pas y avoir beaucoup de monde qui se pressait pour arriver à l'attraction. Et pour cause, quelques mètres plus loin, alors qu'ils apercevaient la gigantesque boule bleue et or de quarante-cinq mètres de diamètre, décorée des signes du Zodiaque et des constellations, dressée sur quatre piliers de dix-huit mètres surmontés de statues symbolisant des planètes, ils se heurtèrent à une barrière jouxtant une palissade qui les empêchait d'accéder au site. Derrière, un agent de police, arborant d'épaisses moustaches noires qui lui mangeaient une partie du visage, les regardait d'un air sévère.

— Où qu'elle va, la p'tite dame ? Elle sait pas que c'est interdit ici ? Allez, circulez !

Loin de se laisser démonter par cet accueil peu aimable, Alice décida de retenter sa chance en usant de son charme, une technique infaillible qu'elle utilisait avec succès.

— Excusez-moi, Monsieur l'agent, j'avais promis aux enfants de les emmener au globe... Ce n'est vraiment pas possible ? demanda-t-elle en se composant le sourire le plus ravageur qu'elle put.

L'agent sembla rougir. Réajustant son képi et sa ceinture sur sa vareuse bleue à deux rangées de boutons dorées, il s'approcha de la barrière

— Désolé, vous ne pouvez pas passer, eu égard à ce foutu accident d'hier.

— Quel accident ?

— Vous ne lisez pas les journaux ? Ou vot' mari ?

Alice regretta de ne pas s'être mieux renseignée et de s'être un peu coupée du monde la veille. Il faut dire qu'elle avait dû s'occuper des courses et préparer un dîner pour de nombreux convives. Chez ses employeurs, le métier de gouvernante ne se limitait pas à s'occuper des enfants.

— Ben oui, la passerelle qui s'est écroulée. Fallait voir ça... y avait des morceaux partout, j'vous dis pas.

L'agent prit son silence pour un encouragement.

— Hier après-midi, la passerelle qui passait au-dessus de l'avenue de Suffren pour aller au globe s'est effondrée. Vous auriez vu le carnage ! Neuf morts et des blessés graves. Il y avait des morceaux partout !

Il arrêta net, voyant la mine réprobatrice d'Alice. Qu'il donnât ce type de détails devant les enfants était loin de lui plaire. Ce n'était pas un sujet pour eux.

— Ils ont voulu tester un nouveau matos, le fer béton qu'ils appellent ça... Eh bien si vous voulez mon avis, ce n'est pas très solide, leur truc. Même le président Loubet quand il a inauguré l'exposition, il a pas voulu passer par là ! C'est qu'il a du nez, le Loubet !

Mais Alice, lassée de la litanie du policier qui se voulait intéressant, cherchait à rattraper la déconvenue des enfants. Pour compenser, et surtout pour s'éviter une nouvelle crise, elle pourrait leur proposer une dernière attraction, la plus proche possible. Puis ils iraient voir la tour de M. Eiffel et rentreraient en admirant les illuminations. Elle se retourna pour leur annoncer la nouvelle, mais s'aperçut que Thomas avait disparu.

CHAPITRE 2

19 heures, Exposition universelle, Paris

Une marée humaine ondulante... L'eau remplacée par des hommes du monde en haut-de-forme, canotiers ou chapeau melon vêtus de leurs redingotes sombres, des ouvriers avec leur casquette, veste bleue de travail et foulard autour du cou, des femmes de toutes les conditions aux chapeaux à larges bords ornés de plumes ou coiffées de chapeaux de paille ou cloches et habillées de robes chatoyantes, un châle leur couvrant les épaules... C'est l'image qui surgit dans l'esprit d'Alice alors que, juchée sur une caisse en bois, elle scrutait la foule de tous les côtés dans l'espoir de repérer la marinière bleue et blanche de Thomas. Elle était à deux doigts de paniquer, elle qui pourtant avait un sang-froid à toute épreuve. Elle désespérait. Où ce diable de gamin avait-il pu aller ? Elle n'osait imaginer la tête de ses employeurs si elle ne ramenait pas leur précieux héritier. Et puis, elle ne pouvait s'aventurer en courant dans la foule ; elle devait garder un œil sur Justine. Il n'aurait plus manqué qu'elle perde les deux ! La petite fille, justement à côté d'elle, ne bougeait pas, l'air grave, perdue dans ses pensées. De la main droite elle lissait machinalement ses cheveux blonds torsadés. Du haut de ses huit ans, elle semblait se creuser la tête pour trouver où son frère avait pu aller lorsque, soudain, son visage s'illumina d'un sourire. Elle avait trouvé ! Ses petits doigts se refermèrent sur la robe de sa gouvernante qu'elle tira trop fort. Déséquilibrée, Alice faillit tomber de sa hauteur et jeta un regard courroucé à Justine.

— Que fais-tu ? Arrête de tirer comme cela sur ma robe, tu vas me faire tomber par terre ! Tu vois bien que je suis occupée à chercher ton frère.

— Eh bien moi, je sais où il est ! s'exclama la petite avec conviction.

Alice la fixa. Se moquait-elle d'elle ?

Après tout pourquoi pas. Désespérée comme elle était, la jeune femme n'avait rien à perdre. Elle descendit de la caisse, fit attention de ne pas se tordre la cheville avec ses bottines noires et se pencha vers Justine.

— Je te préviens jeune fille, je ne suis pas d'humeur à rigoler. Ton frère est perdu et c'est grave. Alors, qu'as-tu à me dire ?

— Il a dû partir voir la vache mourir, répondit Justine sûre d'elle.

Mais bien sûr ! Comment n'y avait-elle pas pensé avant ? Les images de la colère du bambin défilèrent dans sa tête. Cet avorton n'avait jamais abandonné l'idée d'aller voir le spectacle macabre qui devait commencer dans quelques minutes. Et elle qui se faisait une fierté d'avoir maîtrisé la situation, de l'avoir excellemment bien gérée en le convaincant d'aller au Globe Céleste, il s'était bien foutu d'elle ! Elle fulmina intérieurement.

Petit Monsieur ou pas, quand elle mettrait la main dessus, elle lui administrerait une fessée monumentale dont il se souviendrait le restant de ses jours. Quitte à ce qu'elle se fasse congédier par ses employeurs. Elle empoigna la main de Justine et l'entraîna vers la tour. Le spectacle auquel voulait assister Thomas, était le genre d'exhibition qu'Alice détestait le plus... Il s'agissait tout simplement de la mise à mort gratuite d'un animal.

C'était pour elle un exemple clair de la bêtise et de la cruauté humaine. Elle ne comprenait pas comment des individus se prétendant civilisés prenaient plaisir à de telles atrocités. Certes, pendant la Révolution, les exécutions sur la place de la Concorde, le « rasoir national » de Joseph Guillotin, attiraient les foules. On y emmenait ses enfants comme au spectacle de guignol, on s'assurait qu'ils ne manquent pas les têtes tomber dans le panier du bourreau, qu'ils frissonnent en apercevant les yeux des victimes cligner des yeux une dernière fois, qu'ils s'en souviennent le jour où l'envie de commettre un délit les prenne. Mais c'était il y a plus d'un siècle ! Comme Alice regrettait que cet imbécile de Monsieur Dutilleul ait parlé ce matin de cette animation macabre sur le parvis du Palais de l'électricité devant Thomas et Justine. La gouvernante n'avait jamais eu l'intention de les y emmener. Il y avait tellement d'autres choses merveilleuses à voir et à faire dans cette Exposition universelle ! Thomas avait dû faire une fixation dessus toute la journée. Passant sous les quatre pieds de la tour, Alice et Justine se frayèrent un passage dans la foule, non sans bousculer quelques promeneurs, vers le champ de Mars qu'elles entreprirent de traverser rapidement. Avec une cohue aussi dense, l'exercice relevait du défi...

La grande esplanade verdoyante habillée de haies de végétaux était entourée de palais, de grands bâtiments surmontés de coupoles au sommet desquels flottait au vent une rangée de drapeaux. Derrière les immenses fenêtres, au-dessus de rangées d'arcades, étaient présentées les dernières avancées en matière de chimie, génie civil, transport, métallurgie, tissage. Un château édifié à la gloire des sciences et techniques. Renversant. À mesure qu'Alice et la fillette avançaient à marche forcée dans l'allée centrale, la jeune femme aperçut au lointain sa destination : le somptueux Palais de l'électricité et le château d'eau qui se dressaient derrière un lac artificiel animé par des ballets de jets d'eau. C'était grandiose ! Et si elle n'avait pas été obnubilée par la disparition de Thomas, Alice serait restée plus longtemps devant un tel spectacle. Lui servant de façade, le château d'eau, utilisant 100 000 litres d'eau par minute, se présentait sous la forme d'une série de cascades d'où l'eau se déversait, degré par degré jusqu'au bassin devant les pelouses du Champ de Mars. Au-dessus, sublimée par les branches d'une étoile rayonnante, la statue du génie de l'électricité, debout sur un char traîné par des hippogriffes, culminait à plus de 70 mètres de hauteur. Mais le plus merveilleux restait à venir... De chaque côté de la statue, sur la crête des poutres métalliques, 6000 lampes à incandescence s'illuminent à la tombée de la nuit. Car l'électricité était bel et bien la reine de la fête, l'énergie qui faisait entrer la France et les pays industrialisés de pleins pieds dans un XXe siècle de progrès. Cette nouvelle énergie supplanterait le gaz dans les villes et faire de Paris la ville lumière dont le rayonnement s'étendrait sur le monde. Mais, pour le moment, Alice était à cent lieues de ces préoccupations. La seule chose qui comptait pour elle était de remettre la main sur le petit garçon. À 50 mètres du Palais, une barrière lui coupait la route. Derrière, un parterre de chaises s'étendait jusqu'à une estrade placée devant le bassin. D'un pas décidé, elle s'approcha du planton qui gardait la barrière. Grand, filiforme, perdu dans sa vareuse bleue, la casquette enfoncée sur son crâne, il n'avait pas l'air commode... Mais elle n'avait pas le choix. Connaissant Thomas, elle était convaincue qu'il avait trouvé un moyen de s'approcher au plus près de l'estrade pour ne rien rater du spectacle. Elle en avait la conviction.

— Z'avez votre ticket ? demanda le garde d'un air autoritaire en la voyant approcher.

Alice reprit son souffle et mobilisant son sang-froid à toute épreuve, elle se composa, une fois encore, un sourire avenant pour cacher son anxiété. En général, ça fonctionnait.

— Bonjour Monsieur. Pourrions-nous passer, je vous prie ?

— Pas sans ticket !

— Mais Monsieur... Aidez-moi ! Nous ne venons pas assister au spectacle. Je veux juste récupérer mon enfant qui doit être de l'autre côté, fit-elle, excédée.

— Pas de ticket, pas d'entrée ! Circulez, vous gênez tout le monde !

Elle poussa un soupir d'agacement et pivota sur elle-même. La file des spectateurs s'étendait derrière elle. Certains commençaient à s'impatienter. Elle leur bloquait l'accès. Consciente qu'elle devait adopter une autre approche, Alice exclut toute idée de supplier le gardien... Cela lui ferait trop plaisir. Mais elle était prête à faire un esclandre s'il le fallait.

— Écoutez mon brave, j'ai mon enfant à l'intérieur... Je vous préviens que si vous ne me laissez pas le chercher, je fais un scandale.

Il la regarda droit dans les yeux avec un sourire mauvais. Quelle excuse, astucieuse, il le reconnut, pour s'octroyer un divertissement gratuit !

— Pas de ticket, pas d'entrée ! répéta-t-il comme un automate.

Exaspérée, Alice s'imagina lui enfoncer sa casquette sur la tête, le bousculer et se fondre dans la foule des spectateurs derrière lui. Au-delà du refus, rien n'énervait plus la jeune femme que l'impuissance face à ce petit employé zélé. Elle savait Thomas têtu et débrouillard et son intuition lui criait que l'enfant avait trouvé le moyen de pénétrer dans la zone réservée aux invités en profitant de sa petite taille pour se faufiler entre les jambes des visiteurs. Elle s'apprêtait à écraser son ombrelle sur la tête du garde, quitte à faire débarquer la sécurité, lorsqu'une voix baryton s'éleva derrière elle.

— Désolé d'être en retard, Gaston, Madame est avec moi !

Le Gaston en question perdit tout de suite son air sévère au profit d'une affabilité en reconnaissant le visage du nouvel arrivant qui vint se poster près d'Alice.

— Ah, Monsieur Gustave, il fallait le dire plus tôt ! Allez-y, entrez.

Il s'effaça pour les laisser passer et referma la barrière derrière eux, prêt à recommencer son numéro de gardien irascible.

Tenant toujours Justine par la main, Alice suivit l'inconnu dans l'allée qui s'arrêta quelques mètres plus loin et se retourna pour leur sourire. Elle nota qu'il était plutôt beau garçon. Grand et fin, des yeux dorés, un regard franc, une légère moustache au-dessus des lèvres, un sourire charmeur. Il était habillé d'une veste et d'un pantalon marron et coiffé d'une casquette. Avant qu'il n'ait pu dire un mot, Alice évacua sa colère.

— Non mais vous avez vu ce goujat ! Même pas capable de venir en aide à une femme en détresse qui perd son enfant. Merci Monsieur, vous nous avez sauvées.

— Oh ! Ne lui en voulez pas trop. C'est un brave homme et c'est son boulot. Il n'avait rien contre vous. D'ailleurs comment pourrait-on avoir quelque chose contre vous.

Alice rougit légèrement.

— C'est que vous ne me connaissez pas, Monsieur... Je peux être très énervante parfois... Surtout lorsque je suis pressée.

Ce fut au tour de Gustave de sourire.

— Je vous crois sur parole ! Gustave Boisyvon, reporter au journal *Le Matin*, annonça-t-il sans transition. Je suis ici pour couvrir les événements de l'exposition. C'est d'ailleurs pour cela que je me suis mis Gaston dans la poche. Si on veut des tuyaux, mieux vaut être bien avec le personnel. C'est un conseil que je vous donne.

Le titre du quotidien disait vaguement quelque chose à Alice. Il lui semblait avoir vu traîner une édition sur la table du salon des Dutilleul. Mais il faut dire que la capitale comptait près de quatre-vingts périodiques politiques et une vingtaine de journaux du soir.

— Alice Lekernec, gouvernante chez la famille Dutilleul, se présenta la jeune femme. Je m'occupe de leurs deux enfants... Et j'en ai perdu un. Monsieur, s'il vous plaît, pouvez-vous m'aider. C'est un petit garçon de dix ans en marinière bleu et blanc. Il s'était mis en tête d'assister à la sinistre farce qui va avoir lieu ici et m'a échappé.

Gustave se gratta le menton, semblant réfléchir.

— Un petit garçon de dix ans, dites-vous... À sa place, je voudrais être au plus près... Venez avec moi, on va le trouver, mais par ici, on se fera moins remarquer.

Entraînant Alice et Justine à sa suite, Gustave contourna une rangée de chaises en bois inoccupées et entreprit de remonter une allée, le long des halls du génie civil et de la chimie qui débouchait à la droite du grand bassin du château d'eau.

— Si je comprends bien, vous n'avez pas l'air d'apprécier le spectacle proposé, fit-il remarquer à Alice en marchant.

Celle-ci, tirant toujours Justine dans son sillage, fut directe, comme à son habitude.

— Trouvez-vous normal qu'à notre époque on se comporte encore comme des sauvages en faisant un spectacle avec la mort d'une pauvre bête.

— Vous avez raison, pourtant ce qui va se passer transcende un *simple spectacle* !

— Je serais curieuse de savoir pourquoi...

— Eh bien je vais vous le dire ! Il s'agit avant tout d'une expérience scientifique. Et de surcroît, réalisée pour un hôte illustre : Thomas Edison !

— Edison ? L'inventeur américain qui a créé la General Electric ?

Gustave prit un air étonné, se gardant un instant avant de répondre :

— Vous avez l'air cultivée pour une...

— Une femme ?

— Non, j'allais dire une gouvernante.

— Eh bien Monsieur, ne jugez pas d'emblée les gens sur leur métier. Ma mère m'a donné le goût des sciences, des arts et de la littérature.

Et pour illustrer ses propos, elle poursuivit :

— Si je ne m'abuse, Thomas Edison a inventé le télégraphe, le phonographe, la lampe à incandescence et, avec sa société, développe le réseau électrique américain.

— Je m'en souviendrai, fit Gustave, admiratif. Mais ce que vous ne savez peut-être pas – et c'est justement tout l'enjeu de la démonstration à laquelle nous allons assister – c'est qu'actuellement dans le monde de l'électricité la guerre fait rage. Thomas Edison est entré en concurrence avec Nikolas Tesla, un de ses anciens employés qui était d'ailleurs à la Compagnie Edison à Paris, avant de gagner les Amériques. Ce dernier ne jure que par le courant alternatif, plus simple à transporter sur de longues distances, tandis que Thomas Edison prône l'utilisation du courant continu, moins dangereux, selon lui. Même si les défenseurs du courant alternatif semblent avoir gagné la bataille, Philippe de Pierremont, l'ingénieur responsable du Palais de l'électricité qui partage les idées d'Edison, l'a convié à l'Exposition universelle pour faire une démonstration des pouvoirs de l'électricité et surtout, pour abonder dans son sens, de la dangerosité du courant alternatif...

Alice l'interrompit :

— Oui je sais, j'ai lu tout cela dans le guide publié pour l'exposition. Il veut faire passer du courant alternatif dans un énorme taureau pour l'électrocuter et ainsi prouver que ce type d'énergie est dangereux pour les êtres vivants.

— Oui, c'est tout à fait ça. C'est une expérience qui n'a jamais été tentée sur un aussi gros animal.

— Ça a l'air de vous impressionner mais c'est juste une grosse vache qu'ils vont faire cramer pour le plaisir. Je ne vois pas où est l'intérêt de tout cela. Je trouve même cela extrêmement malsain. A-t-on besoin de preuves aussi morbides ?

Ah, les femmes et leur sens pratique ! pensa Gustave. Incapable de voir la beauté d'une œuvre de science. D'ailleurs, c'est bien connu, tous les grands inventeurs et scientifiques sont des hommes ! Il préféra ne pas en rajouter, sentant qu'avec elle, le débat pourrait aller trop loin.

— Tenez, nous y sommes ! dit-il en désignant une barrière qui leur barrait la route près du bassin. De là nous pourrons voir si votre garnement est dans les parages. Alice fut la première à repérer Thomas, assis sur une chaise en bois au premier rang, juste en face de l'estrade, attentif.

Gustave la retint au moment où elle s'apprêtait à escalader la barrière pour le rejoindre.

— Trop tard, regardez, ça va commencer. Nous devrons attendre, mais rassurez-vous, il ne bougera pas.

En effet, des bouchers des abattoirs de la Villette venaient d'apparaître sur l'estrade, traînant docilement derrière eux un magnifique bœuf au pelage sombre. L'animal fut conduit au milieu de la scène entre deux énormes bobines électriques. Des murmures d'approbation coururent dans la foule. Il faut dire qu'il était impressionnant. Il devait peser près d'une tonne, et arborant deux grandes cornes recourbées. Ses énormes pattes bien campées sur les planches, il regardait les spectateurs, semblant se demander ce qu'il faisait là.

Alice, frustrée de ne pouvoir aller chercher Thomas, s'était résolue à attendre la fin de la performance. Elle n'avait pas le choix, même si le spectacle promis la dégoûtait d'avance. Pas la peine de se faire à nouveau remarquer. Le gamin avait gagné. Mais il ne perdait rien pour attendre. Elle observa la bête sur la scène. Sa tête lui fit penser à celle du Minotaure, ce monstre mi-homme mi-taureau enfermé dans le labyrinthe de Dédale par le roi Minos, dans les histoires de mythologie grecque que lui lisait sa mère avant de s'endormir. Dans cette histoire, il y avait aussi le personnage d'Ariane, séduite par Thésée avant d'être trahie par son amant qui avait fini par l'abandonner sur une île. Bien fait pour elle, elle n'avait qu'à pas désobéir à son père ! Elle essaya de refouler immédiatement cette pensée, consciente que c'est ce qu'elle avait fait en s'enfuyant à Paris. Mais avant d'être submergée de souvenirs douloureux, l'estrade s'anima. Philippe de Pierremont, en personne, venait de se poster à côté du taureau. Grand, des petits yeux noirs perçants, une barbe blanche bien taillée qui mangeait la moitié de son visage aux joues creuses, la cinquantaine, habillé d'un costume noir et coiffé d'un haut-de-forme. Il avait l'air sévère d'un instituteur. Il prit la parole, d'une voix de bonimenteur de foire :

— Messieurs, Mesdames. Bienvenue à cette démonstration scientifique ! Dans les minutes qui viennent attendez-vous à être émerveillés par le génie humain qui a domestiqué la plus puissante force de l'univers ! Attendez-vous à voir la puissance animale terrassée par la puissance dévastatrice de l'électricité. Une force que nous savons contrôler...

— Démonstration, tu parles, vieux grincheux. Boucherie oui ! dit Alice pour elle-même.

Elle reçut un coup de coude de Gustave. Elle allait devoir adopter un comportement exemplaire, faire preuve de patience.

— Portez-moi... J'veux voir la vache ! supplia Justine en tirant frénétiquement sur la robe d'Alice.

Agacée, celle-ci se retourna vers la fillette.

— Ce n'est pas un spectacle pour toi ! Tu restes là avec nous derrière la barrière et tu te tais. Compris ?

L'air penaud, la gamine acquiesça de la tête, plus déçue que vexée.

Gustave, qui un moment avait pensé la prendre sur ses épaules et s'était retourné pour proposer son aide, s'abstint devant le regard réprobateur d'Alice.

Sur l'estrade, Pierremont poursuivait son allocution :

— Nous allons vous faire la démonstration scientifique de la dangerosité du courant alternatif. Depuis des années, notre hôte de marque Monsieur Thomas Edison, ici présent – il souleva son haut-de-forme pour saluer un homme au premier rang – et moi-même, nous avertissons les décideurs politiques et nos confrères que cette énergie n'est pas inoffensive et nous le disons haut et fort, le développement de l'électricité doit se faire en utilisant du courant continu !

Ses propos furent salués par un tonnerre d'applaudissements. Ce qui l'encouragea à continuer, non sans s'être essuyé le front avec son mouchoir blanc.

— C'est une première, insista-t-il. L'expérience n'a jamais été réalisée sur un animal aussi gros ! Si nos calculs sont bons, le courant se diffusera dans le corps de la bête et le malmènera jusqu'à arrêter son cœur. Messieurs, c'est à vous, termina-t-il en s'adressant aux employés des abattoirs.

« Bourreau, fais ton office », pensa Alice, cette fois-ci sans prononcer une parole.

Les employés vêtus de leur tunique bleue, d'un foulard rouge et d'un tablier blanc allèrent chercher un gros câble et l'enroulèrent autour du cou du bovin. Dans une démarche théâtrale exagérée, Philippe de Pierremont se dirigea à l'autre bout de la scène et posa sa main sur une grosse manette noire surmontée d'un énorme cadran. C'était son moment, il ne fallait pas que l'expérience rate. Il avait fait ajouter sur la scène deux impressionnantes bobines électriques d'où sortiraient des gerbes d'étincelles. Le câble suffisait à l'électrocution de l'animal mais elles ajouteraient un effet visuel impressionnant au spectacle. Il observa la foule suspendue à ses gestes, sourit et abaissa le levier. Tout le monde retint son souffle. Un puissant grésillement se fit entendre et les deux bobines placées de chaque côté de l'animal commencèrent à émettre des étincelles aveuglantes et des éclairs bleutés. Soudain, l'air se remplit d'une odeur de viande brûlée. Le bœuf fut pris de soubresauts et poussa un beuglement déchirant. Quelques secondes après, ses pattes se dérobèrent sous lui. Il s'écroula, mort. Les spectateurs étaient médusés. Les hommes appréciaient la prouesse technique, des femmes s'éventaient en silence, d'autres étaient au bord de l'évanouissement. Un premier applaudissement se fit entendre. Puis un second. Puis un troisième. Et tout le monde se leva en tapant des mains. Philippe de Pierremont revint au-devant de la scène et salua : un véritable acteur de théâtre. Le spectacle était une réussite. Brusquement, un cri fusa dans l'assistance.

— Regardez, là-haut, il va tomber !

S'ensuivirent d'autres cris, une panique générale.

De Pierremont, qui n'avait pas encore compris la situation, se retourna et leva les yeux. Ce qu'il contempla lui glaça les sangs, tellement cela défiait son esprit cartésien.

L'homme, inconscient, tomba, comme si on avait coupé le fil invisible qui le retenait dans l'air.

CHAPITRE 3

20 h 45, Exposition universelle, Paris

Le temps s'arrêta. À présent, tous les yeux étaient braqués sur le sommet du Palais de l'électricité. Bien que le soleil commençât à se coucher, les six mille lampes à incandescence disposées sur les contours de la crête du bâtiment et servant aux illuminations nocturnes féeriques n'étaient pas allumées mais on pouvait tout de même distinguer dans la pénombre un spectacle des plus étranges. Un homme flottait littéralement près du toit du Palais, devant l'immense statue. Il était étendu dans l'air et ne bougeait pas, comme s'il dormait. Pire, il lévitait à une hauteur de près de soixante-dix mètres. Mais il y avait plus effrayant encore que ce spectacle d'un homme suspendu dans le vide. Derrière lui, au sommet du Palais, se tenait une forme humaine éthérée, enveloppée d'une émanation de gaz blanchâtre entourée de fumerolles d'un bleu pâle. Un être spectral, tout droit sorti de l'au-delà. Tout se passa très vite. L'apparition sembla lever ce qui lui servait de bras, le halo lumineux autour d'elle s'intensifia et pulsa de plus en plus vite et tout à coup, l'homme, inconscient, tomba, comme si on avait coupé le fil invisible qui le retenait dans l'air.

Comme par magie, sa chute coïncida avec l'illumination de la façade du Palais dont les milliers de lampes se mirent à luire en même temps tel un éloge funèbre silencieux à l'infortuné. Il atterrit dans le bassin près de l'estrade dans un fracas sinistre accompagné d'une grande gerbe d'eau. Son forfait commis, le fantôme lumineux au sommet du Palais s'éleva dans les airs au-dessus du bassin et sembla s'évaporer dans un nuage de fumée. Ce fut le déclenchement de la panique. En quelques secondes, les officiels et les employés des abattoirs avaient fui la scène par le côté pour se mettre à l'abri. Des cris, des hurlements, des chaises renversées, les chapeaux tombèrent, les ombrelles volèrent, les bousculades s'enchaînaient... Tous les spectateurs fuyaient le Champ de Mars. Certains malchanceux qui avaient trébuché furent piétinés par la foule hors de contrôle. Alice, Justine et Gustave avaient eu de la chance d'être protégés par les barrières sur le côté, hors du chaos ambiant. Ils ne bougèrent pas, médusés. Ils avaient assisté à la scène avec effarement, leur cerveau refusant de comprendre ce qu'ils voyaient, de trouver un sens, une logique à l'incident. Thomas quant à lui, couru sur l'estrade au lieu de suivre le mouvement et de fuir vers la tour de Monsieur Eiffel. Un bœuf, électrocuté, un fantôme, et maintenant un cadavre... Le garçonnet contourna l'imposant cadavre du bœuf, enjamba le parapet et entra dans le bassin pour voir de plus près l'homme écrasé. Alice, qui avait repris ses esprits, n'hésita pas un instant à le poursuivre – tant pis pour sa robe. Elle entra elle aussi dans l'eau froide qui lui arrivait aux chevilles et pataugea vers lui, gênée dans ses mouvements par sa lourde robe. Elle l'intercepta à quelques mètres du cadavre. Thomas eut juste le temps de ramasser un objet qui avait dû tomber avec l'homme, projeté loin de lui en touchant l'eau. Alice lui prit des mains et le mit dans son sac sans l'examiner, avant de soulever promptement l'enfant pour le mettre sur son épaule, malgré ses protestations. Elle le ramena manu militari hors du bassin où l'attendait Justine, encore choquée par la chute de l'homme et la panique qui en avait résulté. Gustave, lui, avait disparu dès le début de la débâcle. Il avait rapidement dit à Alice qu'il fallait qu'il trouve rapidement des policiers pour faire un article et était parti sans attendre la réponse de la jeune femme. Son instinct de journaliste avait pris le dessus. Alice ramena l'enfant sur la terre ferme et le déposa à côté de sa sœur.

L'esplanade s'était vidée en un temps record. Il ne restait que les blessés, victimes de la cohue qui avait suivi l'apparition du spectre et la chute vertigineuse de l'homme dans le bassin. Des petits groupes s'affairaient autour des malheureux étendus à terre, leur prodiguant les premiers soins. Au loin on voyait des policiers accourir vers le bassin. On aurait dit un champ de bataille... Après ce qui venait de se passer, Alice jugea inutile de sermonner Thomas. Bien qu'il ne voulût jamais l'avouer, l'enfant avait été impressionné et sans doute effrayé. Mécaniquement, sans un mot, ils prirent tous les trois le chemin du retour, remontant l'allée centrale jonchée de débris et de chaises cassées. Chacun était choqué à sa manière, perdu dans ses pensées. Derrière eux, les lampes du Palais projetaient leurs ombres démesurées sur le sol.

Le trio emprunta la rue de l'avenir, un trottoir roulant de 3,5 km qui se déplaçait à 8 km/h pour rejoindre la sortie place de la Concorde. Il était tard, ils étaient épuisés de tout : physiquement et émotionnellement. Ils passèrent sous les arches de la grande porte art déco avec ses deux mâts surmontés de phares électriques et, sur la place, Alice héla une calèche. Elle eut peur qu'aucune ne s'arrête pour les prendre tant le spectacle qu'ils offraient était pitoyable. Elle avec sa robe trempée dont l'épais tissu pesait une tonne et lui collait aux jambes, une fillette fatiguée, l'air hébétée et un garçon aux yeux hagards, aux vêtements mouillés et crottés par une journée mémorable. Mais elle eut de la chance, un des cochers ne fut pas trop regardant. Elle ordonna la direction de l'appartement des Dutilleul, dans le XIXe arrondissement, en bordure du parc des Buttes-Chaumont. Pendant le trajet qui n'excéda pas une demi-heure, les enfants s'endormirent, bercés par le rythme de la calèche. Alice quant à elle ne parvint pas à s'assoupir. Dès qu'elle fermait les yeux, elle revoyait l'homme tomber. Arrivée à destination, Alice sortit machinalement quelques pièces de son sac, paya le cocher et se dirigea avec les enfants vers l'immeuble haussmannien de la rue Manin. Elle poussa la lourde porte cochère et prit l'escalier jusqu'au troisième étage. Elle ouvrit la porte avec sa clé essayant de faire le moins de bruit possible. M. et Mme Dutilleul l'attendaient dans le vestibule. En voyant l'état lamentable de ses enfants, Germaine Dutilleul ne put retenir un juron. Elle se précipita pour les serrer dans ses bras.

— Mes pauvres petits, que vous a-t-elle fait ? Où étiez-vous ?

À bout de fatigue, les enfants fondirent en larme dans les bras de leur mère. Celle-ci releva la tête et décrocha un regard assassin à la responsable du carnage.

Monsieur Dutilleul n'avait pas bougé et regardait Alice d'un air sévère. Bien qu'il éprouvât de la sympathie pour la jeune femme, il était le maître de maison et se devait de réagir devant un tel manquement. Ses enfants rentraient tard dans un piteux état. Dieu sait où elle avait pu les emmener et ce qui avait pu se passer aujourd'hui ! Certes, cette gouvernante avait quelque culture et une conversation, mais trop c'était trop. À trente et un ans, il venait d'être nommé Directeur de la succursale d'une banque – la Société Générale – et avait pour habitude de se faire respecter de ses employés. Il réajusta son gilet de costume, lissa sa fine moustache et attaqua le discours préparé à la demande expresse de sa femme qui, elle, n'en pouvait plus de cette satanée Bretonne.

— Deux heures de retard ! C'est intolérable ! Vous êtes complètement inconsciente ! Nous nous faisions un sang d'encre.

— Monsieur, en effet, je vous dois des explications... commença Alice, étrangement assurée.

— Je ne veux rien entendre ! la coupa-t-il. Maintenant ça suffit. Non seulement vous revenez d'une sortie avec nos enfants avec du retard mais en plus ils sont dans un état pitoyable, crottés, fatigués... Mais où avez-vous la tête, on ne vous a pas demandé de les emmener faire une excursion dans la savane !

Alice baissa la tête, silencieuse. Elle savait que toute justification serait inutile.

— Nous avons été jusque-là conciliants, eu égard à la lettre de recommandation de votre mère qui est, vous le savez, une amie d'enfance de ma femme avant qu'elle aille se perdre en Province. Alors quand elle nous a priés de vous prendre à son service nous l'avons fait, bien que vous n'ayez aucune référence. Permettez-moi de vous dire que votre travail de gouvernante laisse à désirer. Vous emmenez nos enfants systématiquement en retard à l'école, ils rentrent du parc avec des accrocs à leurs vêtements, vous n'avez aucune fibre maternelle ni aucun sens des responsabilités. En conséquence de quoi, nous avons décidé de vous congédier.

À chaque mot, Alice avait l'impression d'être lestée davantage. Mais elle tint bon, sans doute par fierté. Elle redressa la tête et regarda son employeur droit dans les yeux. Elle trouvait tous ces reproches assez justes. Elle n'était pas certaine de faire au mieux ni ce qu'elle pouvait.

— Puis-je disposer, Monsieur ?

Son calme décontenança son employeur. Il n'avait pas l'habitude de cela Il aurait aimé l'entendre bafouiller des excuses voire le supplier. Il capitula en soupirant.

— Vous trouverez votre solde sur le bureau de votre chambre. Vous devez l'avoir quitté demain aux aurores.

Alice allait ouvrir la porte pour monter dans la petite pièce misérable au dernier étage qui lui servait de chambre lorsqu'elle se retourna.

— Je vous prierai d'embrasser vos enfants pour moi, et à l'avenir essayez de les élever avec de meilleures valeurs.

Sur ce, elle sortit, claquant violemment la porte derrière elle. En montant les marches, la tension de la soirée retomba et elle sentit des larmes couler sur ses joues. Qu'allait-elle devenir ?

« L'homme pénétrera-t-il un jour le mystère des choses qui lui sont cachées ? Le voile se lève pour lui à mesure qu'il s'épure ; mais pour comprendre certaines choses, il lui faut des facultés qu'il ne possède pas encore. »

Allan Kardec, *Le Livre des Esprits*

Extrait du journal d'Hélène

Mai 1896, Paris

Les ombres m'ont retrouvée.

Dimanche, je descends l'avenue des Champs-Elysées, flânant sous le soleil estival, une brise légère caressant mon visage. Mon ombrelle tourne entre mes doigts, et l'air enivrant emplit mes poumons. Je me sens légère, heureuse, insouciante, comme une jeune fille enfin libérée de ses chaînes. Une jeune fille de mon âge. Depuis mon arrivée à Paris, je revis. Les geôliers d'outre-tombe m'avaient oubliée. Plus de pensées extérieures qui s'insinuent dans mon cerveau, rampants comme autant de serpents visqueux me soufflant leurs mots, plus de phénomènes lumineux, de prémonitions, plus de voix dans ma tête. Ils me laissent savourer chaque instant de cette vie nouvelle.

Et puis, alors que je traverse la rue, une vague de douleur s'abat sur moi, me cloue sur place. Je me souvenais à peine de la sensation, mais n'oublie jamais la terreur que je ressens à chaque fois. Les hennissements des chevaux et les cris des conducteurs de calèches résonnent autour de moi, mais je ne les entends qu'à peine. Tout semble ralenti, les visages déformés par la colère, les insultes des conducteurs, leurs gestes. Je suis dans ma bulle. Une bulle de souffrance. Je m'effondre, la tête entre les mains. Les murmures familiers envahissent mon esprit, se transforment en hurlements déchirants. Des voix grinçantes, aiguës, menaçantes, suppliantes. Elles se mêlent à la cacophonie infernale. « Hélène... Hélène... Viens avec nous... Ta place est ici... Nous sommes venus te chercher... ». Ces voix m'appellent, m'invitent à rejoindre leur royaume, celui de la mort.

Puis, soudain, le silence. La cacophonie cesse enfin. Je me réveille, étendue sur la chaussée, entourée de curieux. Un homme en redingote m'aide à me relever et à gagner l'ombre des arbres. Il veut faire chercher un médecin, je refuse. Je sais trop bien ce qui m'arrive. Personne ne peut rien pour moi. Je prétexte un malaise passager et m'enfuis vers mon petit appartement, consciente que ma malédiction ne me laissera jamais en paix.

Lundi 21 mai 1900

CHAPITRE 4

6 heures, Palais de l'électricité, Exposition universelle, Paris

— Toutes les machines que vous voyez fournissent les 38 000 kilowattheures nécessaires au bon fonctionnement de l'ensemble de l'exposition... Et de jour comme de nuit !

L'inspecteur Louis Lazard entendait à peine les explications du professeur de Pierremont tant le bruit des machines était assourdissant dans la grande salle du Palais de l'électricité. De chaque côté d'une allée centrale, surmontée d'une impressionnante verrière de verre et d'acier, de gigantesques roues crénelées et des turbines qui tournaient dans un bruit infernal. Au-dessus, sur une mezzanine, des stands internationaux présentant les derniers cris des appareils électriques.

— Les 35 machines présentes dans ce hall viennent de France et de l'étranger, poursuivait Pierremont. Habitué au vacarme ambiant, il devait croire que tout le monde l'entendait et continuait sa présentation comme si de rien était, marchant d'un pas alerte vers son bureau. Louis Lazard essayait de le suivre à grande enjambée – il était beaucoup plus petit que Pierremont. L'inspecteur n'en menait tout de même pas large. Fils d'ouvrier et ancien sous-officier, il venait de réussir le concours d'inspecteur de police judiciaire de la préfecture de police de Paris. Malgré sa taille d'1 mètre 64, il avait passé avec succès l'« examen de binette » du préfet de police Lépine, qui sélectionne personnellement les recrues pour leur apparence et préférait des hommes de taille modeste pour mieux se fondre dans la population. Aujourd'hui, il se retrouvait pour la première fois en compagnie de bourgeois du grand monde pour sa première enquête. Autant dire qu'il prenait des précautions. Mais c'était là son grand moment. Avançant derrière eux, Thomas Edison, inventeur et industriel américain, Alfred Picard, commissaire général de l'Exposition universelle et le journaliste Gustave Boisyvon qui avait réussi à convaincre Lazard avec quelques billets de le laisser assister à l'entretien. Ce dernier l'avait présenté aux autres comme un collègue. Il avait laissé l'interrogatoire des témoins de moindre importance dehors, sur le champ de Mars aux bons soins des agents qui l'accompagnaient. Pierremont avait proposé qu'ils aillent parler dans son bureau, au calme. Lazard espérait que les murs seraient insonorisés. Il ne tiendrait pas dix minutes de plus au milieu de ce boucan, sa tête allait exploser. Ils atteignirent le fond du bâtiment. Le professeur s'arrêta devant une porte en bois, sortit un lourd trousseau de clé et ouvrit la porte. Ils pénétrèrent dans l'antre du maître. Celui-ci referma la porte derrière eux et Lazard constata avec plaisir qu'on entendait presque plus les machines, juste un ronronnement tout à fait supportable. Tous prirent place sur des fauteuils en cuir autour d'une petite table. Pierremont passa derrière son grand bureau en chêne, ouvrit la porte vitrée d'un vaisselier, sortit des verres en cristal et une carafe de cognac qu'il posa sur un plateau avant de les leur apporter.

— Un cigare ? proposa leur hôte. Picard et Edison acquiescèrent, Lazard et Boisyvon restèrent sur leur cigarette roulée. Quelques secondes plus tard, une épaisse fumée s'éleva au-dessus des fauteuils. Tous avaient les traits tirés et la mine grave. Pour se donner une constance, Lazard feuilleta son carnet dans lequel il avait noté les dépositions et s'éclaircit la voix.

— Bon, messieurs, récapitulons... Voilà ce que l'on sait. (Se tournant vers Pierremont.) Vous m'avez dit connaître le malheureux qui est mort.

— Oui inspecteur, répondit Pierremont d'une voix grave après avoir tiré une longue bouffée de son cigare. Il s'agit d'un collègue et qui plus est d'un ami : Hyppolite Dubois... Un grand chimiste.

— Et vous ne l'aviez pas vu aujourd'hui. Pierremont lissa machinalement sa barbe blanche avant de répondre.

— Non, inspecteur. Pas depuis quelques jours. Il est venu la semaine dernière visiter le Palais de la chimie et nous avons déjeuné ensemble. J'ai juste reçu ce matin une missive de sa gouvernante qui m'informait que son employeur avait disparu depuis trois jours. Elle est allée au théâtre et quand elle est rentrée, il n'était pas à la maison. Elle voulait savoir si je l'avais vu.

— Elle n'a pas signalé sa disparition à la police ?

— Non parce qu'Hippolyte était un original, passionné par son métier. Il lui arrivait d'aller s'enfermer des jours durant dans son laboratoire à l'Université pour travailler sur un nouveau composé. Seulement, trois jours, ça ne lui était jamais arrivé d'être absent aussi longtemps et elle commençait à sérieusement craindre qu'il soit arrivé quelque chose.

Lazard replongea dans son carnet pour prendre des notes. Puis, se tournant vers Edison :

— Et vous, Monsieur Edison, vous étiez là pour assister à la démonstration.

L'air sérieux, l'Américain qui parlait parfaitement le français, acquiesça de la tête en ajustant sa mèche brune rebelle qu'il coiffait d'une raie sur le côté. Ses yeux noirs brillants d'intelligence, surmontés de sourcils fournis, se posèrent sur le policier.

— Effectivement, inspecteur, cette démonstration des plus originales devait servir à prouver la dangerosité du courant alternatif, mais vous le savez déjà... Il faudrait d'ailleurs en réaliser une avec un animal encore plus impressionnant pour convaincre mes compatriotes ! Avec un éléphant peut-être, ajouta-t-il, songeur.

— Je vais m'exprimer sans détour, vous étiez aux premières loges, alors je vous pose la question. S'agissait-il d'un suicide ?

— C'est ridicule, interrompit Pierremont. Hyppolite était tout à fait sain d'esprit. Il n'aurait pu commettre un tel acte.

Lazard leva la main en guise de silence

— Laissez répondre Monsieur Edison. Il était mieux placé que vous pour voir la scène.

Thomas Edison sortit un mouchoir de sa poche et s'essuya le front. Ce qu'il avait vu l'avait profondément horrifié.

— Inspecteur, croyez-vous aux fantômes ?

Le policier esquissa un sourire.

— Les spectres, les esprits, c'est ce que vous voulez dire ?

— Exactement. Ce que j'ai vu et ce que des centaines de personnes ont vu défie l'entendement. M. Dubois flottait dans l'air suspendu par une force invisible. Et derrière lui il y avait ce brouillard blanc de fumée ou de matière légère...

— Mais c'était un effet d'optique, s'énerva Alfred Picard rouge de colère. Petit, sec, le front dégarni et une épaisse moustache noire... On ne l'imaginait pas s'énerver de la sorte. Tout cela, ce sont des fadaises. Nous sommes dans l'enceinte des sciences, pas des superstitions. Il a sauté, n'en déplaise à Monsieur de Pierremont !

— Écoutez, cet incident va suffisamment entacher l'image de mon exposition. Si en plus le bruit court qu'elle est hantée, je n'ai plus qu'à mettre la clé sous la porte. Des millions de visiteurs sont attendus !

— Du calme, Monsieur Picard, lui intima Lazard. Soyez assuré que le préfet a conscience de tout cela et je ferai tout mon possible pour tirer rapidement cette histoire au clair. Monsieur Edison, continuez...

— C'est tout ce que j'ai vu inspecteur. Je ne peux vous en dire plus. Si ce n'est que pour moi, il s'agit d'un meurtre. Ah si mon appareil était au point... On pourrait le savoir.

— De quoi parlez-vous ?

— De mon nécrophone ! répondit le savant, les yeux brillants d'un éclat inquiétant. J'ai l'idée de travailler sur les plans d'une invention révolutionnaire, un appareil pour enregistrer la voix des morts, pour communiquer avec l'au-delà. Nous aurions pu savoir de la voix même de Monsieur Dubois ce qu'il lui est vraiment arrivé. Malheureusement, cet appareil n'en est encore qu'au stade embryonnaire.

Picard leva les yeux au ciel.

— Des morts qui parlent maintenant... C'est tout bonnement ridicule. Et vous allez faire venir des médiums maintenant pour mener l'enquête ?

Avant que le policier ait pu répondre, le commissaire général de l'Exposition se leva, l'air mauvais.

— Ça suffit maintenant. Bouclez-moi cette enquête sur ce suicide, et rapidement ! Demain j'irai voir le préfet et je vous préviens, je ne veux pas d'autre version.

Sur ces menaces, il se dirigea vers la sortie.

Edison soupira :

— Encore un qui n'accepte pas l'inconnu. Seule la science percera les mystères de l'univers et elle se doit de tout étudier et de tout expliquer, même ce qui nous paraît aujourd'hui invraisemblable. Je vous souhaite bon courage pour votre enquête inspecteur. Je n'étais venu que pour la démonstration d'électrocution d'hier, je dois reprendre le bateau aux aurores demain pour l'Amérique. Si vous n'avez plus rien à me demander...

— Non, merci Monsieur, vous pouvez disposer.

Pierremont qui était resté silencieux et pensif pendant les derniers échanges à siroter son cognac et à fumer son cigare regarda l'inspecteur avec intensité.

— Je compte sur vous pour faire la lumière sur cette affaire. Pour moi, il ne s'agit pas d'un suicide. Il a été poussé. C'est à vous de découvrir par qui. Trouvez l'homme derrière le fantôme.

— Ne vous inquiétez pas, nous allons faire pratiquer une autopsie dès cet après-midi pour connaître précisément les causes de la mort. Nous en aurons rapidement le cœur net.

Gustave, resté en retrait de la conversation, n'avait pas perdu une miette du dialogue. Il jubilait. Il avait de quoi faire la une du lendemain. Tous les ingrédients pour un article à succès étaient là : une mort dont il était témoin, l'apparition d'un spectre, une tentative de cacher la vérité... Son rédacteur en chef allait être aux anges. Il fallait absolument qu'il assiste à cette autopsie.

CHAPITRE 5

9 h 30, parc des Buttes-Chaumont, Paris

Assise sur un banc du parc des Buttes-Chaumont au bord du lac où s'égaillaient bruyamment quelques canards, Alice était perdue dans ses pensées, se demandant de quoi elle allait vivre, survivre tout du moins. À cette heure trop matinale, il n'y avait pas beaucoup de promeneurs. Après la scène de la veille, elle avait rassemblé ses quelques affaires qui occupaient sa chambre de bonne et les avait rangées dans sa petite valise. Elle avait nettoyé tant bien que mal la robe de jersey verte qu'elle portait à l'Exposition, l'avait enfilée froissée. Devant la psyché, elle avait coiffé le seul chapeau qu'elle avait, un chapeau cloche en feutre noir agrémenté d'une fleur verte, pris son sac, son ombrelle, sa valise et était descendu directement. Elle avait marché un peu, rue Manin, en remontant sans but vers la Mairie et avait décidé de se poser dans le parc pour réfléchir à son avenir précaire.

S'étendant sur près de vingt-cinq hectares, cet espace de verdure vallonné avec ses allées sinueuses était l'un des plus dépaysant de Paris. Un véritable parc paysager qui offrait aux visiteurs l'illusion d'être loin de la capitale. Des centaines de variétés de fleurs y exprimaient leurs couleurs chatoyantes et de nombreuses essences d'arbres aux racines vagabondes s'y épanouissaient dans un cadre bucolique, pour le plus grand plaisir des promeneurs. L'atmosphère paradisiaque était encore décuplée par les senteurs agréables qui se dégageaient en ce début de printemps. Plus rien ne restait de la sinistre réputation de ce quartier où s'élevait la puanteur des cadavres du gibet de Montfaucon, situé jusqu'en 1760 à quelques centaines de mètres de là. L'emplacement devint par la suite une décharge publique – la voirie de Montfaucon – qui servit aussi bien pour y déposer les excréments de parisiens que pour l'équarrissage des chevaux et autres animaux domestiques. Dans cette puanteur vivaient des marginaux qui envahissaient les carrières à proximité dès la nuit tombée. En 1870, les autorités décidèrent d'urbaniser le site et s'ensuivirent cinq ans de travaux pharaoniques et un apport de 200 000 mètres cubes de terre végétale pour remodeler le paysage. L'ingénieur Alphonse Alphand, qui s'occupait de l'opération, avait voulu imiter dans ce jardin à l'anglaise des paysages de montagne avec ses rochers, falaises, cascades, grottes et alpages. Alice commençait à bien le connaître. Elle y avait souvent emmené jouer les enfants Dutilleul le dimanche. Il faut dire que pour les lancer dans une partie de cache-cache, et avoir un peu la paix, c'était le lieu idéal, plein de recoins pittoresques et d'arbres sur lesquels on pouvait grimper. Définitivement, ici on ne se sentait plus à Paris.

Alice leva la tête. Devant elle, sur une île, la falaise centrale du parc avec son temple de la Sybille au sommet et son aiguille à côté. Certains disaient qu'il s'agissait du paysage normand d'Étretat où un pic rocheux se tient tel une aiguille dans la mer, proche des falaises. On disait même que ces panoramas rappelant les provinces françaises permettaient aux bonnes venues de Normandie et d'ailleurs de ne pas trop ressentir le mal du pays, elles qui déracinées étaient montées à la capitale pour s'occuper des enfants des bourgeois du coin. Alice n'était pas normande mais cette vue insolite en plein Paris réveillait en elle un mal du pays qu'elle n'aurait pas cru possible. Si elle était là, c'est qu'elle l'avait voulu. Monter à la capitale avait toujours été son rêve. Dans sa Bretagne natale, son avenir était tout tracé, et elle le voyait sordide. Pourtant, son enfance avait été heureuse et insouciante, bien que très tôt elle eût perçu la différence de condition sociale de ses parents. Fille unique de Yan Lekernec et d'Édith de Verneuil, Alice avait très vite compris que sa mère était sensible aux arts et à la culture, tandis que son père, marin pêcheur, bourru mais affectueux, s'intéressait plus au grand large qu'à la littérature. Ce mélange détonnant avait forgé sa personnalité et son caractère. Elle était aussi à l'aise dans un salon à parler littérature que dans un bateau à évider les poissons fraîchement pêchés. Au départ, rien ne destinait sa mère Édith, issue de la haute bourgeoisie parisienne, à épouser Yann. En villégiature à Dinard où sa famille possédait une maison de vacances, elle avait rencontré son futur mari au cours d'une promenade sur le port. Le jeune loup de mer y proposait aux vacanciers des balades en mer. Ce fut un coup de foudre. Édith tomba sous le charme de ce gaillard taciturne et rêveur aux yeux d'un bleu incroyable et à la peau burinée par l'air marin. Peut-être avait-elle lu trop de poésie. C'est du moins ce que pensa sa mère quand elle lui expliqua qu'elle comptait se marier avec Yann et venir habiter au bord de la mer. La réaction fut à la hauteur de l'affront. Les Verneuil qui nourrissaient pour leur fille de hautes ambitions, ne comprirent pas les élans du cœur. Ils la renièrent tout simplement et déclarèrent ne plus jamais vouloir la voir. Édith, aux aspirations moins convenues que sa lignée, tint bon et Alice ne l'entendit jamais regretter la vie qu'elle mena aux côtés de son mari. Son renoncement au luxe et à la richesse de la capitale n'était rien de plus qu'un choix au profit de l'amour. Elle apprit même à lire et à écrire à Yann, essayant sans grand succès, de lui donner le goût des arts et de la littérature. Lui ne rêvait que de mer, d'écumes et de lignes d'horizon. Même si cela n'entacha pas son bonheur, elle décida de transmettre à sa fille, symbole d'une union improbable mais rendue possible par l'amour, l'éducation qu'elle avait reçue. Elle l'appela Alice, en hommage à un livre de Lewis Carroll qui l'avait enchantée en 1869, et lui enseigna la passion de la lecture, de la peinture et de l'histoire, ainsi que les normes de la société d'où elle venait.

Pendant ce temps, son père réalisa son rêve en faisant d'elle le petit marin qu'il avait toujours voulu avoir. L'insouciance d'Alice prit fin l'année dernière, à ses vingt ans. René Morvan, le propriétaire de la flottille de bateaux de pêche où travaillait son père, rêvait d'un mariage entre Alice et son fils Erwan. Il fit chanter Yann, menaçant de l'empêcher de prendre la mer s'il refusait l'union. Celui-ci, acculé, avait ordonné à sa fille de consentir à ce mariage. Avec audace, Édith avait orchestré en cachette le départ d'Alice pour Paris. Elle lui avait trouvé une place de gouvernante auprès de la famille Dutilleul, amie de ses parents. Alice avait accepté la séparation d'avec sa famille au lieu d'être sous l'autorité d'un mari qu'elle jugeait vantard et violent. Elle qui avait pris la mer à bord du *Nautilus* aux côtés du capitaine Némo en lisant *Vingt mille lieues sous les mers*, qui avait tremblé pour le forçat Jean Valjean dans *Les Misérables*, qui avait chevauché avec d'Artagnan et les trois mousquetaires découvrirait le monde. Elle serait libre. Et puis c'était tellement romantique de choisir son destin ! Paris n'avait qu'à bien se tenir, elle partait à sa conquête. À elle la belle vie ! C'est du moins l'état d'esprit qu'elle avait à son arrivée, six mois plus tôt. Elle avait vite déchanté chez les Dutilleul. Lui n'était pas désagréable et ils avaient eu quelques conversations intéressantes mais il rentrait tard. En revanche, elle lui avait paru d'emblée antipathique, lui donnant des ordres sur un ton autoritaire et lui faisant constamment des reproches, la traitant d'empotée dès qu'elle le pouvait. Et puis il y avait eu les enfants, deux véritables petits monstres passant leur temps à se chamailler et à la prendre de haut. Bref, elle avait vite perdu ses illusions. Et aujourd'hui, elle n'avait plus d'emploi, plus de toit, peu d'argent et se trouvait dans une grande ville qu'elle connaissait peu. La magie avait disparu. Aucun lapin ne sortirait d'un bosquet en courant une montre à la main en criant « je suis en retard ! ». Elle sentit une larme couler sur sa joue, en laissa une seconde. Puis se leva sans les essuyer. Elle devait marcher, faire le tour du lac ou dix fois du parc s'il le fallait. Dans l'allée, elle croisa des enfants riant, jouant aux cerceaux, des gouvernantes vissées à des landaus, surveillant la progéniture de leur patron, de futurs petits-bourgeois qui s'enrichiraient sur le dos des ouvriers. Elle ne s'était liée à aucune d'entre elles, vite agacée de leurs critiques et de les écouter s'apitoyer sur leur sort. Alice était seule, elle s'en rendit compte. Mais était-ce le prix à payer pour la liberté, elle en est assurée. En Bretagne, dans le lit d'Erwan, elle se serait étiolée au rythme des marées. Parfois elle en voulait à sa mère de lui avoir ouvert les portes de la connaissance, de lui avoir montré la beauté du monde, de l'avoir laissé voyager dans des mondes imaginaires au fil des pages des ouvrages qui avaient alimenté sa soif d'aventures... Elle aurait pu vivre inculte et devenir madame Morvan sans un regret. Mais en ce début de siècle, une femme pouvait être libre. Elle en était convaincue, enfin certains jours, et pas maintenant. Si elle avait goûté au fruit défendu, volé trop près du soleil, elle voulait vivre et si Paris lui semblait toujours la meilleure alternative.

Alice ne s'était jamais beaucoup intéressée à la politique, mais elle n'avait pas besoin d'y prendre part pour se rendre compte que la condition des Hommes était injuste et loin des idéaux républicains de liberté, égalité et fraternité. Elle passa sous l'arche en brique rouge du « pont fatal » ou du « pont des suicidés » comme l'avaient surnommé les journalistes au gré de leur inspiration. Alice avait entendu dire qu'il y a quatre ans, et en à peinc un mois, en 1896, vingt-neuf personnes avaient sauté pour mettre fin à leur vie. Des femmes et des hommes désespérés, victimes d'un chagrin d'amour, ruinés par le jeu ou menacés par une banqueroute.

« Drôle d'endroit pour mourir », se dit-elle en regardant la passerelle piétonne qui passait au-dessus du lac, reliant l'île à ce continent de verdure et menant jusqu'au temple de la Sybille. Un cadre trop idyllique qui célèbre la vie. Ces désespérés étaient faibles. Voilà tout. Elle, avait un fabuleux destin qui l'attendait. Elle le savait, en était certaine. Son renvoi n'était peut-être pas une si mauvaise chose. Ses pas la ramenèrent jusqu'au banc qu'elle avait occupé. Incrédule, elle s'y assit à nouveau, les yeux encore humides Elle mit la main dans son sac pour y chercher un mouchoir lorsque ses doigts rencontrèrent un objet qu'elle sortit avec curiosité. Il s'agissait d'une bourse en cuir, fermée par une cordelette. Elle était encore mouillée et la jeune femme se rappela que c'était l'objet qu'avait ramassé Thomas dans le bassin après la chute de ce pauvre homme et qu'elle lui avait confisqué.

Alice entreprit fébrilement de dénouer le nœud qui la fermait. Elle y arriva avec difficulté et l'ouvrit. À l'intérieur, elle découvrit une main probablement en plâtre d'un bleu pâle. Sa taille lui fit penser à une main d'enfant. Tous les détails avaient été minutieusement reproduits : les ongles, les phalanges et même les circonvolutions au bout des doigts qu'on appelait empreintes digitales auxquels commençait à s'intéresser le criminologue Alphonse Bertillon partant du postulat que chaque individu possède une empreinte spécifique. Alice ne saurait expliquer pourquoi, mais cette sculpture la troublait profondément. Elle la rangea vivement dans la bourse qu'elle remit dans le sac. D'où venait-elle ? Qui l'avait fabriquée ? Elle avait dû tomber de la poche de l'homme qui s'était suicidé. Elle repensa à cette maudite soirée. Avait-elle vraiment vu un spectre sur le toit du Palais de l'électricité ou était-ce une illusion d'optique ? Elle n'en savait rien. Peut-être les fumées provenaient-elles d'un court-circuit du réseau électrique et avaient donné un court instant l'impression qu'il y avait une forme humaine en haut... Comme en réponse à ses pensées, son regard se posa sur un journal froissé posé à côté d'elle sur le banc sur lequel elle était assise. C'était l'édition du journal *Le Matin*, qu'un promeneur avait dû abandonner après l'avoir lu. Le titre de la une s'étalait en grand au-dessus des six colonnes de texte et lui sauta aux yeux : Mort étrange à l'Exposition universelle.

Alice s'en empara et commença à lire l'article.

> *Nouvelle tuerie à l'Exposition universelle Un homme volant s'écrase devant le Palais de l'électricité – suicide ou meurtre ? – Un mouvement de foule fait un nouveau carnage.*
>
> *Hier soir devant la foule rassemblée pour assister à une démonstration scientifique, Monsieur Hyppolite Dubois, chimiste de renom, a fait une chute de quinze mètres du haut du Palais de l'électricité où son corps semblait être en suspens. Au moment du drame, illusion ou réalité, les*

spectateurs ont assisté à la matérialisation d'un spectre... S'en est suivie une indescriptible panique au cours de laquelle une dizaine de personnes dont quatre femmes et deux enfants ont été blessés, piétinés sans vergogne par ceux qui s'enfuyaient sur l'esplanade du Champ de Mars. Ce drame intervient quelques jours après l'effondrement de la passerelle en fer béton du globe céleste qui a fait 9 morts. L'exposition serait-elle maudite, victime d'une malédiction ?

Elle lut attentivement l'ensemble de l'article qui indiquait même le nom des victimes de la bousculade. Un frisson la parcourut en repensant à la nuit tragique et au drame dont elle avait été témoin. Sur la deuxième page figurait le nom de l'auteur : Gustave B. Les intertitres étaient éloquents et caricaturaux : « l'horrible tragédie », « Des femmes et des enfants piétinés » « La morgue ne désemplit pas ». Alice regarda à nouveau la signature du journaliste.

Gustave B. Cela lui disait quelque chose. Elle se rappela soudain cette rencontre furtive de la veille avec le jeune reporter. Gustave B. Comment avait-il dit qu'il s'appelait déjà ? Ah oui. Boisyvon. C'était cela, Gustave Boisyvon. Les synapses s'activèrent dans son esprit, et elle médita sur l'insolite sculpture de main logée dans son sac. Peut-être détenait-elle un artefact de valeur que Dubois avait conservé précieusement. Que faire de cette découverte ? La remettre aux autorités ? Non, elle envisageait une option plus ingénieuse, un stratagème qui pourrait lui assurer, sinon une nouvelle opportunité, un moment de divertissement. Après tout, elle n'avait rien à perdre. Un sourire énigmatique aux lèvres, elle se redressa du banc, saisit fermement sa malle et, d'une démarche résolue, quitta le parc des Buttes-Chaumont pour héler un fiacre.

CHAPITRE 6

11 heures, boulevard Poissonnière, Paris

Le cocher déposa Alice devant les locaux du *Matin* qui occupaient quatre immeubles de cinq étages surmontés d'une haute antenne télégraphique entre le 3 et le 9 du boulevard Poissonnière. Accrochés aux balcons de chaque étage, des slogans en grandes lettres vantaient les atouts du quotidien: « Service direct avec New York », « Connaît tout, dit tout » « 5 centimes », « 6 pages », « Le mieux renseigné », « Journal de la dernière heure », « Le plus rapidement informé », « Service de reportage le mieux organisé », « Dernières nouvelles du monde entier », « Le plus complet des journaux », « Exact, intéressant, utile » ...

— Utile... surtout pour emballer des truites chez le poissonnier.

Loin de l'impressionner, elle s'amusa de cette propagande. Alice, le pas vif sa valise à la main, traversa la rue manquant de se faire renverser plusieurs fois par les calèches, les chariots et les cycles qui passaient à toute allure, se faisant huer de tous les côtés. Arrivée sur le trottoir, une autre épreuve l'attendait. Elle dut en effet se frayer un chemin au milieu des passants pressés qui vaquaient à leurs affaires, sans se préoccuper de leur environnement. Aussi excitante qu'elle fut, la vie parisienne avait aussi son lot de galères et elle regrettait parfois sa Bretagne natale, ses paysages et ses longues balades sur la lande. Alors qu'elle atteignait l'entrée du journal, perdue dans ses réflexions nostalgiques, elle faillit être renversée par une nuée de jeunes crieurs, des gamins des rues, casquettes vissées sur la tête et journaux sous le bras, qui, telle une volée de moineaux, sortaient en trombe de la porte à double battant en criant. Des illustrations s'échappant des affiches de Francisque Poulbot, une armée de gavroches tout droit sortis du roman de Victor Hugo.

Le flot passé, elle réussit enfin à pénétrer dans le vaste hall du journal. Elle fut impressionnée. Des lustres en cristal pendaient du plafond, des colonnes de marbre clair soutenaient deux escaliers tournants qui s'envolaient vers les étages. L'image qui lui vint fut celle de l'intérieur d'une cathédrale... Un lieu de culte érigé pour servir le Dieu « information ». Mais surtout, elle fut aussi surprise par le contraste entre le silence qui régnait dans le hall et le tumulte de la rue. C'était comme si elle était rentrée dans un autre monde. Les crieurs sortis, en ce milieu de matinée, le hall était pratiquement désert. Une grande moquette rouge épaisse la séparait du guichet d'accueil situé à côté d'un ascenseur astiqué à l'extrême aux bronzes brillant de mille feux. Elle se fit la remarque que la presse devait être une activité fort lucrative et que les dirigeants du *Matin* soignaient beaucoup leur image de modernité.

Légèrement intimidée par le décor, Alice rajusta sa robe et prit une grande inspiration. Elle prenait là, un pari audacieux. Elle n'avait plus d'emploi, plus de logement et était seule, perdue dans une grande ville inhospitalière. Sans qu'elle s'en aperçoive, son emploi de gouvernante l'avait isolée du monde. Bien évidemment elle avait côtoyé d'autres gouvernantes, le temps de promenades aux Buttes-Chaumont. Mais elle en avait vite eu assez de les entendre critiquer leurs employeurs et leurs caprices, s'apitoyer sur leurs conditions de vie, regretter leur province natale et passer des heures à écouter leurs ragots. Elle ne s'était liée avec aucune. Quant aux autres personnes avec qui elle aurait pu faire connaissance, il s'agissait essentiellement de commerçants avec lesquels elle n'échangeait qu'un bonjour matinal. Elle était seule. C'était peut-être le prix à payer pour la liberté. Elle avait fui sa famille, un mariage qui la destinait à une vie sans surprise, sans saveur, une partition de vie écrite d'avance. Si elle était restée en Bretagne, elle se serait mariée avec un homme qu'elle n'aimait pas, aurait eu trois ou quatre enfants qu'elle aurait élevés dans une petite maison de pêcheur et elle se serait étiolée au rythme des marées. Parfois elle en voulait à sa mère de l'avoir laissée voyager dans des mondes imaginaires au fil des pages des ouvrages qui avaient alimenté sa soif d'aventure... Mais en ce début de siècle, une femme pouvait-elle réellement être libre et aller jusqu'au bout de ses rêves ? Quand elle voyait de quelle manière fonctionnait la société, elle en doutait. Mais elle avait goûté au fruit défendu, volé trop près du soleil... Et elle y avait pris goût. Elle rêvait de pays lointains, d'odyssées exotiques, d'indépendance et de liberté. Un monde où tout lui serait possible, où tout lui serait permis. En un mot, elle voulait Vivre. Et pour commencer, Paris lui avait semblé être la meilleure destination. Mais aujourd'hui, seule et sans avenir, elle n'en était plus persuadée.

— Allez Alice, ressaisis-toi ! Ce n'est pas le moment de se laisser abattre ! s'admonesta-t-elle. Toi aussi tu trouveras ton lapin blanc.

Après avoir rajusté sa robe, d'un pas qui se voulait assuré, elle se dirigea vers le guichet. Derrière le comptoir, une petite femme aux cheveux gris tenus en chignon arborait un air peu renfrogné. Elle portait une robe rouge et or élimée et des binocles ronds tenaient en équilibre sur son nez délicat. Elle semblait perdue dans ses réflexions, sans doute désagréables, vu son air. Alice estima qu'elle devait bien avoir la cinquantaine.

— Bonjour Madame, tenta Alice, soudainement intimidée. Pardonnez-moi de vous déranger...

La femme réalisa que l'on se tenait devant son comptoir. Qui avait le culot de venir interrompre le flot de ses pensées ? Les mêmes, toujours les mêmes. D'une voix lasse, elle récita :

— Si vous venez pour un abonnement, c'est dans l'immeuble d'à côté, récita-t-elle d'une voix lasse.

— Euh, non, pas exactement... Je cherche un journaliste.

La réceptionniste la dévisagea, suspicieuse.

— Un journaliste... Eh bien vous êtes au bon endroit, jeune fille ! Nous en avons plein en rayon ! Comment le voulez-vous ?

Jeune ? Maigre ? Rachitique ? Gros ? Célibataire ? Inverti ? Marié ? Veuf ? ... Vous vous croyez au Bon Marché ? On n'est pas dans un grand magasin ici !

Alice ne comprenait pas sa réaction. Les gens de la ville sont souvent déroutants. Elle avait bel et bien commis un impair. Elle sentit le rouge monter à ses joues.

— Écoutez, je cherche Monsieur Boisyvon. Il est journaliste chez vous... Je crois avoir des informations qui pourraient l'intéresser. Des informations importantes sur l'homme qui est tombé du toit du Palais de l'électricité hier...

— Que voulez-vous que ça me fasse ? Il tombera pas plus bas ! De toute façon, Boisyvon, il n'est pas là. Faudra repasser. D'ailleurs, je ne suis pas sa secrétaire ! Allez oust, déguerpissez !

Surprise par la véhémence de la guichetière, Alice recula d'un pas et s'apprêta à répliquer. Mais elle se ravisa au dernier moment, comprenant qu'il était inutile de s'entêter et que cela ne ferait qu'envenimer les choses. Elle ne tirerait rien de cette femme. Son plan s'écroulait face à ce véritable cerbère. Il fallait qu'elle trouve un autre moyen de mettre la main sur Gustave Boisyvon. Elle pouvait attendre à l'entrée qu'il se présente ; après tout, elle n'avait rien de mieux à faire. À condition qu'il rentre au journal par cette porte... Peut-être les journalistes avaient-ils un accès réservé... Comme l'entrée des artistes dans les théâtres. En fait, elle n'en savait rien. Elle se prit à douter. Après tout, elle ne l'avait vu qu'une seule fois et ne savait même pas s'il la reconnaîtrait, s'il prendrait au sérieux la proposition qu'elle voulait lui faire et surtout s'il l'accepterait. Elle avait construit tout son plan sur des suppositions, comme toujours. Et elle se rendait compte à présent qu'elle était ridicule d'être venue jusqu'ici et que l'issue de son entreprise était trop incertaine. Dépitée, sa valise à la main, elle retraversa le hall lorsqu'une voix l'interpella.

— Mademoiselle ! Mademoiselle ! Attendez...

Alice s'arrêta et se retourna pour se trouver face à face avec un homme en costume beige. Il tenait son canotier dans une main, essuyait son front dégoulinant avec un mouchoir blanc brodé de l'autre, essayant en même temps de mettre un peu d'ordre dans les boucles noires de sa tignasse. Ses lunettes rondes étaient mises un peu de travers, ce qui lui donnait une allure comique. Il avait dû courir pour la rattraper et paraissait à deux doigts de l'arrêt cardiaque. Ses joues étaient écarlates au-dessus de sa barbe. Il respirait bruyamment.

— Reprenez votre respiration, Monsieur, vous allez faire une attaque !

— C'est que... c'est que je vous ai entendue du haut de l'escalier parler avec Gisèle...

— Gisèle ?

— Oui, la dame au guichet.

— Le Cerbère de service, vous voulez dire...

— Ne lui en voulez pas. Elle vient d'apprendre que son mari a demandé le divorce pour se mettre en ménage avec une actrice. Déjà qu'habituellement elle n'est pas très affable, mais aujourd'hui est préférable de s'abstenir de lui parler.

Alice en convenait. Le malheur rend méchant. L'homme rangea son mouchoir, passa la main dans ses cheveux pour dompter quelques boucles rebelles et lui tendit la main.

— Mais je manque à tous mes devoirs... Gaston Leroux, chroniqueur judiciaire au *Matin*. Votre histoire m'intéresse.

— J'imaginais la livrer à M. Boisyvon.

— Gustave est un collègue, mais surtout un ami. Nous sommes rentrés au journal, ensemble.

Alice sourit, revigorée. En définitive, la chance ne l'avait pas abandonnée. Elle reprit de l'assurance face à ce garçon sympathique et débonnaire. Il semblait tout à fait correct avec son costume, son gilet rayé, sa chemise blanche amidonnée, sa cravate rouge et son regard espiègle.

— Enchantée, Monsieur Leroux, je suis Alice Lekernec, ex-gouvernante... Dites-moi, comment devient-on chroniqueur judiciaire ? s'intéressa-t-elle.

— Voyez-vous, ma chère demoiselle, mon métier d'avocat m'a amené à fréquenter les tribunaux et, pour arrondir mes fins de mois, j'ai commencé à couvrir des procès pour *L'Écho de Paris*. À force de publier mes comptes rendus, comme celui du procès de l'anarchiste Auguste Vaillant avec sa bombe en pleine séance de l'Assemblée nationale il y a presque 7 ans, j'ai fini par être remarqué par *Le Matin*... Et j'espère d'ici quelques années devenir grand reporter... Voilà, vous savez tout !

— Pas tout à fait, non, répondit Alice, en riant. Enfin, si vous êtes son ami, savez-vous où je peux trouver Gustave Boisyvon ? Il faut absolument que je lui parle.

Leroux gratta sa barbe, embarrassé

— C'est que j'espérais que vous me confieriez vos informations...

— Je l'avais bien compris ainsi, mais il me semble que j'ai une dette envers votre ami.

— Une dette ?

— Disons un échange de services rendus, conclut Alice.

— Comme Gisèle vous l'a dit de manière abrupte, il n'est pas là.

« C'était trop beau », pensa Alice. Si elle voulait que son plan fonctionne, il fallait qu'elle se montre ferme.

— Désolée, Monsieur Leroux, mais je ne parlerai qu'à M. Boisyvon, et en personne. C'est une affaire de la plus haute importance. Où est-il ? Il faut que je le voie tout de suite !

— Je vous dis que ce n'est pas possible, répondit-il. Il avait rendez-vous ce matin dans un endroit qui ne sied pas du tout à une demoiselle.

— Qu'en savez-vous ? répliqua-t-elle, piquée au vif. Il n'y a aucun lieu dans Paris qui est explicitement interdit aux femmes. Même les maisons de tolérance !

Gaston rougit. Visiblement, cette jeune femme avait de la suite dans les idées. Il ne savait pas quoi faire dans pareille situation. Une charmante jeune femme insistante, il avait du mal à gérer. Il se balançait d'un pied sur l'autre.

— Sachez que je suis prête à tout entendre, continua-t-elle. Et si vous ne répondez pas à ma question, je m'assois au milieu du hall avec ma valise pour l'attendre !

Ne voyant comment s'en dépêtrer, Gaston essaya de changer de sujet.

— Têtue comme vous êtes, vous ne seriez pas bretonne, par hasard ?

— De pure souche... Mais au moins, vous savez que je ne vous lâcherai pas. Alors où est-il ?

Gaston finit par capituler.

— Bon, vous l'aurez voulu... Voilà, il est retourné à l'Exposition universelle pour assister à l'autopsie d'Hyppolite Dubois, le chimiste mort, hier soir.

— Une autopsie ?

— Oui, elle a été ordonnée d'urgence par le préfet Lépine en personne qui veut tirer sa mort au clair le plus vite possible pour couper court aux rumeurs selon lesquelles l'Exposition serait maudite. Je peux vous assurer que le président de l'Exposition est hors de lui. Il craint une chute drastique de la fréquentation. Et comme c'est un ami de Lépine, je ne vous explique pas le branle-bas de combat.

— Vous parlez de l'article de ce matin ? C'est ce qui a mis le feu aux poudres ?

— Oui tout à fait... La prose de notre jeune ami Gustave. C'est lui qui a brillamment relié la tragédie récente de l'effondrement de la passerelle et le décès de ce chimiste. Une succession d'accidents mortels évoque inévitablement une malédiction. Un éclair de génie !

— Mais ces événements ne sont pas nécessairement liés, l'enquête n'a même pas commencé !

— C'est toute la beauté de la chose. Il suffit de réunir l'accident et le suicide dans un même article pour créer une rumeur, une suspicion... Avec une touche de surnaturel. Les lecteurs en raffolent. Cela donnera lieu à une série de papiers qui les tiendra en haleine comme dans un feuilleton.

— Et s'il est prouvé que cela n'a rien à voir ? Car ce sera, évidemment le cas.

— Nous démentirons... Ce qui fera un article de plus ! Et sur cette affaire, les rebondissements ne manquent pas. Jc vais vous confier quelque chose, en gage de ma bonne foi. Dès que le nom de la victime nous a été connu, nous avons envoyé un reporter chez lui pour interroger, son entourage, sa femme, ses enfants, ses voisins... Mener notre propre enquête en somme.

— Et alors ?

Gaston se pencha vers elle en baissant le ton, comme un conspirateur.

— Eh bien, figurez-vous qu'il habitait Neuilly et que sa maison a brûlé il y a deux jours. Partie en fumée ! Les pompiers n'ont rien pu faire. Les ruines sont encore chaudes. On a rencontré sa gouvernante, toute retournée ! Son patron l'avait envoyée au théâtre et quand elle est rentrée, elle n'a pu qu'assister, impuissante, au brasier. Elle nous a même raconté qu'elle n'avait jamais vu de feu aussi intense. Imaginez des flammes qui lèchent les nuages, des démons dansants qui dévorent la demeure... Cette brave fille est sans doute pétrie de superstitions. Elle a dû se signer un nombre incalculable de fois devant les flammes priant tous les saints du paradis.

— Comme vous y allez ! Votre imagination est trop fertile pour que vous soyez chroniqueur judiciaire ! fit remarquer Alice, avec une ironie non feinte. Je vous rappelle que vous êtes journaliste, pas romancier. Mais pour peu, je dirais que vous vous gâchez.

Lancé dans son discours, Gaston ne s'en aperçut même pas.

— Journaliste et romancier, c'est presque la même chose. Nous racontons une histoire en nous basant sur les faits mais pour que cela parle au lecteur, c'est l'émotion qui change la donne.

— Revenons à l'affaire, recadra la jeune femme. Et cette gouvernante n'a pas été surprise de savoir qu'on avait retrouvé son patron dans la fontaine à l'Exposition universelle ?

— Qui ne le serait pas ? Elle croyait qu'il était mort dans l'incendie – bien qu'on n'ait pas retrouvé son corps – et voilà qu'on le voit tomber du haut du Palais de l'électricité. Étrange non ? Où était-il durant ces deux jours ? Peut-être était-il possédé par un esprit qui l'a contraint à errer au hasard des rues ? Peut-être a-t-il répondu à l'injonction d'un esprit farceur ou à l'appel désespéré d'une voix d'outre-tombe qui l'a poussé à incendier sa demeure et mettre fin à ses jours... Patience, vous pourrez lire cela demain matin !

— Mais ce n'est pas honnête de laisser croire des choses fausses !

— Votre naïveté est rafraîchissante. Pourquoi donc nous en priver ? Nous créons l'information. Nous choisissons les actualités qui nous paraissent prometteuses pour des séries d'articles, donnons aux gens ce qu'ils ont envie de lire et entretenons le suspens. Vous le disiez plus tôt, nous sommes un peu des romanciers. Mais en plus amusants.

Alice commençait à comprendre comment cela fonctionnait et surtout elle se rendait compte que la mort de ce chimiste à laquelle elle avait assisté allait dans les jours à venir prendre une ampleur considérable. Si un journal comme *Le Matin* décidait de s'emparer de l'affaire, de la monter en épingle, cela allait faire grand bruit. Et par là même peut-être arranger ses affaires. Elle avait eu du flair de venir traîner ses bottines jusqu'ici.

— Emmenez-moi à l'exposition pour voir votre ami Boisyvon. Une autopsie ne me fait pas peur... J'ai plus de ressources que vous croyez !

— Des ressources je ne sais pas, mais du caractère, cela oui. Allez ! Vous m'êtes sympathique et votre obstination force le respect... Je vous y emmène. Mais je vous préviens, si on n'arrive pas trop tard, ça ne sera pas joli à voir et il faudra vous tenir tranquille !

CHAPITRE 7

14 heures, sous-sol du Palais de l'électricité, Exposition universelle, Paris

Hyppolite Dubois avait perdu de sa superbe. Le chimiste reposait nu sur le dos, allongé sur une grande table en bois dans une salle de maintenance des machines située sous le hall du Palais de l'électricité. Des trappes au plafond et un labyrinthe de coursives en fer qui couraient tout autour de la pièce permettaient d'accéder aux monstrueuses roues dentelées qui avaient commencé leur course infinie. Des outils et des caisses de pièces détachées éventrées, vomissant boulons et écrous étaient posés en désordre contre les murs ainsi qu'une gigantesque roue crantée de rechange. On se serait cru dans l'usine d'horlogerie de géants qui auraient entreposé du matériel pour construire une monstrueuse montre. Mais ici l'atmosphère était différente de l'étage du dessus. Le vacarme des machines et des pistons était étouffé, et le bruit assourdissant s'était tu, comme pour respecter l'atmosphère de caveau improvisé, éclairé chichement par des lampes à pétrole. Les ombres fantomatiques s'étiraient et donnaient à l'ensemble un air lugubre. S'il était encore vivant, Dubois n'aurait pas manqué de frissonner. La température devait avoisiner les trois degrés.

Au milieu de la pièce, entourant le cadavre, de grands blocs de glace taillés grossièrement avaient été disposés afin de retarder la décomposition du corps qui, par cette chaleur printanière n'aurait pas tardé à débuter. Le long d'un mur, sur une table en marbre, brillait faiblement tout une série d'instruments de chirurgie inquiétants : couteaux de différentes tailles bien aiguisés, scalpels pour les incisions, écarteurs, scies, pinces. Bien qu'il se soit bien passé de cette distinction, il en aurait sans doute été honoré : le préfet Lépine avait demandé expressément que son autopsie soit pratiquée par un des meilleurs, le professeur Auguste Trivert, un disciple d'Alexandre Lacassagne qui avait participé six ans plus tôt à l'autopsie de la dépouille du président Sadi Carnot, tué par un anarchiste italien à Lyon quelques heures seulement après l'avoir opéré pour tenter de le sauver. Penchés sur ce qui restait du corps d'Hyppolite Dubois depuis plus d'une heure, Trivert et son assistant farfouillaient dans les entrailles ouvertes du chimiste, découpant les organes, écartant les os brisés, examinant à la loupe les lésions, devant un public silencieux regroupé au fond de la salle, comme si la mort pouvait être contagieuse. Bien qu'amoindris par le ronron des machines au-dessus, les sons qui leur parvenaient n'en étaient pas moins sinistres. Craquement des os, gargouillis des liquides... Sans parler de l'odeur nauséabonde de viande faisandée qui petit à petit avait imprégné chaque mur de la pièce.

De dos, avec sa large blouse blanche, les lanières de son tablier, ses cheveux noirs hirsute et ses bras épais qui remuaient en gestes mécaniques, Pivert faisait penser à un ogre en train de se repaître de chair humaine ou à un savant fou envoûté par une quelconque entité démoniaque farfouillant dans les entrailles d'un monstrueux automate. Dans un silence religieux, mouchoirs sur le nez, les spectateurs avaient supporté de loin le spectacle macabre et attendaient avec impatience les conclusions de l'expert sur les causes de la mort. Aucun d'eux ne semblait à l'aise, pensant sans doute qu'on était peu de chose, un morceau de viande sanguinolent, qui pouvait être exploré par des médecins en cas de mort suspecte. Ils avaient préféré rester en retrait, derrière le praticien, ce qui leur évitait d'avoir à supporter la vue dérangeante du corps profané. Au bord du malaise, Alfred Picard, le commissaire général de l'Exposition universelle, ne cessait de faire des allers-retours avec son mouchoir entre son nez et son front dégarni dégoulinant de sueur malgré la température en pensant aux conséquences commerciales pour son exposition. La tête baissée, il psalmodiait des prières adressées à tous les saints du paradis pour que le chimiste se soit bien suicidé. Le professeur de Pierremont semblait ailleurs, complètement perdu dans ses pensées. La mort de son ami semblait l'avoir affecté. Quant à Louis Lazard, il faisait les cent pas pour se réchauffer et surtout pour se calmer. L'inspecteur bouillait. Il s'en voulait de s'être laissé corrompre par ce journaliste et lui avoir permis d'assister à l'entretien de ce matin. S'il avait su à qui il avait affaire. Ce journaliste était celui qui dans la nuit avait rédigé l'article qui avait mis le Préfet hors de lui. Les quelques billets reçus n'étaient rien au regard des conséquences de sa bourde. Car Lazard en était certain, ce gratte-papier n'allait pas s'arrêter là. À la lecture du premier article, Lépine avait en effet piqué une colère mémorable qui avait fait trembler toutes les vitres des bureaux de la Préfecture. Quel savon ! Il n'en revenait pas de ne pas s'être fait virer. Il n'était pas près d'oublier la leçon. Sans ce maudit journaliste, l'affaire aurait été rapidement classée comme un accident ou un suicide... L'histoire aurait pu être simple : choqué par l'incendie de sa demeure, Dubois avait perdu la tête et, désespéré, était monté sur le toit. Peut-être sujet au vertige, il avait glissé ou alors s'était jeté intentionnellement dans le vide, voulant en finir. Pourquoi être venu jusqu'à l'Exposition universelle pour mourir ? Peu importe ! Bref, il était tombé du toit, point final. Mais maintenant, il fallait couper court à la rumeur d'un crime surnaturel avant qu'elle n'enfle en sachant réellement ce qui s'était passé. Si le policier savait qu'à quelques mètres de lui, Gustave Boisyvon ne perdait pas une miette du spectacle... Après la réunion du matin, il avait supplié Lazard de l'autoriser à assister à l'autopsie. Sans succès. Ses principaux arguments en espèces sonnantes et trébuchantes n'y avaient rien fait. Lazard avait eu peur que cela lui porte préjudice. Une autopsie, c'était exclusivement l'affaire de la police, par d'un gratte-papier ! Ne s'avouant pas vaincu, après avoir fait un saut au journal, Gustave avait rallié le Palais de l'électricité, non sans avoir réfléchi à un plan pour s'infiltrer au plus près de la salle où se déroulait l'autopsie. Avec la teneur de l'article qu'il avait écrit la veille et que, fort heureusement Lazard n'avait pas encore lu, il se doutait bien qu'il y serait persona non grata. Grâce à Gaston, qui faisait partie du service de sécurité de l'exposition, et avec quelques billets, il avait pu s'introduire dans le Palais et s'était caché dans une remise jouxtant la salle, protégé par une pancarte « Défense d'entrer ». De là, assis aux premières loges sur une caisse en bois, l'œil rivé à une fente entre deux planches de la porte, il avait une vue imprenable sur ce qui s'y déroulait. Le légiste se releva soudain, s'écarta de la table en faisant un signe de la tête à son assistant. En silence, celui-ci recouvrit le cadavre d'Hyppolite Dubois d'un drap blanc. Le médecin se tourna enfin vers son auditoire impatient d'en finir. Avec son tablier maculé de fluides corporels et de sang, ses bras musclés terminés par des mains étonnamment aussi larges que des battoirs, le docteur avait tout d'un boucher de la Villette. Seul son visage poupin surmonté d'une épaisse tignasse noire en désordre et ses grosses joues rouges lui donnaient un air innocent. N'en pouvant plus, Picard l'interpella.

— Alors docteur ! C'est bien un suicide ou une chute accidentelle, n'est-ce pas ?

Les trois hommes et leur invité surprise, dissimulé dans la réserve, étaient pendus aux lèvres du médecin. S'il concluait au suicide, cela les soulagerait. Picard continuerait tranquillement à s'occuper de son exposition en comptant sur le fait que l'incident soit rapidement oublié par une opinion publique à la mémoire défaillante, Lazard bouclerait son enquête et ne subirait plus les foudres du préfet. Quant à Pierremont, il pourrait faire le deuil d'un ami qui avait été gagné par une mélancolie mortelle ou une maladresse plus mortelle encore. En revanche, pour Boisyvon, c'était la poule aux œufs d'or avec la perspective d'une série d'articles racoleurs qui s'envolait. Le médecin racla sa gorge pour s'éclaircir la voix. Le suspens était insoutenable. Il répondit avec une voix fluette qui détonnait d'avec sa carrure.

— Eh bien, je ne pense pas, Messieurs ; un mort ne se suicide pas.

— Que voulez-vous dire par là ? réagit Lazard, affolé.

— Je veux tout simplement dire que monsieur Dubois était déjà mort lorsqu'il est tombé. Processus de décomposition des chairs entamé, rigidité cadavérique... Je vous passe les détails mais tout atteste qu'il n'était plus de ce monde il y a un ou deux jours tout au plus.

— C'est tout bonnement impossible ! s'écria Picard. Des milliers de personnes l'ont vu tomber.

— Vous avez vu tomber un cadavre. Toutes les fractures et contusions dues à la chute sont post mortem, il n'y a pas de doute là-dessus.

Dans son coin, Boisyvon jubilait. Le mystère s'épaississait, ces informations exclusives, du pain béni pour ses articles. Un meurtre ? Un complot ? Tout lui était désormais possible.

Lazard avait l'air perdu. Il n'y comprenait absolument rien.

— Mais comment un homme déjà mort a-t-il pu monter jusqu'au toit du Palais et se jeter en contrebas ?

Le médecin le fixa, l'air réprobateur. L'homme de police était-il simplet ?

— Inspecteur, ce n'est pas mon travail de vous le dire. Je ne peux que vous rapporter ce que la science me montre.

— Comment est-il mort ? demanda Pierremont avec brusquerie.

— Lentement, j'en ai malheureusement l'impression. Je pense que cet homme a été torturé. Voyez, j'ai relevé des traces de liens aux poignets et aux chevilles. On lui a également coupé les doigts, phalange par phalange... Sans doute avec un objet tranchant du type grand couteau de cuisine ou un hachoir de boucher.

Caché derrière sa porte, Boisyvon n'en revenait pas. On touchait au sordide. Cette histoire devenait encore plus bizarre et horrible qu'il ne l'avait cru. Il réfléchit à toute vitesse s'essayant à quelques hypothèses. Le chimiste avait donc été torturé par son ou ses ravisseurs. Dans sa maison ? Un vol qui tourne mal ? Ils essaient de lui faire cracher le morceau pour savoir où il a planqué ses économies. De vrais sadiques qui lui coupent les doigts les uns après les autres patiemment. Quel genre d'homme peut faire cela ? Il se vide de son sang ou le cœur lâche... Il succombe à ses blessures. Les voleurs paniqués mettent le feu à sa maison ? Ça ne se tenait pas : pourquoi avoir emporté le corps, l'avoir caché pendant deux jours et le faire réapparaître au sommet du Palais comme pour un spectacle. Ce genre de mise en scène ne collait pas avec un crime crapuleux. Un nouveau Jack l'Éventreur parisien ?

— Ce sont ces mutilations qui ont causé la mort ? demanda Lazard dont le cerveau d'enquêteur tournait à cent à l'heure.

— Non, aucune n'a pu entraîner le décès. Je vous donne tout de même un détail des plus macabres : j'ai retrouvé des morceaux de doigts dans sa bouche.

La température fondit. Picard, Lazard et Pierremont déglutirent en silence, étouffés dans ce cauchemar. Le calvaire du chimiste était évident.

— Et ce n'est pas tout, poursuivit le médecin. Son visage a été brûlé. Les lèvres ont fondu, les sourcils ont cramé, les yeux ont quasiment cuit... Je n'ai jamais vu quelque chose comme cela. Une chaleur intense, douloureuse, qui a emballé le cœur... Il est mort de souffrance.

Les trois hommes se regardèrent abasourdis.

— Vous parlez de feu, reprit Lazard d'une voix mal assurée. Sa maison a été incendiée. Se peut-il qu'il soit mort brûlé vif dans les flammes ?

— Non, ce n'est pas cela. Sinon il ne resterait rien de ce pauvre homme ! Ici, il n'y a que son visage a dû s'embraser. Je penche plutôt pour une brûlure chimique. Une substance qui monte rapidement à très haute température comme le phosphore.

— C'est abominable ! s'écria Picard. Quel monstre a pu faire cela ?

— Et puis, ajouta Pierremont sans tenir compte de l'interruption du commissaire général de l'Exposition, s'il était mort dans l'incendie que vous mentionnez, cela n'expliquerait pas comment il s'est retrouvé deux jours plus tard au-dessus de la foule.

Lazard acquiesça, gravement, l'estomac retourné.

— Messieurs, nous avons malheureusement affaire à un accident de laboratoire ou à un meurtre. Quoi qu'il en soit, il va falloir élucider ce qu'il s'est passé durant ces deux jours. Monsieur Picard, je suis désolé mais nous ne pouvons clore cette affaire. Même si ces détails ne doivent pas sortir dans la presse, il n'en demeure pas moins que je vais être obligé de faire un rapport au préfet et que nous allons continuer l'enquête.

Puis, se tournant vers Trivert :

— Autre chose, docteur ?

Le légiste ajouta que rien d'anormal n'avait été détecté sur le corps, si ce n'est un tatouage rudimentaire, tracé à l'encre rouge sur l'intérieur du bras, représentant un oiseau aux yeux exorbités. Lazard, impatient de conclure, écarta l'idée d'une importance quelconque.

« Probablement un souvenir de régiment qu'il s'est fait tatouer à l'armée », songea-t-il. Puis, s'adressant au médecin, il ajouta :

— Docteur, vous pouvez faire évacuer le corps. Nous avons tout ce qu'il nous faut.

Il fit signe aux trois hommes de sortir.

— Attendez, inspecteur ! l'interrompit Trivert. Il y a encore un détail troublant.

Tous se retournèrent vers lui. Boisyvon tenta de se rapprocher pour mieux voir ce que le médecin tenait, mais Picard, placé entre lui et la table, lui obstruait la vue, ce qui le frustrait au plus haut point. Il enrageait.

— Il y a cet objet insolite coincé au fond de sa gorge, inséré post-mortem, sans aucun doute.

Trivert tenait à la main une petite forme écarlate, sans doute gorgée de sang. Une main, le poing fermé.

— Mais qu'est-ce que c'est donc ?

Pierremont avait pâli.

— Sincèrement, je l'ignore... Cela ressemble à une sculpture, une sculpture d'une main. Vu sa petite taille, vous penseriez à celle d'un enfant, mais les caractéristiques anatomiques sont étranges. C'est une main d'adulte miniature.

Une main d'adulte miniature ? Qu'est-ce que c'est donc encore que cette bizarrerie ? se demanda Gustave. Cette affaire était bien étrange et la piste du surnaturel qu'il avait exploité pour faire de l'audience n'était peut-être pas si incongrue, après tout. Malheureusement, de là où il était, il ne voyait toujours pas l'artefact. Il aurait donné cher pour pouvoir en faire un croquis et la décrire avec précision à ses lecteurs. Derrière la porte, Trivert avait déjà placé l'objet dans un sac et l'avait donné à Lazard. Les trois hommes repartaient... C'était foutu. D'autant qu'il était coincé jusqu'à la levée du corps et le départ du légiste et de son assistant. Le silence revint dans la salle pendant que le médecin rangeait son matériel et que l'assistant cousait le linceul enveloppant le corps supplicié. Vingt minutes plus tard, il n'y avait plus personne. Boisyvon attendit encore dix minutes, au cas où l'un des protagonistes aurait oublié quelque chose puis ouvrit délicatement la porte de son refuge. Il se glissa à l'extérieur et, en faisant bien attention de ne pas se faire voir, regagna l'étage supérieur, traversa le grand hall et sortit sur l'esplanade du champ de Mars. L'air printanier lui fit du bien, chassant les relents d'odeur de mort et l'atmosphère macabre du sous-sol. Il respira une grande bouffée d'air pur. Des oiseaux piaillaient dans les buissons, les cris des enfants excités à l'idée de visiter les attractions résonnaient sur l'esplanade. La vie reprenait dans une ambiance de fête. Et dire qu'hier soir, à cet endroit, il avait assisté à la mort d'un homme. Il frissonna et s'efforça de penser à autre chose. Il avait aussi rencontré une bien jolie gouvernante... Comment s'appelait-elle déjà ? Oui, Alice... Il regrettait d'avoir dû l'abandonner ainsi dans la foule avec ses enfants et espérait sincèrement qu'elle s'en était sortie sans dommage. Il se demanda s'il la reverrait un jour. Ce ne serait pas pour lui déplaire. Il chassa un prémice de fantasme. Le travail avant tout ! La carrière avant tout, une maxime qu'il s'était toujours appliquée.

Aspirant à devenir un grand reporter à l'instar de son ami Leroux, il savait qu'il devait faire ses preuves auprès de son rédacteur en chef. L'affaire en cours se présentait comme une opportunité en or pour propulser sa carrière journalistique. Un frémissement de satisfaction le parcourut, esquissant un sourire sur son visage. Il était fier de son travail matinal, ayant rassemblé assez d'informations pour rédiger un article sensationnel, riche en détails croustillants. La seule frustration résidait dans l'impossibilité de décrire cette mystérieuse main, un détail qui lui échappait. Cela le chagrinait légèrement, mais il se résignait à l'idée que l'on ne pouvait pas tout avoir. La faim le tenaillait, n'ayant ingéré qu'un café au lever du jour. Son regard fut attiré par un marchand de rue, dont les paniers débordaient de pommes. Leur apparence succulente, conjuguée à l'enthousiasme des enfants rassemblés autour du stand, ne laissait aucun doute quant à leur saveur exquise. Il pressa le pas, se faufilant parmi les promeneurs. Il allait atteindre son but quand soudain, des bras puissants lui enserrèrent la taille et il entendit une voix puissante vriller ses oreilles :

— Je te tiens, mon salaud !

CHAPITRE 8

14 h 30, île de la Cité, Paris

Enfoncé dans un confortable fauteuil en cuir de son appartement situé au cinquième étage d'un immeuble cossu de l'île de la Cité, Philippe d'Estorves était tétanisé. À ses pieds, la tasse de café à moitié bue qu'il avait renversée en découvrant l'article du *Matin* s'était brisée. De toute façon, il lui avait trouvé un goût bizarre. Il était infect. Sans doute le mélange contenait-il des restes de chicorée dont il détestait le goût. Sa bonne Honorine avait rapporté de sa province de sauvages cette manie d'en mettre partout ! Il faudrait qu'il la réprimande et qu'il lui fasse passer l'envie de tester ces recettes de sorcière dans sa demeure.

Il avait relu le papier une dizaine de fois, en errant, en robe de chambre, dans son appartement depuis l'aube. Dubois mort... Il n'arrivait pas à y croire. C'était impensable ! Pas Dubois. Et puis, mourir comme cela était irrationnel. Hyppolite avait une phobie de la hauteur. Il était tombé d'un pommier étant petit et depuis, même monter quelques barreaux d'une échelle, lui était impossible. À quelques centimètres du sol, il avait déjà la tête qui tournait. Un homme qui a le vertige ne monte pas sur le toit d'un édifice ! C'est absurde. Que faisait-il au sommet du Palais de l'électricité ? Comment avait-il réussi à y grimper surtout ? Philippe d'Estorves secoua la tête comme pour essayer de sortir de ce cauchemar et se leva, hagard.

Cet homme de quarante-huit ans, habillé d'une ample robe de chambre passée sur un pyjama bleu à rayures auréolé de taches de café était un brillant mathématicien. Il officiait au collège de France, près du quartier Latin, à deux pas de la Sorbonne. Plutôt bel homme, il arborait une tignasse blonde habituellement bien coiffée et avait un visage harmonieux orné d'une petite moustache bien taillée. Il ne faisait pas son âge, lui disait-on. Il détonnait de ses collègues dégarnis et bedonnants et il en était plutôt fier, car il s'entretenait par la pratique de sports, la course à pied et la savate. Pieds nus, sans se donner la peine de ramasser sa tasse, il se mit à nouveau à arpenter son salon. Le contact du parquet le rassura. Il ne devait pas perdre pied.

Un mot de l'article tournait en boucle dans son esprit et le faisait frissonner : le mot « spectre ». Il n'avait jamais été superstitieux mais la coïncidence avec l'expérience traumatisante qu'il avait vécue il y a quelques mois le troublait.

D'Estorves était rationnel et ne croyait pas aux fantômes. Il n'avait foi qu'en la science. Pourtant, les derniers mois, il avait dangereusement approché les frontières du paranormal. Oui, il avait vu des choses qui avaient presque ébranlé ses certitudes scientistes. Mais pour lui, la science pouvait tout expliquer. Elle se le devait, même.

Chassant ces idées parasites, il se força à sourire. Un spectre...

Le cerveau est décidément un organe bien étrange pour générer de telles absurdités. Le professeur avait disséqué la matière, passé des cellules sous son microscope, observé sous toutes les coutures cette admirable machine qu'était le corps humain mais il n'avait jamais trouvé l'âme sous son scalpel, comme disait Claude Bernard. Si âme il y avait, elle devait être solide ou gazeuse et répondre à des lois de la nature. Il en était à ces réflexions existentielles lorsqu'il remarqua que la porte d'entrée était entrouverte. Dans un moment d'absence, il avait dû oublier de la fermer en rentrant la veille au soir. Il était tellement distrait ! Ça ne pouvait être que cela. Sa femme Marion était partie avec leurs deux enfants, quinze jours dans le sud de la France pour visiter ses parents. Quant à leur bonne Honorine, il lui avait donné congé d'une semaine pour veiller son père malade, près d'Arras. Un voleur aurait eu du flair de s'introduire chez lui ! D'Estorves rejoignit le vestibule pour refermer le battant. C'est alors qu'il les vit, posées sur sa console en acajou, près du portemanteau. Il les reconnut immédiatement. Des mains en plâtre qui semblaient le narguer. Coupées au niveau du poignet, elles étaient alignées côte à côte, le poing fermé, les doigts crispés comme ancrées sur la console. Petites, de couleur bleu pâle, elles semblaient le narguer. Ces mains maudites qu'il avait trop vues. Terrorisé, D'Estorves recula de quelques pas sans pouvoir détacher son regard des petites sculptures. Soudain, sur les trois, il vit apparaître un liquide rouge vif. Non, cela ne pouvait être ce qu'il craignait. C'était une hallucination. Les taches s'élargirent lentement, prirent de l'ampleur, colorant tout le dessus de ces mains inanimées. Puis des gouttes commencèrent à descendre le long des doigts, jusqu'à se répandre par terre, sur le parquet ciré.

Elles saignaient !

Paniqué, le professeur recula, recula encore dans ce salon devenu trop étroit, et trébucha sur la table basse. Tremblant, sentant à peine la douleur sur son mollet, il se remit debout et regarda à nouveau, avec appréhension, le dessus de la console. Il n'y avait rien ; les mains avaient disparu. Son esprit lui jouait-il des tours ? D'un pas mal assuré, il se rapprocha du vestibule... Et aperçut le sang sur le dessus de la console, seule preuve de la présence des mains. Il n'avait donc pas rêvé. Tout cela était de la pure folie. Mais où étaient-elles passées ? Soudain, un tapis de fumée blanche envahit l'appartement, montant inexorablement jusqu'à ses chevilles. Philippe d'Estorves perdait la raison. Ce cauchemar était sa folie. Il essaya de se ressaisir, un bref instant il songea à un incendie. Pour éviter l'asphyxie, il se précipita à la fenêtre, l'ouvrit, fébrile. Pourtant, il ne percevait aucune odeur de feu. Et quand il se retourna, il les vit de nouveau, entre l'entrée et le salon. Les trois mains ensanglantées virevoltaient dans l'air, dans une ronde infernale. Épouvanté, il se heurta cette fois-ci au garde-corps de la fenêtre. Son cœur s'emballa ; il haletait. Son front était couvert de sueur.

— Ne vous approchez pas de moi ! Partez, laissez-moi ! hurla-t il d'une voix désespérée. Il reculait de plus en plus, s'appuyant sur la rambarde. Il n'avait aucune échappatoire sinon la chute. Il ferma les yeux, priant pour la première fois de sa vie. Quand il les rouvrit, « elle » était devant lui. Silhouette spectrale émergeant de la fumée. Une longue robe noire, les yeux vitreux, le visage livide cerné de longs cheveux noirs était déformé par un rictus cruel. D'Estorves eut l'impression qu'elle lui souriait. Un sourire malveillant, cruel et dangereux à la fois. C'est alors qu'il la reconnut. Il poussa un cri de terreur.

— Non cela ne se peut pas, vous êtes morte !

Au comble de la panique il s'appuya sur le fer de la balustrade. Son corps bascula dans le vide et s'écrasa trois étages plus bas, souillant de son sang les pavés de la cour. La folie tuait les hommes.

CHAPITRE 9

15 h 30, Exposition universelle, Paris

Gustave se démena pour se libérer des bras puissants qui l'enserraient. Lorsqu'il réussit à se retourner, il était nez à nez avec son agresseur... Gaston Leroux. Ce dernier partit dans un retentissant éclat de rire.

— Avoue, Gustave, je t'ai fait peur, non ?

Soulagé, le journaliste esquissa un sourire espiègle.

— Sacrée canaille ! Je m'attendais à ce que Lazard débarque pour me mettre une soufflante après la publication de mon article ! Pourquoi es-tu ici ? Tu savais où me trouver ?

— Oui, c'est Théophraste, notre vénéré patron qui m'a rencardé. Il m'a dit que tu avais une matinée des plus sympathiques... Du moins si on aime la viande froide. Je n'ai pas eu grand mal à deviner.

— Ne m'en parle pas. J'ai dû soudoyer la sécurité pour assister incognito à l'autopsie. Le brave Gaston – un Gaston bien lui ! – m'a donné accès à une petite réserve près de la salle de dissection. Et de là, j'ai tout vu, tout entendu... Et avec les blocs de glace qu'ils avaient mis pour conserver le corps, la température était aussi glaciale que la mort elle-même. Je me les suis gelées.

— Et alors instructive cette autopsie ?

— Oh, pas si vite... Je t'aime bien, mais on reste concurrents.

— Ne fais pas ton cachottier, répliqua Gaston faussement outré. Tu connais ma spécialité, et tu sais que j'exerce mes talents presque uniquement dans les tribunaux.

— Je sais aussi que tu commences à t'ennuyer dans les prétoires et que tu fantasmes de devenir grand reporter. On partage le même rêve ! Ne le nie pas, et ne me la fais pas !

— Oh, tu peux bien me donner quelques détails croustillants !

Gustave lui jeta un regard affable, baissa la voix et prit un air de conspirateur.

— Ce que je peux te dire...

Gaston approcha son oreille de la bouche de son ami, se préparant à l'impensable.

— C'est que j'ai une vraie exclusivité... tu liras comme tout le monde demain à la une du *Matin* !

Le journaliste lui donna une tape sur l'épaule, pris au piège de sa curiosité.

— Tu ne m'as pas encore répondu, reprit Gustave plus sérieusement. Que fais-tu là, toi ? Me devancer ?

— Moi aussi je suis en mission secrète, répondit Leroux tout bas. Figure-toi qu'une charmante jeune femme tient absolument à te voir. Je ne sais pas ce que tu lui as fait mais elle était tellement insistante que je l'ai conduite ici. Et elle ne ressemble à aucune de celles que tu ramènes au troquet.

Gaston lui fit un clin d'œil et s'écarta. Alice se tenait à quelques mètres de là, chapeau dans une main, valise dans l'autre. Les paupières closes, elle capturait la chaleur du soleil qui faisait rayonner son visage parsemé de mèches blondes. Gustave la reconnut sans peine et son cœur fit un bond dans sa poitrine. Alice rouvrit les yeux, s'avança vers les deux hommes et remercia Gaston d'avoir tenu parole. Puis elle se tourna vers Gustave :

— Si je comprends bien, nous arrivons trop tard pour l'autopsie de ce pauvre Monsieur Dubois.

Devant son assurance et sa manière de poursuivre la conversation comme s'ils s'étaient quittés la veille – ce qui d'ailleurs était le cas – Gustave fut décontenancé et rougit légèrement. Il n'avait pas l'habitude des femmes qui allaient droit au but.

— Euh... Oui, effectivement ça vient de finir. répondit-il en bredouillant. Mais vous n'auriez de toute évidence pas pu y assister. Enfin, je suis ravi de vous revoir, Mademoiselle...

— Lekernec. Et pourquoi n'aurais-je pu y assister ? Parce que je suis une femme ? Une pauvre petite chose fragile qui ne supporterait pas la vue d'un corps ?...

Gustave la coupa sur sa lancée.

— Loin de moi cette idée. Même si vous étiez arrivée plus tôt, vous n'auriez tout simplement pas pu entrer dans la salle. Il se trouve que mon article de ce matin a déplu et que je ne suis pas en odeur de sainteté auprès de l'inspecteur chargé de l'enquête. J'ai dû ruser et me cacher pour assister à la scène..., alors vous ! Et cessez bien de prendre la mouche pour tout.

Alice rougit légèrement, regrettant sa méprise.

— Dois-je m'excuser, monsieur ? reprit Alice, aussi embarrassée qu'agacée.

— Le voulez-vous ? Je sais reconnaître la passion et j'ai pu voir hier que vous aviez du caractère. Et figurez-vous que j'aime cela ! Et puis, si je puis me permettre, je trouve votre naturel... rafraîchissant. Et vu la chaleur, ça fait sacrément du bien !

La jeune femme ne put s'empêcher de rougir.

— Mais vous n'avez sans doute pas traversé tout Paris pour la conversation ou voir des cadavres, reprit le jeune homme. Je peux être flatté que vous me cherchiez. Vous partez en voyage ? Où sont vos enfants, d'ailleurs ?

— Ils n'étaient pas à moi. Et j'ai été renvoyée. L'équipée nocturne d'hier n'a pas été du goût de mes employeurs.

— Si vous désirez mon avis, vous n'étiez pas une bonne gouvernante. Vous avez perdu un garçonnet dans une foule. Et je crois qu'il ne vous aimait pas beaucoup.

Avant qu'Alice n'ait pu répondre, Gaston, en nage, ôta son veston et les pria de lui épargner une nouvelle salve de chaleur. Ils pourraient profiter de l'Exposition. Une conversation devant une citronnade et quelques beignets de la section tunisienne leur sembla appropriée.

— Si vous voulez bien me confier votre valise, Mademoiselle Lekernec, proposa Gustave.

— Alice. Merci.

Elle admit qu'il était sympathique, et galant. Cela devrait faciliter la suite de leur rencontre.

Ils gagnèrent tous les trois la grande allée centrale du Champ-de-Mars, passèrent sous la tour de Monsieur Eiffel et se dirigèrent vers la Seine en discutant. Alice trouvait de plus en plus de charme à la compagnie de ces deux hommes. Leur humour pétillant et leur espièglerie composaient une paire hors du commun, apportant une légèreté bienvenue dans sa vie. Ce duo était une bouffée d'air frais, si éloigné des aristocrates rigides avec lesquels elle avait trop longtemps composé. Un peu, elle se laissa rêver à les connaître depuis toujours, à faire partie de cette amitié, à en apprécier la saveur. Elle en oublia sa situation relativement peu enviable. En quelques heures, elle avait été mise à la porte, conduite à une autopsie manquée et elle se promenait désormais avec deux journalistes sans le moindre embarras. La section tunisienne se trouvait de l'autre côté du pont, sur la gauche, dans les jardins du Trocadéro, près de la section algérienne avec sa reconstitution du minaret de Sidi-Bou-Medine, tout en faïence colorée, qui s'élançait gracieusement vers le ciel. Ils hésitèrent à entrer dans les constructions orientales avec leurs cours bordées de colonnades et de portiques et leur intérieur rempli de larges et profonds divans agrémentés de grands coussins moelleux et leurs tapis épais aux couleurs chatoyantes. Le dépaysement était total. Gourmands, ils optèrent tout de même pour la section tunisienne et la promesse de la citronnade rafraîchissante vantée par Gaston. Celui-ci les conduisit dans un labyrinthe de ruelles bordées par des échoppes d'artisans en costumes indigènes. Alice s'arrêta un instant devant la boutique d'un parfumeur qui exhalait des fragrances enivrantes de jasmin et de fleur d'oranger. Gustave acheta ses beignets, frits devant leurs yeux. Ils trouvèrent enfin refuge chez le limonadier et s'assirent sur des tabourets à une table en bois. Aux tables d'à côté, quelques bourgeoises en robes longues, grands chapeaux et voilettes riaient à gorges déployées du plaisir de venir s'encanailler dans une rue pittoresque de Tunis en plein Paris. Gaston alla commander.

— Eh bien, Alice, maintenant que vous ne courrez plus après des enfants, quelles sont vos nouvelles perspectives ? attaqua Gustave.

— J'ai quelques idées, mentit-elle.

— Le contraire m'aurait bien surpris.

— C'est la raison de ma visite. Je voulais vous voir.

— Moi ? Je vous le dis immédiatement, Alice, je n'ai pas besoin de gouvernante.

— Vous avez sans doute besoin d'une nouvelle journaliste pour vous aider à couvrir cette affaire.

Elle plaisantait. Gustave ne pouvait croire le contraire et planta ses yeux dans ceux d'Alice. Une femme journaliste ? Et pourquoi pas policière ? À l'accueil, peut-être, mais certes pas journaliste. Et puis, elle était sacrément culottée d'asséner qu'il ne pouvait s'occuper de son affaire tout seul.

La jeune femme qui s'attendait à sa réticence, même à un refus plus virulent reprit :

— Je vous assure avoir toutes les qualités nécessaires ! Je suis curieuse, je sais écrire avec une orthographe irréprochable. En Bretagne, ma mère m'a donné une bonne culture et j'ai lu bon nombre de classiques de la littérature ainsi que les nouveaux auteurs, de Victor Hugo à Jules Verne. Je m'intéresse à l'actualité, lis plusieurs quotidiens. Je suis débrouillarde, je n'ai pas froid aux yeux. J'apprendrai tout le reste avec vous. Et sans travail, je ne peux rester à Paris.

— J'aurais préféré vous offrir un poste de gouvernante, soupira Gustave. Et pourquoi vous entêter à vivre dans la capitale ?

— Pour des raisons personnelles.

— Si vous sollicitez mon aide, ayez au moins l'honnêteté de m'en dire davantage. Soit. Vous pourriez faire n'importe quoi d'autre que journaliste.

— Je ne suis pas douée pour les tâches ménagères, les enfants, vous l'avez vu, m'horripilent et je manque de les perdre, je ne cuisine pas, mes doigts ressemblent à des pelotes d'épingles quand j'essaie de coudre. Il ne me reste que le mariage. Vous êtes assez intelligent pour comprendre que ce n'est pas un projet pour moi. Il n'y a que l'écriture qui soit dans mes cordes.

— L'écriture est une chose, le journalisme une autre. C'est un métier d'homme. Si vous avez envie de raconter des histoires, devenez romancière.

— Et Marguerite Durand, la directrice d'une rédaction 100 % féminine du journal *La Fronde* ? Cette publication se présente comme un « journal quotidien, politique, littéraire. Et il est dirigé, administré, rédigé et composé uniquement par des femmes » assena-t-elle, récitant la manchette du quotidien. Vous l'oubliez ? Certes, il n'a que quelques années mais je suis persuadé qu'il nous montre l'avenir.

— Mais c'est un journal de bonnes femmes, justement. Remarquez, si c'est là un poste que vous cherchez, j'ai peut-être quelques contacts.

— Je veux travailler au *Matin*.

Gustave était dubitatif. Il ne pouvait s'attendre à une telle conversation, un tel entrain. Mais que répondre sans blesser cette jeune femme presque à la rue ? Il s'apprêtait à rétorquer, argumenter comme il en avait tant l'habitude avec ses témoins lorsque Gaston revint avec des verres remplis de la citronnade.

— J'ai cru que je n'y arriverais jamais ! J'ai failli renverser le plateau au moins dix fois. Il y a trop de monde. De quoi parliez-vous ?

Gustave trouva en Gaston un soudain allié. Lui aussi rirait au nez de mademoiselle Lekernec, la prierait gentiment de redevenir sérieuse et lui promettrait un emploi au Bon Marché. Il devrait lui dire que c'est une mauvaise idée... Ce qu'il ne fit pas, à la surprise de Gustave.

— Mais au contraire, ce n'est pas dénué de sens. Tu sais qu'on recrute, et qu'on a peu de candidats qui font l'affaire. Félicitations, Alice, vous tombez assez bien.

— Tu n'y penses pas, Gaston. Le patron n'acceptera jamais cela !

— Il est beaucoup moins vieux jeu qu'il en a l'air.

— C'est hors de question, s'entêta Gustave. Mademoiselle Lekernec, si je ne doute pas de votre motivation, je ne peux vous encourager dans cette idée. Maintenant, si vous voulez bien m'excuser... J'ai un article sur une autopsie à rédiger.

Brusquement, Gustave Boisyvon commença à se lever pour quitter la table. La présence d'Alice le perturbait, sa requête presque davantage. Il n'était pas question qu'une femme vienne interférer dans son périmètre. La jeune femme mit sa main sur son bras :

— S'il vous plaît, rasseyez-vous... Je vous apporte une information inédite dans l'affaire Dubois. Intercédez en ma faveur auprès de votre rédacteur, qu'il me prenne à l'essai, et je vous la donnerai !

— De quelle information parlez-vous ?

— Je crois qu'il serait mal venu de vous la divulguer. Nous sommes concurrents, n'est-ce pas ? C'est là ce que monsieur Leroux m'a appris ce matin. Chacun pour soi.

Gustave lui jeta un regard furibond, mais s'adoucit face aux yeux clairs de la jeune femme. Qu'avait-elle en tête ? Bluffait-elle ? Si tel était le cas, ce serait au patron de la renvoyer sans ménagement. Il chercha sans trop y croire le soutien de Gaston qui semblait presque se délecter de la confrontation. Gustave lâcha :

— Vous avez plutôt intérêt à ce que votre information soit des plus pertinentes. Et exclusive.

— Vous doutez trop.

— Qui nous dit que vous n'avez pas déjà été racolé d'autres journalistes ?

— Parce que vous êtes le seul que je connaisse ? se défendit Alice, blessée.

— Eh bien puisque c'est ce que vous voulez, allons-y, ne perdons pas de temps.

— Hors de question de laisser cette citronnade sur la table, riposta Gaston. Je propose que nous la buvions en l'honneur d'une future collaboration. Qu'en dîtes-vous, Alice ?

— Certainement pas ! pesta Gustave.

— À notre future collaboration, renchérit Alice, le sourire haut.

CHAPITRE 10

17 heures, boulevard Poissonnière, locaux du Matin, *Paris*

Théophraste Bardeau, rédacteur en chef du *Matin* essuyait mécaniquement ses binocles lorsqu'il entendit frapper à la porte de son bureau. Il les replaça entre ses deux sourcils broussailleux poivre et sel et lança un « Entrez ! » d'une voix forte, habituée à couvrir le bruit des machines de l'imprimerie. La porte s'ouvrit, laissant place à un Gustave Boisyvon dans ses petits souliers. Bardeau l'avait toujours intimidé avec son caractère soupe au lait, ses gros favoris grisonnants, qui lui donnaient un air sévère, son ton autoritaire et ses gueulantes mémorables. Mais il aimait bien le personnage qui menait son navire avec la poigne d'un capitaine Achab obsédé par la poursuite de sa baleine blanche que représentait pour lui le scoop. Il avait cela dans le sang. Le journalisme était une course sans fin, une chasse à l'information qu'il fallait toujours être les premiers à donner aux lecteurs. Et si l'actualité ne recelait pas d'affaires sordides, il fallait la créer, faire l'événement, rendre le lecteur accro à une série d'articles. Raconter une histoire dans laquelle il pourrait se projeter, ressentir un panel d'émotions fortes, de la peur, de l'angoisse, de la pitié. À travers les mots il fallait qu'il s'identifie aux victimes de faits divers. Il fallait le faire vibrer, lui faire éprouver du soulagement de n'être pas à la place de ces malheureux qui vivaient des tragédies. Gustave éprouvait de l'admiration, reconnaissant en lui un grand professionnel. Et Bardeau était surtout l'homme qui lui avait donné sa chance au journal alors qu'il n'était qu'un petit provincial fraîchement débarqué de sa Normandie avec des rêves et ses illusions, et ça, il ne l'oublierait jamais. Il y était allé au culot, se faisant passer pour un livreur pour accéder jusqu'à Bardeau et lui parler de ses rêves d'écriture. Ce dernier l'avait jaugé et s'était amusé de son audace. Il l'avait mis à l'essai sur des petites rubriques et, au fil du temps, lui avait confié de vrais reportages. En se remémorant ses débuts, Gustave ne put s'empêcher de penser que le culot dont il avait fait preuve n'était pas très éloigné de celui d'Alice.

Impeccablement rangé, le bureau sentait l'encaustique. Il faut dire que son locataire n'y était que depuis quelques semaines. Avant, il en occupait un vitré au cœur de la rédaction, constamment enfumé par les volutes de sa pipe. Mais, avec le temps, toute cette effervescence de ruche avait fini par avoir raison de lui. Il n'arrivait plus à se concentrer, son ouïe avait baissé, et avec le bruit qui régnait, il entendait mal ses interlocuteurs. Surtout, il manquait cruellement de place et était obligé d'entasser ses dossiers en piles à même le sol. Une collection de tours de Pise à l'équilibre précaire. Bardeau avait donc décidé, un beau matin comme cela lui prenait souvent, de déménager au troisième étage de l'immeuble dans un espace plus en phase avec sa position au journal. Il était meublé par des objets hétéroclites de styles différents : un secrétaire louis XV sur lequel tenait en équilibre une gigantesque mappemonde, une bibliothèque en merisier occupant tout un pan de mur, trois fauteuils en cuir autour d'une petite table et d'un imposant bureau qui croulait sous des montagnes de papier, de plumes et d'encriers souillés d'encre noire. Ce qu'il préférait était les grandes fenêtres qui donnaient sur le boulevard Poissonnière.

Derrière, enfoncé dans un fauteuil en cuir craquelé, le maître des lieux ne se redressa pas en apercevant Gustave, lui fit signe de prendre place sur l'une des deux chaises en bois en face de lui. Sans un mot, il sortit sa montre à gousset de son gilet, regarda l'heure, prit sa pipe et sa tabatière dans sa poche et commença à la bourrer en silence regardant son visiteur au-dessus de ses verres ronds. Il aimait embarrasser ses employés. Une façon d'asseoir son autorité, à l'exemple de ces chaises plus basses que son fauteuil qui lui permettait de dominer son interlocuteur. Pendant qu'il officiait méticuleusement, prenant son mal en patience, Gustave contempla autour de lui les pages des « unes » du journal, encadrées au mur. En lettres gothiques se détachait le titre *LE MATIN* avec de chaque côté un dessin de lignes télégraphiques et en dessous la phrase *DERNIERS TÉLÉGRAMMES DE LA NUIT – SEUL JOURNAL FRANÇAIS RECEVANT PAR FILS SPÉCIAUX LES DERNIÈRES NOUVELLES DU MONDE*. En dessous, les articles en petits caractères serrés couvraient sur six colonnes le reste de la page. Un journal quotidien de six pages à la pointe de la technologie qui pouvait s'enorgueillir de tirer à plus de 200000 exemplaires. Une bouffée de fierté l'envahit. Qui aurait cru dans son village normand de Villedieu-les-Poêles qu'un jour il serait journaliste dans l'un des plus grands journaux parisiens ? Absolument personne. Et encore moins ses parents. Son cérémonial terminé, Bardeau craqua une allumette et enflamma le tabac. Un épais nuage de fumée envahit immédiatement la pièce.

— Ah, Boisyvon... T'as foutu un sacré bordel avec ton article sur l'exposition, coco ! Tu te rends compte : le préfet Lépine m'a contacté pour se plaindre de toi. Il a une trouille bleue qu'on fasse une mauvaise publicité à son Exposition. T'as intérêt d'avoir de la suite dans les idées.

Gustave, nullement impressionné, attendit la réponse :

— Alors... ? Que lui avez-vous dit ?

Son patron partit d'un rire sonore.

— Eh bien, je lui ai dit d'aller se faire voir, bien sûr ! Que nous n'étions pas à sa botte, que la presse était indépendante, que nous étions en république et que notre seule mission était la recherche de la vérité. Le lecteur a le droit de savoir ! Cela a toujours été mon credo !

— J'imagine bien qu'il n'en est pas resté là.

— Oh, il a bien essayé de m'intimider, mais il savait qu'il marchait sur des œufs, qu'il ne pouvait pas aller trop loin. Depuis l'affaire Dreyfus, il se méfie du pouvoir de la presse... Mais maintenant,

Boisyvon, il va falloir continuer. Je compte sur toi pour faire monter la sauce. J'espère que tu as de l'info savoureuse en réserve... D'ailleurs, c'était ingénieux ton idée d'exposition hantée ! Tous les amateurs de fantômes, qui sont légion en ce moment avec les délires spirites, vont se précipiter sur nos prochains tirages. Dis-moi... Qu'as-tu prévu pour la suite ?

— J'ai assisté à une réunion ce matin avec les pontes de l'Exposition et surtout... Je reviens de l'autopsie, patron. Et je peux vous dire que c'est un scoop. Le chimiste ne s'est pas suicidé, il a été torturé et il était déjà mort quand il est tombé.

— Grands dieux ! Le mystère s'épaissit, on parle d'un meurtre dissimulé. C'est bon pour nous. Je te garde deux colonnes à la une pour demain ! Allez, au boulot !

— Attendez, ce n'est pas tout, poursuivit Boisyvon. Ils ont retrouvé dans son corps un objet des plus surprenants.

— Une main... Elle était coincée dans sa gorge, révéla le journaliste.

— Une main ? Mais c'est extraordinaire ! s'exclama le rédacteur en chef. C'est encore mieux que ce que j'avais imaginé. Je vois déjà le titre : « La main du diable sème la terreur ! » Et cette main, tu l'as ? Pouvons-nous en faire une illustration ?

— Malheureusement non... Ils l'ont retirée avant que je puisse l'approcher.

Bardeau parut déçu, sentant son enthousiasme retomber. Son plan semblait compromis.

— Mais j'ai bien mieux, patron, s'empressa d'ajouter Gustave.

Une lueur d'intérêt traversa le regard de Bardeau. Que pouvait bien lui révéler Boisyvon ?

— Mieux ? Que veux-tu dire ?

Avant que le rédacteur en chef ait pu ajouter quelque chose, Gustave se leva en direction de la porte du bureau et l'ouvrit dans un geste théâtral sur Alice. Il avait promis de l'introduire sans mauvaise foi, il s'appliqua donc à placer son enthousiasme.

— Permettez-moi de faire entrer un témoin de l'affaire. Un témoin de première importance qui apporte avec lui un élément extraordinaire pour alimenter les prochains articles. Peut-être même faire avancer l'enquête... Je vous présente Alice Lekernec.

Surpris par l'intrusion, Théophraste Bardeau regarda entrer la jeune femme. Alice s'avança, tendit une main que le rédacteur ne saisit pas. Elle serra davantage son sac.

— Bonjour, Monsieur Bardeau. Je vous suis reconnaissante de me recevoir.

— Vouloir vous recevoir, jeune fille, c'est vite dit. J'ai bien l'impression que vous ne me laissez pas le choix, fit-il en adressant un regard furibond à Gustave.

— S'il vous plaît patron, intercéda le jeune reporter, écoutez ce qu'elle a à dire, je vous jure que ça vaut le coup.

— Je ne sais pas ce que vous manigancez tous les deux mais je vous accorde trois minutes, pas une de plus !

— Puis-je m'asseoir ? osa la jeune femme.

En guise de réponse, le rédacteur en chef grogna. Alice ôta délicatement ses gants avec une lenteur exaspérante en fixant Bardeau et prit place sur le large accoudoir d'un des fauteuils pour être à la hauteur de son interlocuteur. Gustave resta debout en retrait. Il aurait dû laisser Alice à sa place et la renvoyer postuler à un autre emploi.

— Maintenant que vous êtes bien installée, Mademoiselle, pouvons-nous écouter votre formidable révélation ?

— Monsieur, je vais être aussi concise que je le peux, commença-t-elle. En préambule, je tiens à préciser que j'ai assisté en direct, hier, à la mort de ce chimiste, relatée par Monsieur Boisyvon dans son article. J'étais sur place avec deux enfants dont j'avais la garde. Dans la panique, l'un d'eux est entré dans le bassin dans lequel le corps était tombé. Je suis allée le chercher et ai ramassé dans l'eau une petite bourse en cuir. J'ai tout lieu de penser que Monsieur Dubois l'avait sur lui et qu'elle l'a suivie dans sa chute.

— Et qu'y avait-il dans ce sac ? demanda Bardeau, dont la curiosité s'était réveillée malgré lui.

— Une main. La sculpture d'une petite main.

Boisyvon et Bardeau se regardèrent. La coïncidence avec ce qu'on avait retrouvé dans la gorge du chimiste était trop flagrante. C'était inespéré.

— Et cette main, vous l'avez avec vous ? se hâta de demander Bardeau.

— Bien sûr... Elle est la seule raison de ma présence ici. Je suis venue pour vous la confier.

Le rédacteur en chef salivait déjà, mais il connaissait trop bien les pourvoyeurs d'informations opportunistes. Au pire, il lui donnerait une pièce. Il tendit la main en direction de la bourse d'Alice, qui exigea un accord.

— Un accord ! rugit Bardeau dont le teint avait viré au rouge. Quelle effrontée faites-vous ! Mais où vous croyez-vous pour vouloir négocier ? On n'est pas aux halles ici !

Alice avait sursauté devant la colère du rédacteur en chef. Si Gustave l'avait prévenue qu'il était un peu soupe au lait, elle ne s'attendait tout de même pas à une telle rage. Et était-il réellement surpris de sa demande ? Un service pour un rendu. Alice, sans se départir de son calme, poursuivit :

— Disons que je vous imaginais plus intéressé. Mais il est probable que je me sois trompée sur votre journal, et je m'en vais proposer l'artefact à d'autres quotidiens. Pardonnez-moi d'avoir abusé de votre temps. Messieurs, je vous souhaite une bonne journée.

Sur ce, Alice quitta son accoudoir dans un froissement de jupes et se leva vers la sortie.

— Bon, ça va. Arrêtez votre cirque, la retint Bardeau. Que voulez-vous en échange ? De l'argent, j'imagine ? Vous n'êtes que des vautours profiteurs.

— Pour être honnête, cela m'a effleuré l'esprit mais de l'argent ne servirait pas mes desseins. Voyez-vous, je suis seule à Paris, sans emploi et dans l'impossibilité de retourner dans ma Bretagne natale. Je suis venue ici pour y faire ma vie... Alors, tout ce que je demande c'est un travail ?

Bardeau soupira, agita la main en direction d'Alice soulagé que cette diablesse ne lui ait pas demandé une somme colossale.

Elle voulait du travail ? Elle allait en avoir. Ce n'est pas cela qui manquait.

— Bien. J'ai une secrétaire qui vient de partir, charge à vous de la remplacer.

— Nous nous sommes mal compris, Monsieur. Je veux un travail de journaliste. Je veux que vous m'embauchiez comme reporter.

L'éclat de rire de Théophraste se termina par une quinte de toux. Alice crut même qu'il allait s'étouffer. Gustave esquissa un geste en sa direction.

— Journaliste ? Vous ? parvint-il à articuler au bord de l'apoplexie.

— Oui, moi... Je suis lettrée, j'ai une bonne culture générale, je suis curieuse, diplomate, et je n'ai pas froid aux yeux.

— Mais nous n'avons pas de journaliste femme !

— Eh bien, je pense qu'il serait grand temps ! Regardez aux États-Unis, Nelly Bly. C'est une journaliste d'investigation des plus intrépides. Elle s'est introduite dans une tréfilerie, un asile, et ses articles sur le monde ouvrier lui ont valu les honneurs. Elle a voyagé de par le monde refaisant le périple de Phileas Fog, le héros du *Tour du monde en 80 jours*. Elle a mis 72 jours et a même rencontré Jules Verne à Amiens... Je ne vous demande pas de m'envoyer parcourir le monde, juste de me donner ma chance, ici, à Paris. Et je ne négocierai rien d'autre. Une femme donnerait au Matin une image de modernité face à ses concurrents. Personne ne l'a fait. Il n'existe que des journaux féminins. Mais là, dans un monument de la presse française, une femme reporter, cela vous donnerait une longueur d'avance. Vous seriez les premiers !

Gustave se retint d'appuyer son patron, espérant qu'il chasserait Alice au prochain argument. Bardeau restait silencieux, scrutait les deux jeunes gens entre chiens et loups.

— Je vous reconnais un culot que bien des journalistes ici n'ont pas, lâcha-t-il enfin. Je vous prends à l'essai pour un mois. Vous serez payée au minimum parce que vous êtes novices, et pas une ligne ne sortira avant que je l'aie relue. De plus, vous n'écrirez que des encarts en prenant un angle différent de Boisyvon. Il vous expliquera.

— Moi ? s'interposa Gustave.

— C'est vous qui l'avez amenée ici. Vous allez travailler en binôme sur cette affaire de main, puisque vous vous y êtes retrouvés mêlés.

— Certainement pas !

— Merci, Monsieur, vous ne le regretterez pas, s'enthousiasma Alice.

— Montrez-nous cette main, maintenant.

Elle la sortit délicatement de la bourse en cuir, sans masquer son sourire victorieux, oubliant la mine renfrognée de Gustave qui lui avait paru bien plus avenant à leur rencontre. Bardeau saisit l'objet, fasciné.

— Bien bel objet... Je n'y connais rien mais on dirait qu'elle a été sculptée avec beaucoup de minutie. Ça ressemble à une main d'enfant.

Gustave s'approcha à son tour pour voir.

— Effectivement, c'est étrange qu'on ait retrouvé le même type d'objet au fond de la gorge de Monsieur Dubois. Il y en avait donc plusieurs... Peut-être une sorte de signature de l'assassin.

— Au fond de sa gorge ? s'exclama Alice qui ne connaissait pas ce détail. Mais c'est horrible !

— Patron, je la donnerai à un photographe du journal pour qu'on puisse en publier l'image demain.

— Faites donc... Je ne vous paie pas à bayer aux corneilles. Poursuivez cette enquête. Je sens qu'on va aller de révélation en révélation. Une idée pour la suite ?

Gustave la prit délicatement et la rangea dans la bourse en cuir.

— Oui, je vais en tirer le maximum... Il faudrait que je déniche un spécialiste.

— Un expert en mains ?

— J'en connais un qui sera très habile. Cela fera un bon sujet.

— Pourquoi n'y êtes-vous pas déjà ? brailla Bardeau.

— Une dernière chose Monsieur, demanda Alice. Sans vouloir abuser, je n'ai plus d'endroit où dormir. Pourriez-vous m'aider ?

— Ce n'est pas le culot qui vous étouffe, vous ! Mais je ne vais pas laisser une journaliste dormir sous un pont.

Il réfléchit quelques secondes.

— Boisyvon, vous ferez une place à votre nouvelle collègue dans l'appartement que le journal vous octroie généreusement.

— Mais patron, s'insurgea Gustave, vous savez bien que l'appartement est petit. Et j'ai fait un bureau de la deuxième chambre.

— Et alors, si vous avez besoin de travailler au lieu de dormir, nos locaux sont ouverts toute la nuit !

Gustave prit un air gêné...

— C'est-à-dire... j'ai entassé beaucoup de choses...

— Vous lui ferez de la place ! Voilà tout ! rugit Théophraste. Vous allez laisser cette jeune femme à la rue ? Finalement, cette histoire me divertit grandement.

Gustave, avec une révérence contrainte, adressa un regard empli de rancœur à Alice qui avait maintenu une attitude réservée durant toute leur interaction. Convaincue de la nécessité de se faire petite et utile, elle n'émit aucune objection. Gustave, quant à lui, doutait en silence de la discrétion de sa nouvelle collègue. Lorsque le moment fut venu, Alice s'approcha pour remercier leur supérieur, qui, d'un geste de la main, les congédia, exigeant des articles prêts pour le lendemain.

CHAPITRE 11

18 heures, boulevard Poissonnière, Paris

Alice n'avait pas été aussi heureuse depuis très longtemps. Elle était excitée comme pour un premier jour d'école. Pensez donc, hier sa situation lui semblait désespérée : chassée de son travail et de son logement, ne pouvant revenir en Bretagne après sa fuite pour échapper à un mariage forcé et, de toute façon, trop fière pour admettre son échec dans la capitale. Et aujourd'hui, nouveau boulot, nouvelle chambre, nouvelle vie ! Et quelle vie ! Elle qui avait passé des nuits blanches à dévorer les investigations de Sherlock Holmes, le héros d'Arthur Conan Doyle dans ses nouvelles et ses deux romans « Une étude en rouge » et « Le signe des quatre », la voilà partie à enquêter sur une mort mystérieuse en tant que journaliste ! Elle se fit la réflexion que dans la vie, la roue peut tourner très vite, d'un côté comme de l'autre et que c'est cela qui la rend si passionnante et si addictive. Un jour désespéré, le lendemain, plein d'espoir et rempli d'une nouvelle énergie. Seule petite ombre à son tableau idyllique, l'attitude de Gustave. Alice osait à peine engager la conversation avec lui.

Sur le trajet du retour, le jeune homme semblait contrarié. Il ne fit pas un commentaire sur la situation. Une situation plus qu'explosive. Il garda le silence jusqu'à l'immeuble, situé un peu plus loin sur le boulevard Poissonnière, qui hébergeait l'appartement de fonction au dernier étage, des chambres de bonnes recomposées, comme il le souligna. Un loyer de misère, mais une garantie pour Bardeau d'avoir le reporter à portée de main. *Le Matin* possédait plusieurs bâtiments dans le quartier. Ses propriétaires voulaient développer la rédaction et des bureaux de publicités. Passées à 15 centimes l'année dernière, les ventes s'envolaient. Le quotidien devenait un journal moderne grâce à ses reportages, ses articles aux titres accrocheurs et bientôt des photographies. Gustave crut bon d'ajouter que quatre ans auparavant, ils avaient été les premiers à remettre en cause les preuves retenues contre Dreyfus ! Et l'année dernière, ils avaient sorti les confessions d'Esterhazy, avouant qu'il avait écrit le billet incriminant Dreyfus sous la dictée de ses chefs. Le président Loubet l'a gracié dix jours plus tard... Et il osait croire que d'une certaine façon, Gustave y avait contribué.

Puis, en passant la porte cochère, Gustave parut soudain embarrassé. Alice le remercia pour son hospitalité, lui assurant qu'il la sauvait non seulement de la rue mais de mauvais projets. Il resta de marbre et finit par lui avouer qu'il ne vivait pas seul. Alice se retrouva pantoise, perplexe. Cet homme était donc marié ? Elle qui pensait lui plaire un tant soit peu. Boisyvon devait profiter de son logement de fonction pour vivre avec sa poule, d'où sa réticence à lui ouvrir sa porte. Alice ne peut empêcher une bouffée de jalousie de lui brûler le ventre. Après tout, elle ne le connaissait pas, il n'avait fait aucune avance. Elle était entrée dans sa vie sans y être invitée et avait réussi à le placer dans une situation délicate. « Bravo ma fille, se dit-elle. C'est du beau travail. Et maintenant, comment vas-tu faire pour te sortir de là ? »

— J'héberge Gaston depuis un mois, finit-il par déclarer.

— Gaston ? Mais...

— Enfin, je le dépanne. Mais personne ne doit le savoir, s'empressa-t-il d'ajouter. Gaston est marié, mais leur vie conjugale est difficile. Il aimerait un divorce qu'elle refuse. Leur dernière dispute lui a laissé une entaille à la main. Ça aurait pu mal se finir. Alors j'ai accepté de le loger le temps qu'il trouve une solution, et surtout pour que sa femme se calme.

Alice soupira, désolée pour Gaston, mais soulagée de savoir Gustave loin des mains d'une épouse. Quelle idiote faisait-elle !

La tension était palpable dans l'air alors qu'elle s'interrogeait sur la nécessité d'un tel secret. L'épouse du journaliste, connue pour son caractère belliqueux, fouillait Paris de fond en comble pour retrouver son mari et le ramener à la maison. Grâce à son métier, il pouvait passer ses journées à l'extérieur, loin de son influence, mais si elle découvrait son lieu de résidence, les conséquences seraient désastreuses. Personne ne pouvait prédire jusqu'où elle irait pour parvenir à ses fins. Alice rassura Gustave de sa discrétion et de sa volonté de se rendre utile, même si cela signifiait dormir sur un simple matelas. Ils grimpèrent les sept étages. Alice était à bout de souffle.

— Vous allez devoir vous y habituer, se moqua Gustave.

Gaston fut surpris de voir débarquer son ami accompagné d'Alice. Bardeau avait donc accepté la proposition de la jeune femme, l'avait du même coup flanquée dans les pattes des journalistes. Le mari en cavale promit de lui faire de la place et de céder sa chambre. Il dormirait dans celle de Gustave, un matelas au sol. Ou inversement. La situation était trop inédite pour en débattre avant un souper. Toutefois, une cohabitation comme celle-ci soulevait des questions éthiques. Le scandale serait immédiat si quelqu'un l'apprenait. Mais Gustave eut une idée :

— Vous serez une nièce de passage dans la capitale, Alice. Et comme Gaston n'a rien à faire ici, cela règle le sujet d'une colocation avec deux hommes.

Alice s'autorisa une visite de son nouveau logement. Il ne payait pas de mine avec sa petite pièce principale où trônaient une table ronde en bois et trois chaises en osier, un sofa usé, un évier et un poêle à charbon, une chambre et un bureau, mais il était lumineux grâce à ses deux lucarnes. Quelques bouteilles de vin vides traînaient aux côtés de vêtements éparpillés, un pain entamé durcissait sur une table jonchée de papiers. Alice s'y sentit immédiatement bien. Et y remettrait sans doute un peu d'ordre. Gustave guida la jeune femme dans la chambre qu'occupait Gaston. Ce dernier les suivit pour récupérer ses affaires.

— Ce n'est que pour quelques jours, assura Boisyvon. Le temps de boucler l'enquête.

Un lit, une vieille armoire, un miroir, un broc et une cuvette en faïence... C'était tout ce dont elle avait besoin. Elle serait bien ici. Ils la laissèrent s'installer et se rafraîchir, lui proposant d'aller souper dans une gargote à proximité. Restée seule, elle rangea ses affaires dans l'armoire et s'allongea sur le lit. Et elle s'endormit, épuisée par cette journée riche en émotions. Réveillée en sursaut par la conversation dans la pièce à côté, Alice quitta la petite chambre et découvrit Gustave et Gaston attablés autour d'une bouteille de chardonnay. Grisés par l'alcool ou simplement plus apaisés, ils lui proposèrent de se joindre à eux, balayant ses excuses.

— Puisque vous êtes là, Alice, vous aurez peut-être un avis sur le sujet, commença Gaston.

— Qui est ? répondit-elle en acceptant la place sur le canapé défraîchi.

— Nous discutions de cette histoire de spectre, poursuivit Gustave. Gaston croit aux forces obscures, alors que pour moi, ce ne sont que des contes pour effrayer des enfants.

— Ce n'est pas ce que disent vos articles...

— Tenir le lecteur en haleine, que ce soit avec des fables auxquelles je ne crois pas, est mon travail. Vous devriez vous en souvenir, puisque vous allez le faire aussi.

— Pourtant, les interrompit Gaston, c'est toute une foule qui a vu une silhouette au sommet du Palais.

— Effet d'optique dû aux halos lumineux des ampoules. Les gens croient ce dont ils ont envie. Ils interprètent.

— Et comment expliques-tu la mort de ce Dubois ?

Gaston et Alice observèrent les traits de Gustave. Celui-ci avala une lampée de vin et partit d'un grand rire.

— Bien joué, mon ami, mais tu ne m'auras pas. Je ne te donnerai pas de détails sur l'autopsie. Tu les liras demain.

Vexé mais beau joueur, Gaston soupira, resservit un verre à Alice qui écoutait les nouvelles suppositions de Gustave.

— Je reconnais que cette affaire est étrange, mais de là à faire intervenir un spectre vengeur, c'est grotesque. Il y a une explication rationnelle, et nous la trouverons. Finalement, votre présence ne sera pas de trop, Alice. Parce que vous ne croyez pas aux fantômes, n'est-ce pas ?

Dans la pièce tamisée, propice aux confidences et aux histoires surnaturelles, Alice se rendit compte qu'elle ne s'était jamais posé la question. Elle se souvenait que sa mère lui avait lu la nouvelle d'Oscar Wilde « Le fantôme de Canterville » avec ce vieux fantôme qui peine à effrayer une famille américaine dans un vieux manoir et rencontre une jeune femme, Virginia, qui l'aide à trouver la rédemption et le repos éternel. Elle avait trouvé cela amusant, un brin romantique. Mais pas un instant elle avait imaginé du réalisme. Pour ne pas s'engager dans le débat, elle avoua que ses connaissances sur le sujet étaient trop limitées. L'enquête commençait à peine.

— Pourquoi ne pas demander l'avis de spécialistes ?

— Un spécialiste des fantômes ? Mais où voulez-vous trouver cela ? se moqua Gustave.

— Elle a raison, reprit Gaston d'un ton plus bas. J'ai une idée très claire.

— Explique-toi, l'ami.

— Je connais l'homme qu'il te faut. Je pourrais l'interroger et faire un papier que tu signeras.

— En échange de quoi ?

— Je me réserve ta dette pour plus tard.

Gustave parut réfléchir à la proposition. Il détestait ne pas avoir le contrôle sur les faveurs qu'il devait, et Gaston pouvait s'avérer parfois fantaisiste. Mais il tendit la main et conclut l'affaire. Après tout, le patron voulait des papiers tous les jours, ils ne seraient pas trop de trois pour les lui fournir.

— Qui est votre homme mystère, Gaston ? enchaîna Alice.

— Un Américain qui séjourne en France. Basile Gordon. Un illusionniste. Je l'ai rencontré il y a quelques semaines dans les couloirs du tribunal. La préfecture lui avait demandé d'inspecter une cellule qui devait recevoir un meurtrier pendant son procès. Or, le gredin avait réussi à s'échapper deux fois de sa geôle. Le parquet voulait éviter qu'il ne disparaisse pendant les audiences.

— Si la justice commence à faire appel à des magiciens..., se moqua Gustave, je comprends pourquoi les lecteurs croient aux fantômes.

— Ce n'est pas n'importe quel « magicien ». Gordon, aussi appelé Le grand Basilic, est un disciple d'Houdini. L'as des évasions. Il connaît tous les trucs pour dissimuler une clé ou un passe pour ouvrir les serrures. Il a d'ailleurs trouvé une cache dans le banc de la cellule dans laquelle un complice avait réussi à glisser un crochet.

— J'imagine la tête du gredin quand il s'est aperçu que la cache était vide et que son plan d'évasion était tombé à l'eau.

— Quoi qu'il en soit, ce Basile m'a confié qu'il s'intéressait beaucoup au spiritisme. Avec son mentor, ils ont écumé les salons des médiums new-yorkais pour confondre les charlatans qui abusent de la peine des personnes endeuillées, leur faisant croire qu'ils allaient communiquer avec leurs défunts parents.

— Et quel rapport avec notre spectre de l'Exposition ? Tu penses qu'il s'agit d'un canular ?

— Non, justement. Basile est convaincu de la réalité des phénomènes spirites et que l'on peut communiquer avec les morts. Il traque les escrocs pour mieux identifier les véritables nécromanciens. Je suis certain qu'il pourrait nous apporter un éclairage des plus pertinents sur cette affaire. Et en effet, si oui ou non, c'est un canular.

— Soit, tu m'as convaincu, admit Gustave. Écris l'article mais attention, ne fais pas retomber le soufflé et ne mets pas l'hypothèse du spectre vengeur à mal. Tu as ma bénédiction pour le rencontrer et écrire un article. Peut-être même que ton magicien pourrait la renforcer.

— Doutes-tu encore de mon sens du suspens ?

— Et vous, Alice, des histoires surnaturelles ? digressa Gustave. Des apparitions ? Je serai vous, je ne fermerai pas l'œil de la nuit, il paraît que la chambre a été un haut lieu de crimes.

— Si nous allions plutôt souper, proposa-t-elle. Nous avons assez discuté de fantômes pour la soirée, non ?

D'un coup, la porte de la chambre d'Alice claqua avec force. Ils sursautèrent. Gustave esquissa un sourire en se levant pour refermer la fenêtre qui faisait un appel d'air.

— À moins que le fantôme d'une petite bonne assassinée dans ce logement ne vous souhaite bonne nuit.

« L'Esprit n'est point ainsi un être abstrait indéfini, que la pensée seule peut concevoir ; c'est un être réel, circonscrit qui, dans certains cas, est appréciable par les sens de la vue, de l'ouïe et du toucher. »

Allan Kardec, *Le Livre des Esprits*

EXTRAIT DU JOURNAL D'HÉLÈNE

Mai 1897, Paris

Depuis l'incident des Champs-Élysées, une année s'est écoulée sans la moindre manifestation. Les ombres m'ont accordé un répit, et ma peur s'estompe peu à peu. Je me persuade que ce n'était qu'une ultime rechute. Mais, sous le voile de la nuit, elles reviennent me hanter. Mes cauchemars renaissent, plus intenses, plus douloureux. Je suis désespérée. Je ne pourrai jamais leur échapper…

Je rêve d'une vente de charité, m'attardant à un stand de colliers et de bourses en tissu. Mais est-ce vraiment un rêve ? Tout semble si réel. Les couleurs des robes m'éblouissent, les cris des enfants résonnent dans les allées. Le lieu est bondé, l'atmosphère étouffante. Soudain, un hurlement déchire l'air. Une femme crie "Au feu !" Je me retourne et aperçois une fumée opaque s'élevant du fond de la salle, accompagnée d'une odeur de bois brûlé. En un instant, c'est la panique. Hommes, femmes et enfants se ruent vers la sortie. Les cris, les bousculades, tout est chaos. Je vois des enfants et des vieilles femmes chuter, piétinés sans pitié par la foule. L'Homme redevient bête sauvage pour sauver sa peau. Chacun pousse, frappe, tire, tentant de se frayer un chemin dans la cohue pour échapper à la mort. Le feu dévore tout. Les lourds rideaux et la structure en bois de la salle sont la proie des flammes. Ballottée, échevelée, je progresse péniblement vers la sortie. Soudain, une main m'arrache une poignée de cheveux. Je hurle, la douleur est insoutenable. Une autre main m'agrippe et me tire en arrière. Je bascule sur un étalage, me coupant avec des éclats de verre d'un vase brisé. Je ne suis que souffrance, le visage en sang. J'essaie de me relever pour échapper à la folie ambiante, et tout à coup, je sens le souffle brûlant des flammes. Dans un effort désespéré, je parviens à me remettre debout. Mais il est trop tard. Le bas de ma robe prend feu, puis s'embrase. Les flammes lèchent mes cheveux qui finissent par brûler. Mon corps se contorsionne dans d'atroces souffrances. J'entends ma peau grésiller, je sens les relents de chair brûlée. Puis tout s'arrête. Je me retrouve dans le noir le plus complet, dans un silence pesant. Puis je les entends, montant comme une symphonie terrible. Les râles d'agonie, les appels au secours… Une lumière éblouissante jaillit, éclairant la scène… Et je les vois. Je hurle. Tout autour de moi, des femmes, des enfants, les corps brûlés, difformes, avec des lambeaux de chair se détachant de leurs os. Ils sont des centaines… Ils rampent vers moi, hurlant de douleur, me suppliant de les aider, de les soulager… Je suis tétanisée. Je veux fuir, mais mon corps ne m'obéit pas. Je vois leurs doigts rabougris, aux ongles arrachés, lacérer le sol pour tenter de m'atteindre. Je suis épouvantée. Ils me terrifient. Je hurle… et tout s'arrête. Je me retrouve en nage, dans mon lit, tremblante d'effroi, des images de ce cauchemar plein la tête… Je ne peux pas me lever de la journée… Ce n'est que le surlendemain, en achetant les journaux, que j'ai appris qu'il y avait eu un terrible incendie au Bazar de la Charité, coûtant la vie à 125 personnes, dont une grande majorité de femmes. Je n'en peux plus, chaque soir je les retrouve, elles me hantent, m'implorent de leur venir en aide. Je vais devenir folle…

Mardi 22 mai 1900

CHAPITRE 12

9 heures, boulevard Poissonnière, Paris

— Verte ou rouge ?

Gaston hésitait sur la couleur de sa cravate. Il avait fait un brin de toilette et avait passé une heure à mettre ses affaires en ordre dans un coin de la chambre qu'il partageait désormais avec Gustave. Ce dernier était parti aux aurores au journal. Quant à Alice, elle s'était réveillée à l'aube dans un lit inconnu de la veille, gracieusement laissé par le journaliste. Elle avait enfilé une sortie de lit emportée dans son bagage et était postée à la lucarne du salon. En vingt-quatre heures, elle avait subi un ouragan : congédiée, puis embauchée, et de nouveau logée avec des journalistes de talent. Elle n'avait pas encore eu le loisir de réfléchir à sa position dans cette colocation incongrue et hautement indécente, mais l'humeur de Gustave avait semblé s'apaiser au cours de leur souper de la veille. Alors quand Gaston lui avait demandé son avis pour choisir ce bout de tissu, Alice comprit qu'il cherchait à l'inclure davantage. Elle se proposa de l'accompagner.

— Vous êtes l'ombre de Gustave, pas de la mienne, vous m'en voyez désolé, répondit le jeune homme. Je ne veux pas risquer de le mettre en colère en vous emmenant.

— La verte, trancha Alice. Je vous aurais bien proposé de la nouer, mais je ne l'ai jamais appris.

— Rassurez-vous, je ne laisse personne nouer une cravate autour de mon cou depuis que je suis marié. Je crains trop qu'une femme en profite pour m'étrangler.

Sur cette plaisanterie à moitié morbide, il attrapa sa canne et quitta l'appartement. Direction : le grand hôtel, place de l'Opéra où le Grand Basilic avait pris une suite. Avec un peu de chance, s'il n'était pas trop matinal, il serait encore à son hôtel. Le fiacre le déposa devant l'édifice. Gaston n'en fut pas mécontent car avec toute la circulation, il devenait périlleux de traverser la place au fond de laquelle s'élevait le flamboyant opéra Garnier, un somptueux bâtiment de pierre, de marbre et d'or, inauguré en 1875. Un décor idéal pour un roman, pensa le journaliste en admirant l'édifice. Il pénétra dans le gigantesque hall de l'hôtel et se rendit directement à la réception. À son grand soulagement, Basile Gordon était toujours là. Le magicien lui fit savoir qu'il était sur le point de partir pour un rendez-vous et qu'il acceptait de le rencontrer quelques minutes dans le hall. Gaston s'arma de patience et l'attendit en faisant les cent pas dans le hall animé. Pour l'Exposition universelle, l'hôtel avait fait le plein de touristes étrangers, la plupart américains. Pas étonnant que Basile soit descendu là, se dit Gaston. Avec tous ses compatriotes, il ne doit pas être dépaysé. Gordon arriva enfin vêtu d'un costume sombre, d'un chapeau haut de forme et d'une grande cape noire. Pour une fois, l'habit fait le moine ! s'amusa le journaliste. Quelle allure ! Basile Gordon avait de la prestance. Grand, les cheveux noirs attachés en catogan, une fine moustache des plus aristocratiques sous un nez droit, des lèvres fines, un peu pincées. En voyant le journaliste, le visage du magicien s'éclaira. Il s'approcha de Gaston, lui tendit la main, plongeant son regard magnétique dans le sien. Il en jouait avec superbe.

— Monsieur Leroux, c'est un plaisir de vous revoir. Que me vaut l'honneur de la visite d'un célèbre chroniqueur judiciaire ? Ai-je commis un délit ?

Il parlait avec un léger accent nord-américain.

— Non, non ! rit Gaston. Mais c'est fort aimable à vous de m'accorder quelques minutes.

— Je crains malheureusement qu'elles ne soient très courtes. Je dois filer d'ici un quart d'heure.

— Ce sera plus qu'il n'en faut ! Vous parliez de délit, je ne suis pas ici en tant que chroniqueur judiciaire, voyez-vous. J'apporte ma contribution à un confrère journaliste sur une enquête des plus... mystiques ? Vous êtes le spécialiste dont je voudrais l'avis. Pouvons-nous nous asseoir dans un coin pour discuter ?

— Que de mystères, monsieur Leroux ! Mais vous vouliez un spécialiste, vous avez frappé à la bonne porte. Allons-nous asseoir sur ces fauteuils, dit-il en désignant deux fauteuils en cuir inoccupés près d'immenses *phoenix roebelenii* et de ficus.

À peine assis, Gaston, que l'excitation commençait à gagner, attaqua :

— Avez-vous entendu parler de la mort du chimiste Dubois à l'Exposition universelle ?

— Hélas, non. Si mon français parlé est acceptable, j'ai du mal à le déchiffrer sur papier. Je ne lis pas les journaux si telle était votre question. Quant à la mort de votre homme, de quoi s'agit-il ?

— Ce célèbre chimiste s'est jeté du haut du Palais de l'électricité avant-hier...

— Un suicide, donc. Et en quoi avez-vous besoin de mes lumières ? l'interrogea Gordon, perplexe.

— Eh bien avant qu'il ne tombe, de nombreux témoins ont aperçu une forme spectrale et vaporeuse au sommet de l'édifice. On parle de fantômes... Si l'idée me plaît, je me dois de chercher l'avis d'un expert.

L'illusionniste lissa pensivement sa moustache.

— J'imagine sans mal que vous savez à quel point je m'intéresse aux phénomènes paranormaux et au spiritisme, mais...

— Vous confondez les charlatans, le coupa Gaston.

— C'est plus compliqué que cela... Je vais vous faire une confidence : je crois en l'au-delà et aux manifestations des esprits. J'ai déjà assisté à des choses incroyables qui vous feraient se dresser vos cheveux sur votre tête : des guéridons qui lévitent au cours d'une séance et qui volent dans la pièce, des lumières, des formes qui apparaissent, des médiums possédés par un esprit qui vous révèlent des informations que seul le défunt a en sa possession.

— Un esprit pourrait-il conduire à un suicide ?

— Oh, c'est tout à fait possible.

Selon Gordon, il était tout à fait envisageable que des entités non matérielles, malveillantes, puissent influencer le monde physique. Ces esprits étant la plupart du temps ceux de personnes ayant subi des décès brutaux ou enduré de grandes souffrances. Un meurtre, par exemple. Ils restaient ainsi ancrés dans la réalité et animés par un désir de vengeance. Ou un profond désarroi. Mais cette hypothèse s'appliquait-elle au chimiste. Gaston n'en savait rien. Mais l'idée qu'une essence de notre être puisse perdurer après la mort et tenter de se manifester dans le monde des vivants ne le surprenait pas. Cela le rassurait même.

— Si c'est cela que vous cherchez à savoir, oui j'ai vu des phénomènes que je ne suis pas en mesure d'expliquer. Mais j'ai l'impression que ce ne sont pas de telles réponses que vous êtes venus chercher.

— En effet, avoua Gaston. J'essaie de comprendre ce qui a pu se passer à l'Exposition universelle et à quoi nous avons à faire... Et cette silhouette aperçue ?

— Elle peut être n'importe quoi. Un déguisement, une réflexion de lumières. Il est vrai que je peux repérer les spirites qui trichent et utilisent des tours pour abuser les foules.

D'un bond, Basile se leva. Une décision était prise.

— Je ne le propose jamais, mais si vous voulez en avoir le cœur net, accompagnez-moi à mon rendez-vous. Il sera, j'en suis convaincu, des plus instructifs.

— Où donc devez-vous aller ?

— Chercher la vérité auprès des morts. Et vous, venez avec moi ! Je vous promets un bel article à faire paraître, dites-le-vous !

CHAPITRE 13

11 heures, rue Monceau, Paris

Basile Gordon était un homme de secrets. Gaston s'en aperçut très vite. Il eut beau lui poser des questions sur leur destination pendant leur trajet, l'illusionniste resta silencieux ou fournit des réponses évasives. Lorsque le magicien le guida à travers les portes d'un hôtel particulier cossu de la rue Monceau, un frisson d'appréhension parcourut l'échine du journaliste. Accueillis par un majordome dont la livrée semblait tout droit sortie d'un autre siècle, Gaston et Basile pénétrèrent dans un salon qui suintait l'opulence et la richesse. Chaque objet, chaque œuvre d'art, chaque meuble racontait une histoire de luxe. Le salon, avec ses rideaux de soie bleue et ses fauteuils assortis, était un écrin pour les âmes perdues et les esprits errants.

Gaston fut tiré de ses pensées par l'arrivée d'une femme d'apparence ordinaire, Clotilde, dont la simplicité contrastait avec le faste ambiant. Vêtue d'une robe noire ornée de dentelle, ses cheveux gris en chignon, elle salua Basile avec une affection évidente. Ce dernier lui saisit les deux mains, les embrassa.

— Ah, mon cher Basile ! Quel plaisir de vous revoir ! dit la maîtresse de maison.

— Mais je n'aurai manqué notre rendez-vous pour rien au monde, très chère. Votre don n'a d'égal que votre beauté.

— Vous n'êtes qu'un vil flatteur répondit-elle en rougissant. Dire cela à une femme qui pourrait être votre mère !

Elle s'interrompit en voyant Gaston.

— Vous ne me présentez pas votre ami ? C'est bien la première fois que je vous en connais un. Est-il venu pour la séance ?

— Il se pourrait. Gaston Leroux, chroniqueur judiciaire au Matin. Après notre entretien, j'ai pensé que vous pourriez l'aider.

— Je suis enchanté, Madame, intervint le reporter.

— Madame, madame... Cessons le cérémonial. Appelez-moi simplement Clotilde.

— Clotilde, reprit Basile, est une personne extraordinaire qui possède véritablement un don de communication avec les esprits.

Il poursuivit sur le curriculum de son amie. Héritière de l'immense fortune de son mari, un grand industriel et, elle se consacre à présent à développer ses pouvoirs de médium. Gordon avoua être convaincu de ses pouvoirs après de nombreuses séances de spiritisme où elle officiait. Il en réservait souvent, et privées, pour étudier ces phénomènes grâce à son concours. Il fut interrompu par Clotilde :

— Avant d'entrer dans le vif du sujet, allons chercher une bougie. Restez là mon garçon, Basile et moi revenons tout de suite.

En effet, ils réapparurent quelques instants plus tard avec une bougie et une boîte d'allumettes que Clotilde posa sur la table. Elle planta ses yeux dans ceux de Gaston.

— Alors jeune homme, de quoi s'agit-il ?

— C'est un peu délicat, bafouilla le journaliste pris de court.

— Ne soyez pas timide. Je suis là pour vous aider.

Gaston se lança dans le récit qui lui paraissait toujours de plus en plus fantasque, de la mort du chimiste et de l'apparition spectrale à l'Exposition universelle. À la fin de son exposé, Clotilde avait l'air grave.

— Une entité qui tue un homme en le précipitant dans le vide... Voilà qui n'est pas banal, mais pas impossible. Il existe dans les plans inférieurs des esprits mus par de terribles énergies de haine et de rancœur et ils peuvent agir dans notre monde. S'il s'agit bien de cela, nous avons affaire à une entité malveillante extrêmement puissante. Venez, ajouta-t-elle en désignant la table ronde au milieu du salon, entourée de chaises. Asseyez-vous, nous allons voir cela de plus près et s'il s'agit bien d'un esprit, essayer d'entrer en contact avec lui. Vous êtes au bon endroit, Gaston. Basile, pourriez-vous avoir l'amabilité de tirer les rideaux.

— Tout de suite, Clotilde.

Pendant que le magicien plongeait la pièce dans la pénombre, Clotilde alluma la bougie au milieu de la table. Gaston s'était assis mais il n'en menait pas large. Bien que curieux de nature, il était superstitieux, croyant aux manifestations de l'au-delà et convaincu qu'il n'était jamais bon de déranger les défunts. Et voilà qu'il s'apprêtait à les invoquer, les morts. Basile était revenu et s'était assis à la table. Les trois protagonistes de la séance se faisaient face.

— Mettez vos paumes sur la table, il faut que nos mains se touchent... Et surtout, quoiqu'il arrive, ne brisez pas le cercle, ordonna Clotilde d'une voix autoritaire.

— Et si cela arrivait ? demanda naïvement le journaliste.

— Vous pourriez être possédé par un être désincarné et en rompant le cercle, avoir du mal à retrouver votre intégrité, asséna la vieille femme. Voyez-vous, continua-t-elle plus doucement, nous sommes entourés d'esprits invisibles pour le commun des mortels. En les invoquant, je les autorise à se manifester mais beaucoup veulent s'exprimer. C'est mon défunt mari qui me guide mais il ne peut nous protéger de toutes les interventions. Beaucoup d'esprits nous jalousent et regrettent leur forme humaine. Pendant une séance nous sommes vulnérables et ils en profitent. Et évidemment, les plus dangereux sont ceux des plans inférieurs, les plus proches de nous. Sans doute votre meurtrier. Maintenant, fermez les yeux et videz votre esprit.

La séance commençait.

— J'en appelle à l'esprit qui s'est matérialisé à l'Exposition universelle. Es-tu là ? Si tu es parmi nous, frappe un coup !

Silence.

Soudain un coup sourd retentit dans la pièce. Gaston ouvrit les yeux, inquiet. Il avait senti un souffle glacé sur sa nuque. Il regarda autour de lui, incapable de savoir d'où était venu le bruit. Il reporta ses yeux sur Clotilde, en face de lui. La médium était transfigurée.

Les yeux exorbités, la bouche grande ouverte, elle poussa un râle, puis articula avec difficulté, comme possédée :

— Je la sens dans cette pièce, autour de nous. Elle est là. C'est une femme. Je ressens une terrible tristesse, de la souffrance.

Clotilde reprit son souffle. Gaston se dandina sur sa chaise, très mal à l'aise.

— Je perçois aussi une immense colère, de la rage à l'état pur... poursuit-elle. On lui a fait du mal. Une terrible souffrance... Elle ne désire que la vengeance... Elle vient vers moi... Elle est toute proche... Elle est mécontente... NON !

Clotilde rejeta la tête en arrière en poussant un cri perçant. Comme si elles avaient pris vie, les miniatures posées sur la cheminée volèrent dans la pièce, s'éclatant sur les murs. Gaston et Basile mirent leurs mains sur leur tête pour se protéger des éclats. Clotilde poussa un hurlement et, sur la table, la bougie s'éteignit d'un coup. Basile, prompt à réagir, ouvrit les rideaux, laissant la lumière du jour chasser les ombres. Clotilde, épuisée, semblait avoir perdu toute force. Gaston, bouleversé par l'expérience, se précipita pour lui apporter de l'eau, croisant le majordome qui, imperturbable, lui tendit un verre. La question de Gaston, « Comment va-t-elle ? », resta suspendue dans l'air, alors que Basile le regardait, les yeux emplis d'une compréhension nouvelle et profonde.

— Elle est dévastée... La séance a été éprouvante.

— Mais que s'est-il passé ?

Avant que Basile n'ait pu articuler un mot, Clotilde, d'une voix éthérée et tremblante, laissa échapper quelques mots avant de s'effondrer dans un souffle.

— Cette entité est d'une puissance incommensurable. Lorsque cette femme a rendu son dernier souffle, seule sa rage infernale et son désir de vengeance ont persisté dans notre monde. Soyez sur vos gardes... D'autres crimes plus horribles suivront... Elle incarne l'essence même du mal...

Basile se redressa, son regard se posant sur Gaston avec une gravité nouvelle. Le journaliste proposa d'appeler un médecin, le magicien affirma que c'était une routine, qu'elle se remettra. L'entité avait aspiré toute son énergie.

— À présent, vous tenez votre réponse. Vous êtes bel et bien aux prises avec un fantôme.

Le plus difficile pour Gaston n'était pas la manifestation d'un quelconque spectre, mais de le faire entendre à Gustave.

CHAPITRE 14

21 heures, boulevard Poissonnière, locaux du Matin, *Paris*

Gustave avait donné rendez-vous à Alice dans le hall du *Matin* à 21 heures. La jeune femme, tout excitée par la perspective de l'enquête n'avait pas fermé l'œil de la nuit. Aux aurores, elle avait déjà fait sa toilette, coiffé ses cheveux en chignon, enfilé une robe de coton beige légère pour la saison, par-dessus un corset lacé à la poignée d'une porte et chaussé ses bottines. Seuls ses cernes violets trahissaient sa fatigue. La journée lui avait paru longue, laissée dans l'appartement tandis que Gustave et Gaston couraient après elle ignorait quoi. Mais Boisyvon lui avait promis que ce soir, elle serait à ses côtés.

Alice avait apprécié la visite des locaux du quotidien, la veille, après le souper à la gargote. Une intrusion nocturne des plus fantasques. Malgré l'heure tardive, le journal grouillait comme une ruche. Les employés ne s'étonnèrent même pas de la présence de la jeune femme. Boisyvon et Leroux lui présentèrent les différents services : de l'imprimerie avec les lettres montées à la main sur les pages et ses impressionnantes presses hydrauliques, à la salle de rédaction en pleine effervescence. Les caricaturistes l'avaient aussi impressionnée par leur talent de dessinateurs, capables de croquer la vie en quelques coups de fusain. Ils avaient fini de faire le tour vers minuit et étaient retournés vider quelques pichets de vin dans un bar. L'ivresse leur avait réchauffé le cœur, et celui d'Alice en avait besoin. L'indépendance avait un prix : la solitude. Avec eux, elle semblait s'en éloigner. Ils étaient de chics types, tous deux originaires de Normandie. Gustave venait de Villedieu-les-Poêles et Gaston, bien que né à Paris, avait passé sa scolarité à Eu. Ils racontèrent foule d'anecdotes à Alice qui à son tour leur parla de sa Bretagne. Elle était reconnaissante d'être tombée sur ces hommes-là, oubliant un peu les conditions dans lesquelles elle les côtoyait. Si sa mère l'apprenait ! Elle saurait d'ailleurs bien assez tôt son renvoi de chez les Dutilleul. Il ne restait que peu de jours à Alice pour recevoir un courrier ou voir débarquer Édith, en personne. Fort heureusement, personne ne savait où elle s'était terrée.

À leur retour dans l'appartement, elle s'était effondrée sur le lit avant de s'éveiller à l'aube et avait aidé Gaston à choisir sa plus belle cravate. Puis elle avait vaqué à quelques occupations d'ordre domestiques avant de se mettre à lire. Frénétiquement. Gustave lui avait demandé de s'imprégner de l'affaire et laissé des numéros de la *Revue Spirite*, crée par Allan Kardec, pour qu'elle se familiarise avec les histoires fantômes... Cela pouvait toujours servir. Il avait raison, elle devait s'immerger dans l'enquête. Elle prit de notes, griffonna des superstitions, des théories, s'arrêtant parfois pour écouter les grincements du vieux plancher ou des portes claquer. Gustave ne l'effrayait pas avec ses histoires de domestique égorgée, mais tout de même... La journée s'étendit longuement et elle rejoignit le siège du Matin avec une demi-heure d'avance. Elle trépignait. Le crépuscule parisien était le prélude d'une nouvelle aventure. Le ciel se parait de teintes chaudes, mélange de pourpre et d'or, les derniers rayons du soleil caressaient les contours de la Seine, la tour Eiffel, encore jeune dans ce paysage urbain, s'illuminait faiblement. Alice était grisée par l'attente.

Pour Alice, ce coucher de soleil était une symphonie de couleurs, un adieu poétique du jour qui s'éclipsait lentement derrière l'horizon, laissant place à la promesse d'une nuit étoilée. C'était un moment suspendu dans le temps, un instant de pure beauté où le passé et le présent semblaient se rencontrer dans le reflet doré de l'eau.

À 21 heures tapantes, Gustave rejoignit Alice.

— Alors, cette première journée ? lui demanda-t-il, tout sourire.

— Isolée ? J'ai bien cru que vous alliez m'abandonner !

— J'espère surtout que vous avez réfléchi à quelques bonnes histoires pour la suite.

— Où avez-vous prévu de m'emmener ?

— Ce soir, nous partons pour une interview ! annonça-t-il.

Gustave lui tendit une viennoiserie achetée à la boulangerie avant sa fermeture et fit signe à Alice de le suivre. Ils sortirent du Matin et se retrouvèrent sur le boulevard. Avec son croissant à la main, elle se sentait un peu bête. Elle croqua dedans en marchant. C'était délicieux. Et dire qu'elle allait en acheter pour ses anciens patrons et qu'elle n'avait jamais pris la peine d'y goûter !

Comment allaient-ils recueillir des informations à cette heure. Le journaliste perçut l'inquiétude de sa nouvelle acolyte et expliqua, le plus naturellement du monde :

— Nous devons en savoir plus sur Dubois. Ses habitudes, ses petites manies, ses fréquentations, ses maîtresses...

— Gaston m'a dit que sa gouvernante avait été interrogée, parvint-elle à articuler entre deux bouchées.

— Cela ne suffit pas. Il nous faut d'autres témoins.

— Vous avez une idée où en trouver ?

— J'ai bien mieux : une adresse, répondit-il, fièrement en brandissant un papier. Un contact m'a donné le nom d'un de ses amis. C'est un mathématicien au Collège de France. J'y suis passé ce matin, mais il ne donnait pas cours. Nous allons donc le cueillir chez lui.

— Mais la nuit tombe déjà ! Personne ne nous recevra...

— Il n'y a pas meilleure heure pour trouver les gens chez eux. Venez. C'est à une demi-heure.

Alice s'abstint de lui signifier que marcher à cette allure l'essoufflait, et qu'un fiacre aurait été le bienvenu. Ses bottines n'étaient pas faites pour la randonnée. Mais Gustave avait le sens de l'orientation. Ils arrivèrent à destination vers vingt-deux heures. La jeune femme, le rouge aux joues, les pieds en feu, soupçonnait le journaliste d'avoir forcé l'allure exprès pour la tester. Elle n'en serait pas découragée pour autant. Ils passèrent la grande porte cochère de l'immeuble rue de la Colombe et Gustave repéra la loge de la concierge. Une lueur diffuse attestait sa présence, mais personne ne vint ouvrir. Le journaliste insista. Le rideau finit par s'écarter, laissant apparaître un visage bouffi, des yeux rouges et des traits inquiets.

— Pardonnez cette visite, Madame, nous avons besoin de votre aide, commença Gustave, le plus rassurant possible.

Mais le rideau se referma sitôt. Alice et Gustave s'épièrent un instant, jusqu'au bruit d'une porte que l'on ouvre. La concierge, grande femme trapue, les attendait de l'autre côté.

— Nous cherchons monsieur d'Estorves, mais nous n'avons pas le numéro de son appartement.

D'un coup, la concierge se signa et se mit à trembler. Ces visiteurs nocturnes étaient-ils fous dangereux ? Les jeunes gens ne surent que répondre face à la réaction de la vieille femme. La nuit était là, certes, mais eux n'avaient pas l'aspect de brigands ou de fauteurs de troubles.

— C'est que vous arrivez trop tard, parvint à articuler l'employée.

— Trop tard ? Monsieur d'Estorves est-il sorti ? demanda Alice.

— Sorti ?

— Quand reviendra-t-il ?

— Vous ne comprenez pas. Il s'est défenestré hier matin ! Que cherchez-vous ? Qui êtes-vous à la fin ? De la police ?

La femme parut soudain terrifiée. Alice insista. Était-ce un suicide ? La concierge hésita. Elle n'était pas là, cela pourrait aussi bien être un accident. Des passants virent d'Estorves basculer depuis sa fenêtre du cinquième, et s'écraser sur le pavé devant sa loge.

— Ils m'ont raconté que son visage était déformé par... la terreur ? Comme s'il avait vu le diable.

Alice se retint d'esquisser un geste vers Gustave, mais frissonna de tous ses membres. Le journaliste s'inquiéta de savoir si un tel geste ressemblait au résident. Un problème de jeu, une maîtresse, une raison qui aurait poussé le mathématicien à s'ôter la vie ?

La concierge lui assura que monsieur d'Estorves était fidèle à Madame et trop intelligent pour se donner la mort.

— Ne salissez pas sa mémoire ! Un bel homme, de belle humeur et affable ! Je ne peux imaginer la douleur de sa femme et de leurs enfants lorsqu'ils rentreront de voyage. Quand ils ont emporté son corps à la morgue de Paris, je n'ai pu me résoudre à l'identifier. Mais je dois y aller demain. Ils ne gardent les cadavres que trois jours, vous savez.

Gustave remercia la concierge, lui demanda de prendre un peu de repos avant la journée qui l'attendait le lendemain, et attrapa le bras d'Alice pour la conduire vers la sortie de l'immeuble. Le journaliste guettait le cliquetis de la porte de la loge et ordonna à sa consœur de se baisser. Elle saisit alors sa main. Le jeune homme trembla à ce contact inattendu. Alice l'entraîna en sens inverse vers l'escalier, commença à grimper les étages. Gustave la suivit malgré lui et s'enquit à voix basse :

— Mais que faites-vous ?

— Vous le voyez bien ! Nous allons rendre une petite visite à monsieur d'Estorves.

— Vous oubliez qu'il est mort...

— Et sa femme n'est pas rentrée de voyage. Donc l'appartement est vide. N'avez-vous pas envie d'en savoir plus sur les circonstances de sa mort ? Dubois, maintenant d'Estorves... Cela fait beaucoup de suicidés, non ?

— Vous m'impressionnez, Mademoiselle Lekernec ! Mais nous ne pouvons...

— Chercher l'information là où elle se trouve, répondit la jeune femme en montant les étages. C'est ce que vous m'avez appris ces deux derniers jours.

Arrivés sur le palier du cinquième étage, ils firent face à la porte de l'appartement, l'unique porte du palier.

— J'imagine que vous n'avez pas les clefs, se moqua Gustave.

— En effet, grogna Alice qui fit retomber son audace.

— Laissez faire le professionnel. Vous permettez ?

Théâtral, le journaliste enleva une épingle du chignon d'Alice qui sursauta. Il la tordit, se mit à niveau de la serrure et y introduisit le métal. Alice le regardait trifouiller, médusée.

— Vous allez nous faire arrêter !

— Par qui ? Un mort ? Je vous trouve bien moins téméraire tout à coup. Si c'est un suicide ou un accident, la police n'enquêtera pas. Ils ont trop à faire pour s'intéresser à des désespérés, lâcha-t-il concentré sur la serrure. Et à cette heure-là, nous serons tranquilles.

Gustave se releva enfin, satisfait de ce tour de passe-passe qui avait toujours son petit effet et poussa la porte.

— Après vous, mademoiselle hors la loi. Bienvenue chez Monsieur d'Estorves. Espérons que nous y trouverons quelque chose.

— Mais où avez-vous appris à faire cela ? demanda-t-elle, impressionnée malgré elle.

— Quand j'étais petit en Normandie, on allait piquer du cidre dans le cellier du voisin ! répondit-il l'air penaud.

— Eh bien c'est du joli ! Vous m'apprendrez ? ajouta-t-elle avec un sourire malicieux.

Elle devait bien reconnaître qu'elle trouvait cette aventure assez excitante. Le goût de l'interdit a une saveur sans égale.

La jeune femme, le cœur battant d'excitation ou d'anxiété, franchit la porte avec hésitation. Le silence était rompu par le craquement du vieux parquet sous leurs pas et le sifflement d'un courant d'air qui s'engouffrait par la fenêtre entrouverte, faisant virevolter les pages d'un journal abandonné. Soudain, un claquement sec venant de l'étage supérieur les fit tous deux sursauter. Alice, saisie d'une peur instinctive, se rapprocha de Gustave. Ce dernier ne la repoussa pas, garda sa main dans la sienne, mais poursuivit sa marche. Ils progressaient lentement, scrutant la pénombre, quand un grincement émana du portemanteau surchargé, où un chapeau en feutre gris oscillait comme s'il avait été touché par une main invisible. Alice retint son souffle, Gustave sentit son corps se tendre.

Leur regard fut attiré par la console en acajou. Alice s'arrêta net, écarquillant les yeux. Posée sur le dessus du meuble, bien en évidence, une petite main semblait la narguer. Le même type de sculpture qu'elle avait trouvé dans la bourse de Dubois. La main qui avait servi de modèle semblait pourtant différente. Des doigts plus longs et surtout elle était rouge, comme imbibée de sang. L'objet macabre en était gorgé. Des traînées s'étaient répandues sur le parquet, formant une flaque sombre sur le bois luisant.

Gustave, le visage blême, s'approcha avec une lenteur exagérée, redoutant que la main ne s'anime et ne l'attaque.

— Qu'est-ce que cela signifie ? chuchota Alice, sa voix trahissant sa peur.

— Cela signifie que nous sommes face à un meurtre, répondit Gustave, le ton grave. D'Estorves ne s'est pas suicidé, il a sans doute été assassiné, tout comme Dubois.

Il empoigna l'objet avec répugnance, puis le dissimula dans sa poche, comme pour se soustraire à son aura maléfique. Puis ils avancèrent vers le salon, où la clarté de la pleine lune dessinait des motifs spectraux sur le sol. Le journal froissé, la tasse de café renversée, la fenêtre grande ouverte... tout racontait une histoire de lutte et de désespoir. Gustave scruta les indices éparpillés et murmura :

— C'est ici que le drame s'est déroulé.

Alice suivit son regard.

— Il a dû reculer jusqu'à cette fenêtre, confronté à son bourreau... ou à quelque chose d'encore plus terrifiant. Ou peut-être a-t-il reculé de peur devant une apparition qu'il ne pouvait ni combattre ni comprendre. Cela ne me plaît pas vraiment.

— Le spectre du Palais de l'électricité...

Alice laissa sa phrase en suspens, une ombre de terreur passant dans ses yeux verts.

— Les fantômes n'existent pas, rétorqua Gustave.

Le journaliste devait s'en convaincre ; leur périple commençait à faire vaciller ses certitudes. Alice insista :

— Mais la concierge a parlé d'une terreur indicible... Comme s'il avait vu le diable.

— Ou la mort elle-même... En quelques secondes, il a dû sentir son souffle glacial. La mort est terrifiante, vous savez.

Un frisson parcourut l'échine de Gustave.

— Et comment expliquez-vous l'état de cette pendule ? fit-elle en désignant le fond de la pièce où une horloge brisée au pied de la cheminée sur laquelle elle devait trôner.

— Vous marquez un point, Watson ! J'avoue que je ne sais pas...

Ils remarquèrent alors le chaos près de la cheminée. Des livres et des papiers jonchaient le sol.

— Un voleur, ou peut-être quelque chose de plus sinistre, suggéra Alice.

Gustave repéra une lampe à pétrole et l'alluma. Il commençait à faire vraiment sombre, la flamme les rassurerait.

— Explorons la suite, proposa Gustave, sa main frôlant celle d'Alice.

Ils s'engagèrent dans un couloir sombre menant aux chambres. La première porte s'ouvrit sur un bureau ravagé. Gustave n'eut pas grand mal à deviner.

— L'antre du propriétaire.

Alice s'approcha d'un secrétaire en bois, ses tiroirs éventrés. Des feuilles entières étaient recouvertes de chiffres, d'équations et de formules mathématiques rédigées d'une petite écriture serrée. S'enhardissant, elle explora les tiroirs : des plumes, un encrier, un carnet qu'elle feuilleta avant de le fourrer dans sa poche.

— Vous avez de bons réflexes, constata Gustave. Vous me confierez quand on sera rentré au journal. On prendra le temps de l'étudier. Il ne faut pas qu'on s'éternise ici.

— Y a-t-il quelque chose d'autre ? demanda-t-elle, l'espoir teinté d'appréhension.

— Malheureusement rien que des livres de mathématiques... sauf celui-ci.

Gustave brandit un ouvrage étrange. « Le Livre des Esprits d'Allan Kardec », lut Alice, une lueur d'intérêt dans les yeux.

— Curieux pour un mathématicien de s'intéresser au spiritisme... tout l'opposé, même.

Gustave feuilleta le livre.

— Regardez, des passages sont soulignés, ce qui signifie que l'ouvrage a été lu et étudié.

Soudain, Alice poussa un cri étouffé lorsqu'une porte claqua dans l'appartement. Puis elle distingua une armoire normande et à côté, un coffre-fort entrouvert. Gustave s'agenouilla devant lui. La clé, encore dans la serrure, semblait les narguer. Avec hésitation, il ouvrit la porte. Le coffre était vide. Mais l'air se chargea sitôt d'une énergie sombre, quelque chose qui s'était échappé pour hanter les vivants. Un courant d'air froid balaya la pièce, et Alice trembla, Gustave resta immobile à quelques centimètres d'elle. Ils n'étaient pas seuls.

Un fracas soudain déchira le silence de l'appartement. La porte de l'armoire s'ouvrit brusquement, projetant Alice au sol. Gustave, alerté par le tumulte, se retourna juste à temps pour voir une silhouette s'échapper, un sac en toile lourdement chargé en bandoulière. Il bondit sur ses pieds, vérifia rapidement qu'Alice était indemne, et se lança à la poursuite de l'ombre fuyante.

Alors qu'il traversait le salon, un autre bruit retentissant annonça la chute du portemanteau et la claque de la porte d'entrée. Gustave, le souffle court, se précipita dans le couloir. Les voix en contrebas lui indiquèrent que l'intrus avait pris la direction du toit. Sans hésiter, il s'élança dans l'escalier, s'aidant de la rampe pour gagner en vitesse. Arrivé haletant au dernier étage, il aperçut la jambe du fuyard disparaître par une lucarne. « Il est souple, l'animal ! » tempêta-t-il avant de se hisser à son tour sur le rebord métallique. Avec un effort titanesque, il se faufila à travers l'étroite ouverture et émergea sur le toit où la température de la nuit était suffocante. Le zinc était brûlant, ayant emmagasiné la chaleur de la journée et son soleil de feu.

À deux cents mètres, il vit l'homme courir sur le zinc, éclairé par la clarté lunaire et les quelques lueurs des réverbères, ses cheveux blonds flottant sous une casquette grise. Gustave se lança à sa poursuite, ses chaussures glissant dangereusement sur le métal. Malgré les risques, il réduisait l'écart entre eux.

Le fugitif, arrivé au bord du toit, sauta sans hésiter sur le suivant. Mais le poids de son sac le déséquilibra, et il chuta, poussant un cri de douleur. Gustave profita de l'occasion pour bondir sur lui. Ils roulèrent ensemble jusqu'à la gouttière, luttant pour ne pas tomber dans le vide.

L'assaillant, le visage déformé par la colère, étrangla Gustave de toutes ses forces. Au bord de l'asphyxie, le journaliste parvint à frapper l'homme dans les côtes, le faisant relâcher son étreinte. D'un coup de pied, il le repoussa vers le bord, mais l'homme bascula, et Gustave, dans un réflexe désespéré, le saisit par le poignet.

Allongé sur le toit, Gustave tenait l'homme suspendu à des dizaines de mètres au-dessus du trottoir, ses cris de terreur se mêlant au vent nocturne. La prise glissait, centimètre par centimètre, alors qu'en contrebas, une famille traversait la cour, inconsciente du drame qui se jouait au-dessus d'eux.

Le journaliste, les yeux rivés sur le poignet qui lui échappait, remarqua un tatouage sur son avant-bras : une silhouette d'oiseau aux ailes repliées.

— Balancez-vous, essayez d'atteindre la gouttière ! cria le journaliste, mais il était déjà trop tard. La main glissa, et l'homme chuta dans un silence soudain, brisé seulement par le bruit sourd de son corps s'écrasant sur les pavés.

Gustave resta allongé, le regard fixe, hanté par la chute du cavaleur qu'il venait de lâcher. Il venait de tuer un homme.

«Les Esprits non incarnés ou errants n'occupent point une région déterminée et circonscrite ; ils sont partout dans l'espace et à nos côtés, nous voyant et nous coudoyant sans cesse ; c'est toute une population invisible qui s'agite autour de nous.»

Allan Kardec, *Le Livre des Esprits*

Extrait du journal d'Hélène

Mars 1898, Paris

Aussi loin que remontent mes souvenirs, ce don, ou plutôt cette malédiction, m'a toujours accompagnée. J'entends des voix et vois des ombres spectrales qui se meuvent autour de moi. Enfant, cela ne m'effrayait pas. Converser avec mes poupées de porcelaine et percevoir des entités invisibles aux autres me semblait naturel. Puis, un jour, une nouvelle voix est apparue. Celle-ci m'effrayait. Elle m'incitait à commettre des actes malveillants, à embrasser le mal. Ses injonctions impérieuses étaient irrésistibles. Elle me menaçait de m'emmener en enfer, où je brûlerais pour l'éternité si je n'obéissais pas. J'ai cédé et allumé un feu dans ma chambre. L'incendie s'est rapidement propagé, ravageant notre maison. Mes parents sont morts dans leur sommeil. Personne n'a jamais su que j'étais responsable de cette tragédie. Je n'ai plus jamais entendu cet esprit maléfique. Mais d'autres ont pris sa place.

Peu à peu, j'ai compris que ces voix appartenaient à des morts. Elles me parlaient de leur errance dans les limbes, me suppliaient de les libérer, de les aider à atteindre un autre plan, de transmettre à leurs proches leurs regrets et remords. J'ai rencontré des spirites qui organisaient des séances où je recevais les esprits en moi, les laissant s'exprimer à travers mon corps. C'était une sensation étrange, comme si j'étais possédée. Le pasteur de notre village pensait que le diable me tourmentait et que j'étais damnée. Mais ce n'était pas le diable, c'étaient ces morts réclamant justice, encore attachés à notre monde. Certains ignoraient même qu'ils étaient passés dans l'au-delà. Chaque fois, j'étais terrorisée… Cela pouvait survenir à tout moment. Je ne contrôlais rien. En grandissant, j'ai appris à vivre avec leur présence, à essayer de comprendre leur souffrance. Mais à chaque contact, je perdais une partie de moi, ils m'arrachaient une part de mon esprit. Ils me vidaient de ma substance vitale, tels des vampires assoiffés de sang.

Folle de désespoir, j'ai tenté de me libérer de l'emprise de ces ombres. J'ai fui à l'autre bout du monde, espérant naïvement qu'elles me laisseraient en paix. Mais les âmes errantes m'ont retrouvée et me harcèlent à nouveau depuis deux ans. Je me suis remise à fréquenter les cercles spirites pour les domestiquer, pour trouver des spécialistes capables de me guérir de mon mal. Mais je n'y ai trouvé qu'une faune dégoûtante de bourgeois à la curiosité malsaine, pour qui le spiritisme est un jeu, un spectacle dominical dans des salons feutrés, où ils se donnent l'illusion de côtoyer les morts et de frissonner devant leurs manifestations.

Mercredi 23 mai 1900

Chapitre 15

6 heures, boulevard Poissonnière, Paris

— Je dois me livrer à la police.

Assis sur le sofa de l'appartement, l'aube pointant bientôt, Gustave était prostré, Alice à ses côtés. Celle-ci l'avait rejoint sur le toit quelques instants après le drame, l'avait aidé à rejoindre l'immeuble et ils s'étaient éclipsés comme des fugitifs. Mais les images de l'accident hantaient Gustave. La course-poursuite, le regard terrifié du fugitif quand il avait compris qui n'arriverait pas à remonter sur le toit, son étrange tatouage. Chaque fois que le journaliste fermait les yeux, il revoyait la chute, l'homme tombant au ralenti jusqu'à s'écraser sur les pavés. Alice et Gustave étaient rentrés de leur escapade nocturne qui avait viré au drame comme dans un état second. Gustave s'était aussitôt allongé sans un mot, puis avait sombré dans un sommeil peuplé de cauchemars. Son hurlement avait réveillé Alice qui avait retrouvé le jeune homme dressé sur son lit, dégoulinant de sueur. Elle lui avait proposé un thé ou même un verre de vin et l'avait emmené au salon. Elle était restée là. Gustave ne l'avait pas chassée. Avait-il besoin de sa présence face à ces nouveaux démons ? C'était une chose de raconter et de décrire des drames dans ses articles ; les détails sordides et les circonstances macabres, c'en était une autre d'y assister. Pourquoi cet homme avait-il dérobé des papiers sans importance dans le coffre de D'Estorves ? Pourquoi s'était-il échappé ? Que signifiait le tatouage à l'encre rouge sur son bras ? Le même qui avait été signalé à l'autopsie sur Dubois. Se connaissaient-ils ? Quel lien les unissait ? Autant de questions qui tournaient dans sa tête et auxquelles il était incapable de répondre. Dans quelques heures, la police interviendra et les journalistes auront la primeur des informations. Dans quelques heures, le cadavre aura un nom et un statut.

— J'irai sur les lieux. Je vous donnerai les informations, promit Alice. C'était un accident, vous le savez bien. Retrouvez-moi à midi chez la concierge de monsieur d'Estorves. Nous devons poursuivre nos investigations. il faut que nous allions voir son corps à la morgue, cela nous éclairera peut-être sur ce qui s'est réellement passé.

— Mais enfin...

— Je vous y attendrai.

Puis elle invita Gustave à retourner se reposer. Il n'était pas question qu'un article manque en raison de sa fatigue ou de sa culpabilité. Elle l'aidera s'il le lui demandait, elle écrirait même, et Gaston ne devrait plus tarder à rentrer lui aussi. Alice savait pertinemment comment agir désormais. Pas question de rester isolée entre ces murs.

Les curieux, les cris, les agents enveloppèrent la jeune femme. Alice se tenait là, immobile, le regard fixé sur la cohue. La réalité de la situation lui tombait dessus comme un couperet : en l'espace de quelques jours, elle était passée de l'ombre à la lumière, de l'anonymat au travail d'une journaliste plongée au cœur d'une enquête qui la dépassait. Elle avait noué des liens incongrus avec deux hommes, et voilà que l'un d'eux se retrouvait au centre d'un drame. Mais il y avait aussi cette responsabilité lourde qui pesait sur ses épaules, celle de devoir gérer les conséquences de cet acte. La mort avait frappé, brutale, et c'était à elle, Alice, de recueillir les morceaux éparpillés de cette vie fauchée en plein vol. Et d'aider, elle osa le dire, son nouvel ami.

Elle devait maintenant aller chercher le corps, faire en sorte que Gustave le voit. Ensuite, il se ressaisirait. La vulnérabilité du journaliste l'embarrassait plus qu'elle ne voulait l'admettre.

Se sentait-elle aussi responsable ? Après tout, l'irruption chez d'Estorves était à son initiative. Alice arriva rue Colombe et se garda d'avancer de trop près. Elle attendit que le corps soit fouillé et espionna les conversations des policiers. Elle reçut tout ce dont elle avait besoin. La victime : Arnaud Pelletier, un étudiant en médecine. Son butin : des pages de calculs incompréhensibles pour le commun des mortels. L'affaire serait très vite classée. Un vol dans un appartement parisien, un gredin qui s'échappe par le toit, glisse en tombe. Personne ne soupçonnerait leur implication. Alice en profita pour noter quelques bribes de conversation dans son calepin. Elle ne serait pas remarquée dans une telle agitation. On ne remarquait pas les femmes au milieu des hommes.

Midi. Puis midi quinze. Gustave n'était pas là. Alice s'impatienta lorsqu'elle le vit tourner au coin de la rue. Elle se retint de l'assaillir de nouvelles et le laissa arriver à sa hauteur. Il avait mauvaise mine.

— La police est partie, lâcha-t-il. J'aurais dû me rendre et tout avouer, vous savez.

Alice siffla, ferma les yeux et inspira. Elle en avait assez.

— Écoutez, Gustave. Vous avez deux solutions : vous apitoyer sur vous-même ou poursuivre votre enquête. Si vous vous sentez responsable, la moindre des choses que vous puissiez faire pour la mémoire de ce pauvre garçon est de découvrir pourquoi il a tenté de voler les notes de D'Estorves. Rien ne justifiait une telle prise de risques.

Gustave, tête baissée, gardait le silence.

— Vous m'entendez ? le brusqua Alice. Il est mort et vous n'y pouvez plus rien. Aller voir à la police ne le fera pas revenir, ne nous avancera à rien. Au contraire, cela ne fera que compliquer une affaire déjà assez embrouillée. Ce n'est pas l'attitude d'un journaliste d'investigation. Moi qui croyais que vous étiez un professionnel. Vous me décevez. Je n'ai aucune envie d'être l'ombre d'un homme qui renonce si vite.

Cette fois-ci, le jeune homme parut réagir, giflé par ses mots. Pire, vexé. Se rendant compte qu'il voudrait tout sauf la décevoir, cette effrontée à peine rencontrée. Alice s'éloigna en direction de la porte cochère qui abritait l'immeuble de D'Estorves. Elle n'avait pas fait trop pas que Gustave la rattrapa.

— Pardonnez-moi. Cet accident m'a bouleversé. Émotionnellement, c'est dur. C'est la première fois que je vois quelqu'un mourir. Par ma faute qui plus est.

— Maintenant que vous l'avez acté, allons de l'avant.

— Qui êtes-vous, mademoiselle Lekernec ? Quel est ce caractère si... brave ?

— Seulement parce que je refuse de vivre dans la compassion ? Cela s'appelle de la dignité. Soit. J'ai une intuition qui devrait vous plaire. Si nous n'arrivons pas trop tard, nous devons vérifier quelque chose.

Elle esquissa un sourire radieux, Gustave fit un effort pour lui rendre la pareille. Le journaliste accepta la main qu'elle lui tendit et la serra plus fortement qu'à l'accoutumée. Un frisson le parcourut, sa paume devint presque moite. Il n'eut pas besoin d'en demander davantage, tous deux arrivèrent devant la conciergerie.

— Laissez-moi faire, lui assura-t-elle en frappant à la porte de la loge.

Celle-ci s'ouvrit légèrement. La vieille employée n'avait de toute évidence pas oublié le visage de ces deux énergumènes débarqués à la nuit tombée réclamer un homme mort. Un instant, elle songea qu'ils pourraient être à l'origine du cambriolage. Gustave retrouva de son éloquence et feignit le choc du cambriolage survenu chez d'Estorves.

— Quelle époque ! se désola la concierge.

— On dirait que le sort s'acharne sur la famille d'Estorves.

La compassion d'Alice impressionna Gustave. Elle aurait pu être actrice, elle aurait été tout aussi douée que... Que quoi, d'ailleurs ? Il l'ignorait. Ou ne voulait pas le comprendre. La concierge insista sur le sort mérité du voleur.

— Le fantôme de Monsieur d'Estorves a puni ce voyou.

— Écoutez, reprit Alice, la nouvelle nous a tous chamboulés, et si nous revenons aujourd'hui, c'est pour lui rendre un dernier hommage. Il était notre ami, aussi. J'ai le souvenir que vous deviez identifier le corps à la morgue... S'il n'est pas trop tard, nous aimerions vous accompagner.

— Eh bien... Je ne serai pas mécontente d'avoir un peu de soutien. Et si personne n'y va, Madame d'Estorves ne saura même plus où retrouver le corps de son mari. C'est la moindre des choses que nous puissions faire. Je prends mon ombrelle, attendez-moi là.

Tandis que la porte se refermait sur eux, Gustave lorgna du côté d'Alice. À quoi diable pensait-elle pour voir le corps de ce pauvre homme ? Elle le bluffait.

— Tout simplement parce que nous ne savons pas à quoi il ressemble et qu'il nous faut quelqu'un qui le connaît, répondit Alice comme s'il s'agissait d'une évidence.

Avant qu'il n'ait pu répondre, la concierge réapparut, son ombrelle jaune sur l'épaule, vêtue d'un manteau d'été rouge rapiécé et d'un chapeau en feutre vert. Gustave se demanda si cet accoutrement aux couleurs vives était convenable pour la visite d'une morgue. Un simple échange de regards avec Alice, qui affichait un sourire amusé malgré la gravité de la situation, suffit à confirmer leur pensée commune. Ils emboîtèrent le pas à la concierge, qui, dès qu'elle eut franchi le seuil de l'immeuble, déploya son ombrelle en maugréant contre l'ardeur du soleil. La balade promettait d'être éprouvante ! Bien que la morgue ne fût qu'à quelques encablures, sur le quai de l'Archevêché, le chemin parut interminable aux deux journalistes. La concierge, bavarde invétérée, se lança dans un récit exhaustif des mœurs des résidents de son immeuble, sans jamais sembler à court de mots. Gustave, initialement attentif, espérant glaner des informations croustillantes sur la famille d'Estorves, se retrouva submergé par un flot de plaintes sur les tribulations de son métier, entre les courses effrénées des enfants dans les escaliers et les bourgeois noctambules, revenant des tavernes, ivres ou malades. Alice, ayant rapidement cerné le personnage, préféra s'éloigner, lassée par le déluge verbal.

La traversée de l'esplanade de Notre-Dame offrit à Alice un moment de contemplation. Les tours majestueuses, gardées par des gargouilles menaçantes, les portails ornés de statues et la rosace, derrière laquelle se dressait la flèche de la cathédrale, lui donnèrent le sentiment d'être minuscule, écrasée par le poids de l'histoire. Elle se prit à imaginer Quasimodo et Esmeralda, figures emblématiques de la liberté et de la passion, évoluant dans ce décor gothique. Ces personnages, qui avaient peuplé son enfance à travers les pages du roman de Victor Hugo, lui rappelaient les soirées passées avec sa mère, plongées dans la lecture de ce classique.

Son évasion fut brutalement interrompue par l'invective d'un cocher. Absorbée par ses pensées, elle s'était immobilisée au milieu de la place, perdant de vue Gustave et la concierge. Elle accéléra le pas, frôlant l'accident avec des chariots de pompiers lancés à toute allure, leurs cloches tintant l'urgence d'un incendie non loin. Puis ce fut une horde de cyclistes qu'elle dut habilement éviter. Elle rejoignit finalement ses compagnons, après avoir bousculé quelques passants distraits.

Arrivés au quai de l'Archevêché, ils furent stoppés par une foule dense.

— Pourquoi tant de monde ? s'interrogea Alice, stupéfaite.

— La morgue est devenue l'attraction du moment, répliqua Gustave avec amertume, déplorant cet attrait morbide. Plus de 4000 visiteurs par jour !

Alice était abasourdie. Comment pouvait-on se presser pour contempler la mort comme on se rend au théâtre ? Le spectacle de la foule, loin d'être empreinte de tristesse ou de recueillement, mais vibrante de rires et de plaisanteries, la consternait. Des enfants même, impatients à l'idée de voir des cadavres, comme s'ils attendaient un numéro de cirque. La jeune femme se sentait déçue par l'humanité, capable de prouesses techniques extraordinaires, mais aussi excitée par les spectacles les plus morbides. C'était incompréhensible.

Puis la main de Gustave, chaude et rassurante, la ramena à la réalité. Lui aussi semblait retrouver son aplomb.

— Venez, suivez-moi, nous allons passer derrière notre guide.

La concierge, armée de son parapluie, se fraya un chemin à travers la masse, soulevant des protestations.

Enfin, la morgue se dévoila à eux, un édifice carré, orné de colonnes et d'arches, évoquant un temple grec. À l'intérieur, une chaleur étouffante et une cacophonie de sons et d'odeurs accueillirent Alice. Les spectateurs, mouchoirs sur le nez, se pressaient devant les vitres, hypnotisés par la vision des corps exposés sur des tables de marbre noir, arrosés d'un filet d'eau froide pour en retarder la décomposition. Des linges recouvraient pudiquement les parties intimes, mais pour Alice, l'indécence résidait dans cette exhibition.

Ils durent se faufiler pour approcher des vitres. Malgré l'atmosphère oppressante, Alice ne détournait pas les yeux. Elle avait déjà vu des corps rejetés par la mer en Bretagne. La concierge, quant à elle, commentait l'état des dépouilles avec un « C'est y pas malheureux » lancinant.

La plupart des corps étaient ceux de personnes ayant mis fin à leurs jours, exposés ici dans l'espoir d'être reconnus. Et cela fonctionnait. D'Estorves n'aurait jamais dû se retrouver parmi eux. Sa chute, son absence d'identification, une concierge inattentive et des policiers trop pressés l'avaient conduit là, exposé aux regards curieux. Précipité dans la mort comme un suicidé tombé d'un toit, sans identité ni témoin pour le nommer, Monsieur d'Estorves fut victime d'une série de circonstances malheureuses.

— C'est incroyable, un homme de sa stature, gémissait la concierge, cherchant le mathématicien parmi les corps.

Soudain, elle poussa un cri, un sanglot.

— C'est lui ! s'écria-t-elle, pointant un doigt tremblant.

Gustave et Alice suivirent son regard et le virent. Au premier rang, Monsieur d'Estorves reposait, aspergé de gouttelettes, son pyjama et sa robe de chambre soigneusement pliés, ses pantoufles à ses côtés, comme s'il venait de se coucher. Les paupières closes, il semblait en paix, malgré les hématomes et la déformation crânienne témoignant de sa chute mortelle.

— Regardez, là, murmura Gustave à Alice.

Ils avaient tous deux remarqué le tatouage sur le poignet gauche de d'Estorves – un oiseau aux ailes repliées.

— Pardonnez-nous, Madame, cria Gustave à la concierge submergée par l'émotion, nous devons partir. Adressez-vous à un préposé à l'entrée pour donner l'identité du défunt et faire rapatrier son corps.

Mais la vieille femme ne l'entendit pas, absorbée par la vue de son résident exemplaire. Gustave saisit Alice par le bras, la guidant à travers la foule vers la sortie. Dehors, ils s'arrêtèrent près de la galerie jouxtant la morgue, où des marchands vendaient des souvenirs macabres et des babioles religieuses. Le commerce de la mort dans toute sa splendeur. Alice, loin d'être affectée par la scène morbide, avait les yeux pétillants d'excitation après avoir remarqué le tatouage.

— Vous l'avez vu ? interrogea Gustave.

— Oui ! C'est le même motif que sur l'homme tombé du toit.

— Et probablement identique à celui sur le bras de Dubois, ajouta Gustave, triomphant. Ce n'est pas un hasard. Leurs morts sont liées. Nous avons une piste.

Il esquissa le tatouage dans son carnet. Alice vibrait d'enthousiasme et s'autorisa une main sur le bras du journaliste.

— Je vous retrouve, Gustave ! Et maintenant ?

— Nous nous séparons. Je vais consulter un spécialiste des symboles. Pendant ce temps, vous allez récupérer la main que vous avez retrouvée sur Dubois ainsi que celle que nous avons prise dans l'appartement de D'Estorves et les apporter à un vieil ami qui, je l'espère pourra nous renseigner sur ces sculptures.

— Pourquoi ne pas enquêter ensemble ? Vous allez me renvoyer dans l'appartement à faire semblant d'apporter ma contribution ? Voulez-vous aussi que je vous fasse le souper ?

— Ah ! Votre animosité ne cesse de me revigorer, rit-il. Nous nous séparons pour plus d'efficacité. J'ai un article à rédiger.

Alice acquiesça d'un signe de tête, une ombre de désillusion voilant brièvement son regard. Elle était loin de se douter que les intentions de Gustave, empreintes d'une discrète sollicitude, visaient à la préserver des menaces encore autour d'eux. Déjà, trois vies s'étaient éteintes, donnant à cette affaire des teintes de machination obscure. Gustave, observant la nuance de contrariété qui effleura ses traits, en saisit toute la subtilité.

— Votre mission est cruciale, tenta-t-il de la rassurer. Et vous, passionnée d'art, allez rencontrer un artiste légendaire.

— Qui donc ? demanda-t-elle, feignant l'indifférence.

— Le plus grand sculpteur de notre temps – Auguste Rodin.

Chapitre 16

14 heures, morgue de Paris

L'excitation d'Alice était palpable, vibrante comme celle d'une enfant un matin de Noël. En un battement de cœur, la jeune femme avait troqué l'amertume pour une euphorie débordante. La chance lui souriait enfin, et quelle chance ! Elle allait se tenir face à Auguste Rodin, le maître de la sculpture. Gustave, dans son ignorance, venait de lui offrir le plus précieux des présents. L'art avait toujours été son refuge, chaque œuvre capturant son cœur avec une aisance déconcertante. Elle ne pouvait expliquer cette sensibilité artistique qui l'habitait, mais la contemplation d'une sculpture, tout comme la lecture d'un roman, la transportait vers une plénitude inégalée. C'était un baume pour son âme, l'emmenant sur les rivages lointains de l'imagination sans limites de l'artiste. Elle s'évadait ainsi du quotidien, souvent trop terne à son goût. Mais pas aujourd'hui. Elle allait rencontrer Auguste Rodin en chair et en os ! Une légende vivante, son génie érigé au même rang que Victor Hugo pour la littérature. Sa mère lui avait transmis cette admiration, lui parlant de Rodin comme d'un des esprits les plus brillants de leur siècle. Elle lui avait montré des esquisses, des photographies de ses créations, lui racontant sa première exposition en 1880 au Salon de Paris, où il avait ému les foules avec ses œuvres sensuelles et expressives. Alice avait été captivée par la délicatesse des formes, la précision anatomique et les la force qui semblaient émaner des statues, comme si elles allaient s'animer à tout moment, telles des Golem de marbre ou de bronze. Les visages sculptés par Rodin, capables d'exprimer passion, douleur, tristesse ou sérénité, avaient hanté ses rêves pendant des nuits entières, une gamme d'émotions si réalistes qu'elles s'invitaient dans son sommeil. Rodin était plus qu'une idole pour elle ; il était un magicien de la matière, un créateur de vie. Et face à un magicien, on se doit d'être à la hauteur !

Le chemin du retour de la morgue lui sembla étrangement court, portée qu'elle était par son enthousiasme. Et dans sa chambre, le choix de la tenue promettait d'être ardu. Ce n'était pas un rendez-vous galant, certes, mais l'occasion méritait une attention particulière. Ses vêtements, peu nombreux, s'étalaient sur le lit : deux robes, une chemise, un pantalon de toile – vestiges des jours où elle se travestissait pour aider son père après la pêche. Elle opta finalement pour sa robe verte au col dentelé, se promettant de s'offrir quelques nouveautés avec son premier salaire. Les deux petites statuettes de mains, soigneusement emballées dans du chiffon, trouvèrent leur place au fond de son sac. Puis elle prit la direction de la place de l'Alma. Gustave lui avait expliqué qu'elle n'aurait pas à se rendre à la Villa des Brillants, la demeure de Meudon où Rodin travaillait habituellement. À l'occasion de l'Exposition universelle, le sculpteur organisait une rétrospective de ses œuvres au pavillon de l'Alma, un édifice éphémère érigé pour l'événement et destiné à être démonté puis reconstruit chez lui. L'exposition n'ouvrant que dans quelques semaines, Alice savait qu'elle avait toutes les chances de croiser le sculpteur, absorbé dans les préparatifs. Malgré elle, une nervosité croissante l'étreignait à mesure qu'elle approchait de l'avenue Montaigne. Le pavillon se dévoila enfin, au bout d'une allée bordée d'arbres. Pour apaiser son angoisse, elle s'adonna à un jeu d'enfance, cherchant des formes d'animaux dans les ombres projetées sur le sol. Un serpent ici, un lézard là... Un sourire éclaira son visage au souvenir de ces moments partagés avec sa mère. La fraîcheur d'une brise bienvenue caressa sa peau. Arrivée à l'entrée du pavillon, elle retrouva son calme. L'édifice se dressait avec prestance : une entrée ronde en forme de kiosque, soutenue par des colonnes immaculées, précédait un bâtiment rectangulaire de plain-pied, percé de nombreuses fenêtres. Alice monta les quelques marches menant à la porte, son regard happé par les affiches de l'exposition qui annonçaient les détails pratiques et les tarifs : un franc en semaine, cinq le vendredi, gratuit le dimanche, du 5 juin à novembre. Elle se souvint que Rodin avait souhaité que cette exposition soit sans fin, refusant d'indiquer une date de clôture. Une lithographie d'Eugène Carrière dominait l'affiche, représentant Rodin en pleine création, ses doigts robustes façonnant l'argile. Un rayon de lumière illuminait le sommet de son crâne, métaphore de l'inspiration divine. Le contraste entre ombre et lumière accentuait la concentration de l'artiste, offrant un aperçu de cet instant magique où naît l'art, habituellement caché au commun des mortels. Rappelée à sa mission, Alice s'arracha à contrecœur à la contemplation de l'affiche et poussa la porte, prête à vivre un moment inoubliable.

La galerie d'exposition, vaste et majestueuse, semblait conçue pour célébrer les sculptures monumentales de Rodin. Une lumière tamisée s'infiltrait à travers les hautes fenêtres, caressant les murs et les œuvres d'art qu'ils allaient bientôt accueillir. L'artiste envisageait de dévoiler l'étendue de son talent : bronzes, marbres, plâtres, dessins à l'aquarelle ou au fusain, et des œuvres de toutes tailles. Des photographies de ses sculptures, capturées par son ami Eugène Druet, orneraient les murs, offrant aux visiteurs un regard pluriel sur son art. C'est du moins ce que Gustave avait confié à Alice. Pour l'heure, la salle était un chaos organisé, un entrepôt en pleine effervescence où caisses et paille s'entremêlaient, et où le sol était saupoudré d'une fine couche de plâtre. Des échafaudages endormis se dressaient contre les murs, entourés de seaux renversés et de vieilles poulies. Alice avançait prudemment dans ce désordre silencieux, imaginant le tumulte des arrivées et des installations. Un bruit soudain et un juron éclatèrent, rompant le calme. « Sacrebleu ! Quelle bande d'incapables ! » Quelqu'un était encore là. Guidée par les sons, Alice naviguait entre les caisses, découvrant des fragments d'œuvres émergeant de la paille, prêtes à captiver les regards. Elle contourna une caisse d'où jaillissait une épaule en plâtre, pour trouver la source du vacarme : un homme en blouse grise, maculée de poussière, fouillait frénétiquement une caisse, rejetant la paille avec colère. Absorbé et furieux, il ne remarqua pas Alice qui hésitait à l'aborder. Prenant son courage à deux mains, elle l'interpella timidement.

— Monsieur, pardon de vous déranger...

L'homme s'arrêta net, se redressa et se retourna. Alice reconnut aussitôt Auguste Rodin. Malgré ses soixante ans, son regard vif trahissait une jeunesse d'esprit, contrastant avec les rides de son visage et sa barbe touffue. De stature moyenne, Rodin imposait par sa présence. Alice observait ses mains, massives et noueuses, se demandant comment elles pouvaient façonner tant de délicatesse. Le sculpteur la scrutait, la colère dans ses yeux faisant place à une douceur inattendue.

— Que puis-je pour vous, Mademoiselle ?

Sa voix grave et profonde résonnait dans la salle.

— Pardonnez-moi, Maître, je ne voulais pas vous déranger, poursuivit Alice, timide.

— Ne vous excusez pas, l'interrompit Rodin. C'est moi qui suis désolé. Je crains que le désordre ne vous ait offusquée... Cette exposition me tient à cœur... Et découvrir qu'une sculpture manque, probablement oubliée à Meudon, m'exaspère ! Que désirez-vous ?

Il ferma les yeux, cherchant le calme. Alice percevait sa tendance à l'emportement. Lorsqu'il les rouvrit, sa voix s'était adoucie.

— Vous êtes absolument ravissante.

Alice sentit ses joues s'empourprer.

— Bien que je sois encore absorbé par ma *Porte de l'Enfer*, je ne suis pas à la recherche de modèles pour le moment... Mais peut-être pourriez-vous revenir après l'exposition.

Rodin la dévisageait avec insistance, la mettant mal à l'aise. Il effleura doucement ses cheveux et murmura à son oreille :

— Revenez me voir dans quelques mois, après l'exposition. Nous pourrions collaborer avec plaisir.

D'instinct, Alice recula. Ce n'était pas une rumeur, à peine une légende, Rodin aimait les femmes. Son amour pour le beau sexe, son tempérament ardent. Cette inclination lui avait même valu le surnom de « bouc sacré » ! Personne n'oubliait sa relation tumultueuse avec Camille Claudel. Malgré son génie artistique et la flatterie dont elle est l'objet, Alice ne céderait pas aux avances de cet homme.

— Attendez, Maître, il y a un malentendu, s'empressa-t-elle de clarifier.

Elle rassembla son tact diplomatique ; elle avait une mission à accomplir.

— Ce serait un honneur, mais je ne suis pas venue pour être votre modèle. Gustave Boisyvon m'envoie. Je suis journaliste au *Matin*...

Rodin éclata de rire.

— Une journaliste ? (Il haussa les épaules.) Pourquoi pas ; il faut vivre avec son temps. Ce sera une première pour moi, d'être interviewé par une femme ! Que souhaitez-vous savoir ?

— Ce n'est pas vraiment une interview... Un collègue prendra rendez-vous pour votre exposition. Nous avons besoin de votre expertise sur des sculptures.

Rodin arqua un sourcil curieux.

— Une expertise ? Vous avez piqué ma curiosité. De quoi s'agit-il exactement ?

Alice hésitait à tout révéler, notamment les circonstances étranges de la découverte des sculptures.

— Il s'agit de petites sculptures de mains qu'Antoine a trouvées, et nous ignorons leur origine et leur créateur.

— Suivez-moi à mon atelier, nous y verrons plus clair.

Alice suivit Rodin à travers le dédale de caisses, admirant les ébauches d'œuvres en attente. Ils atteignirent un rideau qu'il écarta, laissant Alice pénétrer dans l'antre du maître. La lumière dorée baignait la pièce, où flottait une poussière de plâtre. Un établi, couvert de poussière et d'éclats de marbre, accueillait une collection d'outils de sculpteur parmi lesquels elle reconnut des fermoirs, des gouges, de ciseaux et des maillets.

— Installez-vous et montrez-moi ces sculptures.

Sous le charme du lieu, Alice s'exécuta, sortant délicatement les deux mains sculptées de son sac. Rodin les examina attentivement, les faisant tourner entre ses doigts massifs. Après un long silence, il reposa les mains, son regard plongé dans le lointain. Alice, impatiente, osa demander :

— Alors, que pouvez-vous me dire sur ces sculptures ?

Après une brève hésitation, l'artiste émergea de sa torpeur et la dévisagea avec perplexité, comme s'il venait tout juste de prendre conscience de sa présence. Il expira profondément.

— Je crains de ne pas être en mesure de vous être d'une grande aide, Mademoiselle. L'objet que vous m'avez confié excède mes compétences.

— Comment est-ce possible ? s'enquit la jeune femme, avec une surprise non dissimulée.

— Eh bien, je suis capable de déterminer ce que cela n'est pas, mais pas ce que c'est.

— Dans ce cas, Monsieur, pouvez-vous m'informer de ce que ce n'est pas.

Rodin, manifestement contrarié, glissa ses doigts dans sa barbe fournie et se lança.

— Pour commencer, il ne s'agit certainement pas de sculptures. Aucune trace d'outil, aucun signe de travail manuel sur la surface, voyez-vous ? expliqua-t-il en lui montrant l'une des mains.

— Alors, qu'est-ce que cela peut être ? interrogea-t-elle, scrutant l'artefact.

— Je dirais qu'il s'agit probablement d'un moulage, vraisemblablement en plâtre... La porosité du matériau pourrait justifier la teinte rougeâtre de la seconde main. Le matériau semble avoir absorbé un liquide rouge déversé dessus.

Alice frissonna en repensant à sa visite dans l'appartement des D'Estorves, à l'idée que ce liquide puisse être du sang.

— Cela paraît d'autant plus plausible que chaque détail de la peau est visible, poursuivit Rodin, apparemment insensible au malaise de son interlocutrice. Regardez les nervures sur le dos, les circonvolutions au bout des doigts... Aucun sculpteur, aussi talentueux soit-il, ne pourrait atteindre une telle perfection.

— Donc, nous parlons d'un moulage, reprit Alice.

— Un moulage, en effet... Mais un moulage de quoi ?

— Que voulez-vous dire ? C'est une main, n'est-ce pas ?

— C'est là que réside l'énigme... Voyez, cette main est de la taille de celle d'un enfant. Cependant, l'anatomie et la morphologie correspondent à celles d'une main adulte. Notez l'épaisseur des doigts... Même la peau flétrie semble appartenir à une personne bien plus âgée qu'un enfant... C'est tout bonnement inconcevable ! Je suis perplexe...

Alice se sentit légèrement déçue. Cette visite ne les avait guère avancés dans leur enquête.

— À moins que..., murmura le sculpteur.

— À moins que quoi ? s'empressa de demander Alice.

— Je me remémore une conversation tenue il y a quelques mois avec un ami féru de curiosités qui évoquait un projet de moulages hors du commun. Les détails m'échappent, mais il pourrait éventuellement vous éclairer.

— Qui est-ce ? s'enquit Alice, intriguée par cette nouvelle piste.

— Un scientifique, spécialiste de l'espace. Un astronome, Camille Flammarion. Malheureusement, il s'est récemment passionné pour l'étude de l'au-delà, s'associant avec des spirites, que je considère pour la plupart comme des imposteurs. Il a même prononcé l'oraison funèbre d'Allan Kardec, le fondateur de ce nouveau culte, au cimetière du Père-Lachaise en 1869.

— Si je comprends bien, vous n'adhérez pas vraiment à ces croyances.

— Oh, certains écrits de Kardec sont perturbants, et je suis convaincu de l'existence d'autres mondes, d'univers invisibles... Mais voyez-vous, mon art me préoccupe tant, il y a tellement de merveilles à révéler dans la pierre de notre monde, que je ne peux me permettre de m'attarder sur ces considérations métaphysiques, en particulier sur la réalité de l'au-delà. J'y parviendrai en temps voulu !

— Vous le connaissez bien ? questionna-t-elle.

— C'est un ami avec qui il est plaisant de discuter de philosophie et de science, mais comme je vous l'ai dit, je manque de temps actuellement. Il m'invite souvent à des séances de spiritisme auxquelles je ne peux assister. D'ailleurs, j'ai reçu une invitation hier. Vous pourriez y aller à ma place.

Rodin se retourna et fouilla parmi les papiers éparpillés sur son établi.

— La voici ! Tenez, dit-il en tendant une enveloppe à Alice. Vous avez de la chance, j'ai failli la jeter.

La journaliste l'ouvrit, en extrait une carte et lut :

— « La Comtesse de Cuny vous invite à assister à la démonstration des facultés extrasensorielles de la renommée médium Madame Magda, le mercredi 23 mai 1900 à 19 heures dans son hôtel particulier au 20 rue de la Pompe. »

Au verso, d'une calligraphie soignée, quelqu'un avait ajouté quelques mots : « Cher ami, ce serait un plaisir de t'y voir. Camille Flammarion. »

— Conservez-la, insista le sculpteur. C'est l'opportunité rêvée de le rencontrer. L'organisatrice de cet événement a perdu son époux il y a un mois des suites d'une fièvre sévère et souhaite communiquer avec lui... Le pauvre homme ! Lui qui pensait en avoir fini avec sa harpie, la voilà qui le traque jusque dans l'au-delà !

— Mais c'est ce soir !

— Et alors ? Hâtez-vous de vous apprêter, vous allez être en retard. Je vous préviens, tout le beau monde de Paris se presse à ces réceptions !

— Êtes-vous sûr que je puisse y aller en votre nom ?

— Absolument... De toute façon, je ne peux m'y rendre. Profitez-en pour lui transmettre mes excuses, ajouta-t-il avec un clin d'œil complice. Dépêchez-vous.

— Merci... merci infiniment, Maître, bégaya Alice en emballant précipitamment ses deux moulages de mains.

Elle prit congé et se dirigea vers la sortie, l'esprit empli de questions sur ce qui l'attendait. Peu certaine de ce qu'elle s'apprêtait à rencontrer. Elle songea à en informer Gustave et Gaston. Après tout, ils étaient liés par cette enquête presque sibylline.

CHAPITRE 17

16 heures, boulevard Poissonnière, Paris

Gustave Boisyvon était dubitatif. Gaston dormait encore lorsqu'il avait quitté son domicile le matin avec Alice. Leur rencontre ne s'était produite qu'au sein de la rédaction, après que les deux jeunes gens avaient eu fait un détour par la morgue. Gaston, tout excité par sa séance chez Madame Clotilde, lui avait tout relaté, tout analysé. Il s'attendait même à avoir l'avis d'Alice mais il n'avait pas eu l'occasion de croiser la jeune femme. De cette entrevue avec la médium et Gordon, Gaston avait tiré un papier sensationnel intitulé « Un spectre vengeur s'attaque à l'Exposition universelle », destiné à ébranler le lectorat et à nourrir l'aura de mystère enveloppant la disparition de Dubois. Un récit à même de semer l'émoi parmi les Parisiens... et de booster les ventes, pour le plus grand bonheur de Bardeau. Mais Gustave, toujours aussi peu enclin à croire aux apparitions spectrales et malmené par sa culpabilité, estimait que son confrère avait quelque peu enjolivé les faits. Pourtant Gaston restait inflexible. L'expérience surnaturelle l'avait ébranlé et il voulait convaincre Gustave que Dubois était la victime d'une entité furieuse. Des frappes sourdes, des porcelaines projetées à travers la pièce... Une expérience qu'il n'était pas près d'effacer de sa mémoire. Gustave l'avait félicité pour son article, tout en le priant de modérer ses propos devant Alice afin de ne pas l'alarmer et de faire foisonner son imagination trop fertile. Il lui avait aussi suggéré de se replonger dans ses chroniques judiciaires, moins éprouvantes pour ses nerfs. Pour sa part, Gustave aspirait à suivre une piste plus tangible, plus logique... à mille lieues des supposés esprits frappeurs. Et plus rassurante.

D'une allure résolue, Gustave Boisyvon descendait les marches grinçantes du vieil escalier en bois qui menait aux archives du journal « Le Matin ». À mesure qu'il s'enfonçait dans les profondeurs, les effluves de moisissure et d'humidité s'imprégnaient de plus en plus dans ses habits. Il exécrait ces descentes aux archives, bien qu'elles fussent fréquentes. Son veston allait, sans nul doute, empester pendant des jours. Parvenu au sous-sol, il emprunta le long corridor de terre battue. Il en connaissait chaque recoin par cœur. Il dépassa des alcôves voûtées, d'anciennes caves où s'entassaient des meubles de bureau décrépits, et s'arrêta devant la cinquième porte. Celle-ci dénotait des autres. Elle était fermée par une porte épaisse en chêne massif, finement ouvragée. Gustave frappa à la porte trois fois à l'aide d'un heurtoir en bronze représentant un sphinx, amusement du propriétaire des lieux, féru de mythologie grecque. Une série d'injures émanant d'une voix ronchonne s'éleva de l'autre côté.

— Merde, pas maintenant ! Dégagez ! Je suis en plein boulot, nom de Dieu !

Gustave esquissa un sourire, se demandant si l'archiviste avait toujours été aussi bourru ou si la solitude de son travail en sous-sol l'avait rendu misanthrope.

— Ouvre, Alibert, c'est moi !

— Ah, c'est toi, Gustave, fit Alibert en reconnaissant la voix. Tu aurais pu le dire plus tôt !

Le silence régnait tandis que le verrou cédait, laissant la porte s'entrouvrir avec une discrétion presque surnaturelle. Gustave, un sourire en coin, salua la méticulosité de l'archiviste qui, chaque matin, veillait à la parfaite lubrification des gonds. Il inclina la tête en signe de respect et tendit la main, que Alibert serra avec une chaleur inattendue. L'archiviste, toujours impeccable dans son costume bleu sur mesure, détonnait dans cet environnement austère. Malgré ses trente-cinq ans, il avait conservé des traits d'enfants, avec ses cheveux blonds coupés au bol. Et surtout il ne devait pas dépasser le mètre dix, conséquence malheureuse d'une maladie qui l'avait empêchée de grandir normalement. Théophraste Bardeau, le rédacteur en chef du *Matin*, avait découvert ce prodige dans une foire où Alibert était exhibé comme une curiosité. Sous l'apparence d'un enfant se cachait un esprit vif, cultivé par une éducation bourgeoise lyonnaise et des précepteurs de renom. Malheureusement pour Alibert, une vilaine grippe avait fait de lui un orphelin. Apprenant la ruine posthume de son père, il s'était résolu à quitter Lyon pour Paris, où il avait vite compris que le monde extérieur n'était guère clément envers ceux qui sortent de l'ordinaire. Sa petite taille lui valant moqueries et mépris, il avait sombré dans la misanthropie. Sans le sou, désabusé, il avait mis sa fierté de côté et n'eut d'autre choix que d'accepter de s'humilier sous les regards dégoûtés et moqueurs des visiteurs venus voir la femme à barbe ou l'homme le plus petit du monde. C'est dans cet état d'esprit qu'il avait rencontré Bardeau, venu dénoncer l'exploitation des êtres humains dans les foires. Entre eux, ce fut une rencontre de deux esprits affûtés. Bardeau, charmé par l'intelligence et l'érudition d'Alibert, lui proposa le poste d'archiviste au journal – un havre loin des railleries, où il pourrait mettre à profit son génie. Alibert avait fait de cette cave son sanctuaire, son refuge contre le monde. Gustave, l'un des rares à fréquenter cet ermite savant, avait tissé avec lui des liens d'amitié solides, émerveillé par son savoir encyclopédique et ses observations perspicaces.

— Entre, Gustave ! Bienvenue dans mon sanctuaire ! lança Alibert, s'écartant pour laisser place à son visiteur. Je suis curieux de connaître la raison de ta visite... Et j'espère que cette fois, tu mettras vraiment à l'épreuve mes compétences. Ta dernière enquête sur les affrontements des bandes de criminels m'a à peine occupé cinq minutes !

Gustave s'avança vers la table en acajou luisante. Devant elle, deux chaises et un large fauteuil en cuir où Alibert aimait s'étendre, sa petite taille lui permettant presque de s'allonger. Autour d'eux, de vastes étagères s'étendaient en étoile, s'enfonçant dans l'obscurité du fond de la cave. Chaque étagère portait des boîtes étiquetées avec soin, renfermant des archives classées avec une précision maniaque. Alibert, en véritable perfectionniste, entretenait quotidiennement son domaine. Il avait même aménagé un coin pour dormir, loin de la surface. Pour lui, le monde extérieur était peuplé d'individus craintifs et moqueurs, incapables de comprendre ou d'accepter la différence. L'humanité l'avait déçu, elle se passerait de lui !

Alors que Gustave prenait place sur l'une des chaises, Alibert, fidèle à son rituel, prépara deux verres hauts, des cuillères trouées, quelques morceaux de sucre et une bouteille d'absinthe. Avec une lenteur cérémonieuse, il versa la liqueur émeraude, la fée verte comme on la surnommait, dans les verres. Il disposa les cuillères, y plaça les morceaux de sucre et laissa l'eau s'écouler goutte à goutte. Gustave observait, captivé par ce rituel qui l'avait toujours fasciné, en particulier le moment où l'absinthe se trouble, comme par magie. L'archiviste, quant à lui, se fondit dans son grand fauteuil, porta le verre à ses lèvres et prit une gorgée les yeux fermés. Leurs rencontres débutaient toujours ainsi : par une dégustation silencieuse, un moment de communion renforçant leur complicité. Ils posèrent leurs verres en même temps, échangeant un sourire complice. Le travail pouvait commencer.

S'approchant de la table avec une curiosité mesurée, l'archiviste interrogea Gustave sur la manière dont il pourrait lui être utile ce jour-là. Gustave sortit de sa poche le carnet qu'Alice avait trouvé chez d'Estorves et qu'elle lui avait confié. Le cuir marron usé de la couverture et les pages cornées témoignaient d'un usage fréquent. À l'intérieur, une écriture serrée couvrait les pages, entremêlée de formules mathématiques complexes et de croquis techniques, évoquant les travaux acharnés d'un esprit soit génial, soit dérangé. Quelques croquis de structures, des plans de machines, enchevêtrement de bobines, de tuyaux de cadrans, une sorte de chaise ou de trône relié à un enchevêtrement de câbles avec des annotations chiffrées un peu partout... Alibert tournait les pages lentement, revenait en arrière... On aurait pu entendre les rouages de son cerveau travailler. Gustave avait toute confiance dans les connaissances de son ami pour lui dire de quoi il s'agissait. Il avait feuilleté maintes fois le carnet et il avait fini par reconnaître qu'il n'y entendait rien. L'assemblage de chiffres et de dessins échappait complètement à sa compréhension.

Le petit homme, après un examen méticuleux, avoua

— Désolé, Gustave, mais je ne suis pas omniscient. Il y a bien ces dessins d'appareils mais je suis incapable de pouvoir te dire à quoi ils servent. Quant aux formules, mis à part qu'elles doivent se rapporter au domaine de l'électricité et à des mesures, je ne sais pas... Tu sais que ces sciences ne sont pas ma spécialité. Je suis plutôt versé dans l'art, l'histoire, la littérature et l'ésotérisme. Ton carnet là, n'est pas pour moi.

Gustave, déçu mais compréhensif, changea de sujet, présentant à Alibert une esquisse reproduisant le tatouage insolite qu'il avait observé à plusieurs reprises. À trop de reprises. Dubois, Pelletier, d'Estorves.

— Et ce croquis, que peux-tu m'en dire ?

Le regard d'Alibert s'éclaira.

— Là, c'est plus dans mes cordes. Où as-tu trouvé cela ?

L'intérêt d'Alibert fut piqué ; il reconnut immédiatement la figure représentée sans en saisir la signification. Gustave lui expliqua avoir reproduit le tatouage à l'encre rouge sur les trois cadavres du moment. Sur l'avant-bras.

— Je ne connais pas sa signification ni pourquoi ces gens l'avaient tatoué sur leur peau mais je sais qui il représente, répondit Alibert.

Gustave reprit espoir. L'archiviste reposa le dessin sur la table et sauta de son fauteuil.

— Attends, je vais te montrer de quoi il s'agit, lança-t-il en se ruant dans les allées remplies de cartons.

— Tu veux que je vienne t'aider ? demanda-t-il sans espérer une réponse.

Le journaliste n'avait pas grande peine à savoir que, vu sa petite taille, son ami aurait du mal à récupérer des documents sur les étagères du haut. Mais c'était sans compter l'orgueil de l'archiviste qui se faisait un point d'honneur à se débrouiller seul. Pour parer à toute difficulté, il avait disposé des petits escabeaux dans les allées. Gustave imagina ce que son ami allait lui ramener. Les archives du journal contenaient évidemment les éditions originales et les brouillons des articles parus mais aussi des dossiers d'enquêtes avec des fiches des contacts des journalistes. Alibert revint avec un volume imposant, sans que Gustave n'ait eu le temps d'apercevoir le titre, Il l'ouvrit et chercha la page qui l'intéressait. Il n'eut à tourner que quelques feuillets pour trouver la gravure. Gustave se pencha sur l'image. C'était le croquis d'une femme habillée d'un élégant drapé et coiffé d'un casque grec dont il extrait une gravure d'Athéna, la déesse grecque de la sagesse et de la guerre, accompagnée de sa chouette symbolique. Dans sa main gauche, elle portait une grande lance et un bouclier était posé à ses côtés.

— Mais qu'est-ce que tu me fais, Alibert ? Ça n'a rien à voir avec le dessin du tatouage que j'ai vu !

L'archiviste eut un sourire moqueur.

— Tu oses douter de moi ? Homme de peu de foi ! Tu as devant toi une des représentations de ton drôle d'oiseau.

— Je ne comprends pas...

— L'un des attributs d'Athéna, fille de Zeus et de la nymphe des eaux Métis, est la chouette chevêche. L'oiseau de ton dessin. Regarde de plus près.

Il tourna encore quelques pages jusqu'à tomber sur la fameuse chouette. De profil, les ailes repliées, sa tête était mangée par deux grands ronds scrutateurs.

— Ah, je préfère cela, dit Gustave, tout sourire, en faisant un clin d'œil à Alibert. Bon, c'est bien beau tout ça mais cela nous amène à quoi ?

— Aux symboles, mon ami... Tout est symbole ! Et tu es à la bonne adresse, c'est ma marotte.

Alibert était prêt à partager ses connaissances.

— Athéna, c'est la stratégie militaire..., commença-t-il à expliquer.

— Quand bien même, l'interrompit Gustave, je ne vois pas trop pourquoi deux universitaires et un étudiant en médecine, cambrioleur à ses heures perdues se seraient fait tatouer sur le bras un symbole guerrier. Des militaires, je veux bien, mais des savants...

— Attends, le sermonna Alibert, je n'ai pas fini... Athéna était aussi la déesse de la sagesse, *sophia* en grec, dans le sens de savoir, connaissance... Là, c'est plus en rapport avec tes tatoués, non ?

Gustave médita sur cette révélation. Trois scientifiques, chacun dans son domaine, avaient choisi de se faire tatouer une chouette, signe de sagesse. Cela évoquait l'idée d'un cercle savant ou d'une fraternité secrète. Alibert poursuivit son explication sur Athéna, protectrice d'Athènes et des guerriers comme Ulysse ou Achille. Une divinité associée à l'intelligence, aux arts, à l'enseignement des nombres. Mais surtout des inventions.

— Elle conseille Persée et Héraclès, confirma Alibert.

— Et la chouette ?

— Tout est très symbolique. Comme il s'agit d'un animal qui chasse la nuit, on lui prêtait la capacité de percer les ténèbres et de toujours trouver son chemin. On peut mettre le mot ignorance à la place de ténèbres... Ça fonctionne aussi !

— D'accord, on a un symbole de la connaissance et de la démarche scientifique on peut dire... Est-ce que tu connais des groupes, des confréries qui auraient la chouette comme emblème ?

Ce fut au tour d'Alibert de réfléchir...

— Attends voir... Il me semble qu'aux États-Unis tu as le Bohemian Club, créé par deux journalistes du *San Francisco Chronicle* après la guerre de Sécession. C'est un club très select de politiciens et d'hommes d'affaires mais sincèrement, je ne pense pas qu'il y ait de rapport avec ton histoire... Non, je ne vois pas de fraternités ou de sociétés secrètes qui prennent la chouette comme symbole... En revanche...

— En revanche ?

— Je pense à un article sorti il y a quatre ans dans *Le Matin*... Attends-moi, je ne veux pas te donner de faux espoirs.

Alibert repartit illico vers une rangée d'étagères. Gustave n'en finissait pas d'être étonné par la mémoire colossale du petit homme. Deux minutes plus tard, l'air triomphant, il était de retour avec un dossier qu'il posa sur la table et l'ouvrit.

— Je n'y pensais plus, mais quand tu m'as parlé de confréries, j'ai eu le souvenir d'un papier écrit par l'un de tes collègues. Sur les confréries d'étudiants et leurs excès. Officieusement, car ce n'est pas soutenu par les directions, chaque grande école ou université abrite des « corpos », des associations d'étudiants qui, en secret, tissent des réseaux professionnels et orchestrent la vie sociale hors des cours, offrant un éventail d'activités et de soutiens. Ces groupes forment une communauté soudée, régie par ses propres lois et traditions...

— Ce n'est pas un secret, l'interrompit Gustave.

— C'est là que l'article devient captivant, reprit l'archiviste. Il mentionne les « Compagnons de la lumière », une confrérie secrète et transdisciplinaire, composée uniquement de scientifiques de divers domaines. Bien qu'étant une association étudiante, on ne sait pas grand-chose de leurs pratiques et de leur influence. Ils savent rester discrets. Et elle aurait comme symbole la chouette, c'est du moins ce qui est écrit dans l'article.

Gustave releva la tête, son intérêt piqué au vif.

— Et quel est leur objectif ?

— Rien de moins que d'ériger la science et le progrès en une nouvelle religion.

— Comment cela ?

— Ils croient que seul le progrès scientifique peut mener la société vers l'avant. Ils ont adopté et radicalisé le positivisme d'Auguste Comte, prônant la vénération des grands esprits scientifiques comme des divinités, rejetant superstitions et croyances religieuses, la science devenant le seul salut pour notre civilisation, capable d'expliquer et de comprendre l'univers.

— Je comprends. Mais ce que je ne saisis pas, c'est pourquoi deux membres de ce groupe ont été assassinés de manière si étrange... Gustave pensait à haute voix.

— Je l'ignore... Mes connaissances ont leurs limites... Peut-être que leurs idées dérangent certains. Gustave rit bruyamment.

— Tu n'insinues tout de même pas qu'une horde de prêtres vengeurs ou de nonnes assassines est derrière tout ça !

— Non, certainement pas... Mais ton imagination me plaît...

— Sans abuser de ta gentillesse, aurais-tu une idée d'où je pourrais trouver ces Compagnons de la lumière ? Il me faut un angle pour mon article, pour maintenir l'intérêt.

— Malheureusement, je n'ai pas d'adresse à te fournir, mais je te suggère de te rendre dans le quartier latin et de te mêler aux étudiants. Tu finiras bien par rencontrer un membre de cette confrérie. Ils ne sont pas aussi discrets que cela.

— Tu as raison, c'est un excellent plan ! Je vais aller m'encanailler ce soir dans les bars estudiantins et je boirai un verre à ta santé, mon ami !

CHAPITRE 18

18 heures, boulevard Poissonnière, Paris

De retour de sa visite chez Rodin, Alice avait à peine eu le temps de se changer. Elle s'était précipitée dans sa chambre pour passer une robe plus adéquate pour une soirée – sa robe de taffetas bleue et des bottines à lacets. Elle avait ensuite rédigé un mot pour prévenir Gustave de son absence et l'avait laissé à l'accueil, certaine que le jeune homme passerait dans les locaux du Matin pour rédiger son article avant de rentrer chez eux. Comme tout le monde, Alice avait entendu parler du phénomène mondain de ces réunions de spiritisme organisées dans les salons particuliers de bourgeoises parisiennes en mal d'occupation. Depuis la création de la discipline par Hippolyte Léon Denizard Rivail au milieu du siècle dernier et la parution de ses ouvrages *Le Livre des Esprits* et Le *Livre des médiums* sous le pseudonyme d'Allan Kardec – nom qu'il portait dans une vie antérieure lorsqu'il était druide d'après lui –, le spiritisme avait connu un véritable engouement et fait de nombreux adeptes. Sa doctrine prônait que, une fois désincarnés, les morts pouvaient communiquer avec les vivants, soit directement, soit par l'intermédiaire de communicateurs. Et apparemment, ils ne s'en privaient pas ! Entre les tables qui tournaient, les effets lumineux lors des séances, les médiums en transe qui couchaient sur le papier les mots dictés par les défunts, prononçaient leurs paroles avec une voix déformée ou produisaient des ectoplasmes, une substance gazeuse qui prenait la forme de visages ou de membres de personnes disparues, il semblerait que pour tromper l'ennui de la mort, certains macchabées soient plus loquaces que de leur vivant. Et puis il y avait le Ouija, une planche marquée des lettres de l'alphabet, de chiffres et des mots «oui» et «non», sur laquelle le nécromancien «habité» par un esprit déplaçait un verre retourné ou une planchette pour désigner les lettres et formait les mots du message que l'au-delà voulait bien adresser aux participants de la séance. Les spirites gênaient aussi bien la religion, qui y voyait une concurrence déloyale et interdisait le contact avec les morts, que la science qui, en cette ère de progrès, voyait d'un mauvais œil l'existence de phénomènes inexpliqués, voire inexplicables. Ainsi, pour de nombreux chercheurs, il fallait s'approprier ce nouveau domaine de recherche. Soit tout était supercherie et les médiums des tricheurs jouant sur la détresse humaine devant la mort, soit il y avait un phénomène scientifique à étudier. Et si c'était le cas, soit les médiums étaient capables par la force de leur esprit ou de mécanismes humains inconnus de produire les effets spirites, soit il existait bien un au-delà régi par les lois mystérieuses à explorer comme un nouveau continent. La communauté scientifique était divisée, mais certains avaient décidé de percer le mystère et d'étudier avec rigueur ces phénomènes. C'était le cas de l'astronome Camille Flammarion qui organisait des séances de spiritisme dans son observatoire de Juvisy-sur-Orge en invitant des spirites à venir produire des phénomènes sous le contrôle d'un protocole strict pour éviter toute tricherie. La presse, quant à elle, se réjouissait du sensationnalisme à exploiter avec ces histoires de fantômes et d'ectoplasmes et des polémiques qui éclataient entre scientifiques. Pour sa part, Alice, qui ne s'y était jamais vraiment intéressée, n'avait aucun avis tranché sur la question. Son âme poétique et son goût pour l'imaginaire la poussaient à croire en la réalité de ce contact avec l'au-delà, son cerveau rationnel s'y refusait.

La jeune journaliste fut tirée de ses réflexions par l'arrêt du fiacre. Elle était arrivée... Et elle était en retard de cinq minutes. La faute à la circulation et à tous ces promeneurs qui profitaient de l'été parisien. Elle paya le cocher et descendit sur la chaussée. En rejoignant le trottoir, elle épousseta la poussière et lissa sa robe, afin d'être présentable. Elle ne savait pas quel accueil elle recevrait. Après tout, l'invitation ne lui était pas destinée. Elle gravit les quelques marches du perron de l'hôtel particulier, une maison bourgeoise de quatre étages. Avant qu'elle ait pu frapper à la porte, celle-ci s'ouvrit sur un domestique en livrée noire.

— Bonjour Mademoiselle. Puis-je voir votre invitation ?

Alice acquiesça, fouilla dans son sac, en ressortit le précieux carton et le lui tendit. Le domestique le prit sans y jeter un œil, au grand soulagement d'Alice, et s'écarta pour la laisser passer. Elle entra dans un grand hall au carrelage à damier noir et blanc. La grande baie vitrée au-dessus de l'escalier à double révolution au fond du hall était en partie recouverte d'un drap en velours noir, plongeant la pièce dans une semi-obscurité. Sur chaque marche de l'escalier des bougies allumées créaient une ambiance surnaturelle. Posés sur les rampes, deux crânes l'observaient de leurs yeux vides. Alice frissonna devant cette mise en scène des plus macabres. Au moins ils savent vous mettre dans l'ambiance, pensa-t-elle. Elle ignorait si elle avait été invitée à un enterrement, une séance de spiritisme ou à une messe noire ! Voyant qu'elle n'avait ni ombrelle ni manteau, le domestique, qu'elle identifia comme le maître d'hôtel, ne lui proposa pas de prendre ses affaires. D'un signe de la main, il l'invita directement à monter les marches, récitant mécaniquement le texte qu'il avait dû maintes fois répété au fur et à mesure de l'arrivée des invités :

— Cela se passe au premier étage. La porte ouverte en face. Faîtes vite, c'est commencé. Des rafraîchissements vous seront servis au salon du rez-de-chaussée après la séance. Bonne soirée, Mademoiselle.

Alice le remercia et monta rapidement les marches en faisant attention à éviter que les bougies n'enflamment sa robe longue. Sur le premier palier, elle se dirigea vers la porte d'en face légèrement entrouverte et la poussa sans faire de bruit. Le spectacle était saisissant. Tous les rideaux des fenêtres étant tirés, la pièce était plongée dans la pénombre, uniquement éclairée par les flammes vacillantes de becs de gaz. Une trentaine de personnes, hommes et femmes, en tenue d'apparat, étaient assis en silence sur des chaises le long des murs. Alice ne discernait pas leurs traits. Elle devinait seulement quelques barbes et moustaches fournies chez les messieurs et de la belle joaillerie chez les dames. Au centre de la pièce, autour d'un guéridon noir à trois pieds, recouvert d'une nappe sombre, cinq personnes étaient installées les yeux clos, se tenant par les mains pour former un cercle, une enceinte fluidique d'après les spirites pour charger le médium de l'énergie nécessaire pour établir le contact avec l'autre monde et lui permettre de produire des phénomènes, tout en le protégeant des influences néfastes. Au centre, un verre à pied en cristal, retourné, entouré de bougies allumées dont les flammes éclairaient les visages d'une lumière chiche et projetaient des ombres dans la pièce, donnant à l'ensemble une atmosphère surnaturelle. Madame Magda, la spirite, captivait le regard d'Alice. Jamais elle n'avait contemplé une telle vision. Drapée dans une longue robe de nuit ébène, son teint de porcelaine mortuaire contrastait avec l'obscurité de son habit. Ses cheveux de jais aux mèches grisées par l'âge accentuaient la pâleur de sa peau. Son visage, d'une beauté sculpturale, semblait défier le temps lui-même.

Le nez droit, les pommettes hautes, les yeux immenses, elle paraissait sans âge. Alice, discrète, prit place sur une chaise vacante près de la porte. La séance débutait à peine. Elle n'avait manqué que les préparatifs, l'ouverture du bal macabre. Soudain, Madame Magda, dans un geste théâtral, projeta sa tête en arrière, libérant un gémissement spectral. Un frisson glacé se propagea parmi les convives, tous muets, hypnotisés.

Lorsque la femme releva enfin la tête, après un intervalle qui parut une éternité, elle était méconnaissable. Ses yeux, écarquillés, ses lèvres, frémissantes, et un sourire torturé défigurant son visage. Alice, troublée, était captivée par la transformation. L'esprit de l'au-delà avait-il vraiment pris possession de cette femme ? Et alors, une voix caverneuse, semblant émerger des profondeurs de la terre, emplit la pièce de son écho funèbre.

Lorsque la médium releva enfin la tête, après un intervalle qui parut une éternité, elle était méconnaissable. Ses yeux, écarquillés, ses lèvres, frémissantes, et un sourire torturé défigurant son visage.

— Quelle est cette voix qui trouble le silence de la nuit ?

— Georges, est-ce toi ? s'exclama une silhouette féminine, émergeant de l'obscurité, qu'Alice crut reconnaître comme la Comtesse de Cuny.

— Laissez mon âme en paix, Abigaïl. Ici, je trouve le repos, rétorqua une voix éthérée.

La Comtesse, ébranlée, semblait à deux doigts de s'évanouir, portant instinctivement sa main à son front.

— Ne brisez pas notre chaîne sacrée ! implora l'homme à sa droite.

Mais il était déjà trop tard. Dans un geste fébrile, la spirite abandonna la main de son voisin et tendit la sienne, tremblante, vers le verre posé au centre de la table. Avant même qu'elle ne puisse l'effleurer, celui-ci se désintégra, projetant ses éclats sur les convives qui reculèrent en un mouvement unanime. Leurs cris se mêlèrent au fracas du cristal. Au même moment, toutes les bougies s'éteignirent, plongeant la pièce dans la pénombre.

Le chaos s'ensuivit. Les chaises basculèrent, des dames s'évanouirent, d'autres s'élancèrent vers la sortie, leurs hurlements résonnant dans l'éther. Alice, quant à elle, demeura immobile, ancrée à sa chaise, attendant que l'ordre cosmique soit rétabli. Elle n'avait pas ressenti la peur, son esprit ne parvenant pas à saisir l'ampleur de l'événement. Une fois le dernier des convives évaporé, il ne restait plus dans la pièce que la médium et la Comtesse, affaissées sur la table, ainsi que deux gentlemen, assis avec une sérénité déconcertante près de la fenêtre, leurs hauts-de-forme reposant sur leurs genoux. Lorsque les deux femmes relevèrent la tête, l'un des hommes se leva, déposa son chapeau sur sa chaise. Contre toute attente, il se mit à applaudir.

— Bravo ! s'exclama-t-il d'une voix captivante, imprégnée d'un accent mystérieux que même Alice ne put identifier.

— Quelle représentation exquise ! Je dois admettre que vous avez un talent certain pour la supercherie !

Madame Magda rougit violemment, ils le remarquèrent sans mal, indignée par l'attaque.

— Je ne vous autorise pas, Monsieur. Qui vous permet de proférer de telles accusations ? Vous étiez présent, vous avez tout entendu ! L'esprit s'est manifesté, mais la rupture du cercle l'a irrité.

— Quel scénario fascinant vous nous avez concocté. Et quel succès auprès de l'audience !

L'homme se mit à déambuler dans la pièce, écarta les rideaux pour laisser pénétrer la lumière et s'approcha des deux femmes à la table.

— Vous parlez d'accusation, Madame, mais permettez-moi d'éclairer les récents événements. Ce que j'ai surtout perçu, c'est votre incroyable talent de ventriloque, trahi, hélas, par le mouvement de vos lèvres...

— Mais... commença la médium.

— Inutile de vous épuiser, je le suis également.

— C'était indubitablement la voix de mon époux, intervint la Comtesse, encore sous le choc.

— Madame, vous avez été victime de suggestion. Elle a orchestré une ambiance d'illusion, vous conditionnant à espérer un contact avec votre défunt mari, exploitant ainsi votre affliction.

— Et le verre qui a volé en éclats ? Une suggestion peut-être ? se défendit Mme Magda. Vous l'avez vu, il a implosé sans qu'aucune main ne le touche !

— Oui, je l'admets, aucun mortel ne l'a effleuré, mais...

L'homme saisit le poignet de la médium qui s'écria :

— Que faites-vous ? Lâchez-moi !

Ignorant ses protestations, il remonta la manche de sa robe, révélant un mécanisme astucieux fixé à son avant-bras. Il retourna son bras, exposant un dispositif composé d'un ressort et d'une fine tige métallique.

— C'est bien ce que je suspectais. C'est ingénieux... Un simple mouvement du poignet et la tige fracture le verre avant de se rétracter discrètement. Quant à l'extinction des bougies, je reconnais que vous avez du souffle !

La femme, outrée, se dressa et, se dégageant de l'emprise, se dirigea vers la sortie. Sur le pas de la porte elle se retourna et pointa un doigt menaçant vers l'homme qui l'avait démasquée.

— Monsieur, vous le regretterez. Les esprits vous feront payer cette humiliation !

Ce dernier fit une moue ironique.

— Eh bien, qu'ils prennent leur tour ! Vous n'êtes pas la première à me menacer de leur foudre.

Il retint un rire en regardant Madame Magda déguerpir du salon avec le peu de dignité qui lui restait et vint prendre place aux côtés de la Comtesse, en larmes.

— Je compatis sincèrement à votre douleur, Madame, et au faux espoir qu'on vous a donné. Il est temps de faire votre deuil. Soyez vigilante, les imposteurs sont nombreux. Je vous en prie, allez vous reposer au salon.

Il l'aida à se lever et l'entraîna vers la sortie. Alice, qui n'avait rien dit jusque-là, se retrouva seule avec le deuxième homme, toujours assis. Celui-ci devait approcher la soixantaine. Le front haut, les cheveux grisonnants légèrement bouclés, coiffés avec une raie au milieu, il avait les yeux pétillants d'intelligence et de douceur. Des lèvres charnues dépassant d'une barbe fournie qui lui mangeait la moitié du visage. Il était intimidant. Alice lui sourit, n'osant lui parler. Il lui sourit en retour et brisa la glace le plus naturellement du monde.

— Triste spectacle, pour une jeune fille, non ?

— La médium ou votre ami ? répondit-elle, espiègle.

— Je parlais surtout de la Comtesse. Nous lui avons enlevé ses illusions. Et ce n'est pas la première à qui c'est arrivé.

— À vouloir croire à tout prix, on peut se laisser abuser.

— Le spiritisme est une affaire de science, Mademoiselle, et non de croyance. J'ai été témoin de phénomènes authentiquement surnaturels, bien loin de cette farce.

— Oh, balbutia-t-elle, troublée. Êtes-vous chercheur ?

— Excusez mon impolitesse. ... Je ne me suis pas présenté : Camille Flammarion.

Chapitre 19

19 heures boulevard Poissonnière, Paris

Après avoir fait un saut à l'appartement pour se changer avant sa virée nocturne dans les bars étudiants du Quartier latin, optant pour un pantalon en toile, une chemise blanche et un foulard rouge noué autour du cou, Gustave se rendit au Matin pour prévenir Alice. Elle devait y être à cette heure. S'il ne voulait pas l'admettre, il avait une certaine impatience à la retrouver. Sa présence, bien qu'agaçante parfois, son air autoritaire et sa vivacité lui faisaient du bien. Et il voulait savoir comment s'était déroulée son entrevue avec Auguste Rodin. Tel qu'il la connaissait, cette vieille canaille avait dû lui faire du charme, et même quelques propositions. Gustave traversait le hall quand il fut interpellé par Gisèle, derrière son guichet.

— Monsieur Boisyvon ! Monsieur Boisyvon !

Le jeune homme dut faire l'effort de tourner les talons, prêt à affronter une énième soufflante de l'employée. Il sourit le plus aimablement du monde en la rejoignant.

— Oui, Gisèle ?

— Votre dame, elle a laissé un message pour vous.

— Ma dame ?

— Ben vot'dame, la petite blonde de la dernière fois. Celle qui se prend pour la nouvelle journaliste. Je s'rai vous, je me méfierai des femmes qui ont du culot comme ça.

Gustave piqua un fard et répondit avec plus de véhémence qu'il ne l'aurait voulu.

— Ce n'est pas ma dame, et pas vraiment une collègue. C'est temporaire, et puis...

— Oui, oui, c'est ce qu'on dit..., le coupa-t-elle. Mon mari aussi il disait ça avant de partir avec sa poule.

— Bon, vous me le donnez ce message oui ou non ?

— Tenez, le voilà, répondit-elle en balançant un papier plié sur le comptoir.

Sans répondre, elle balança le papier plié sur le comptoir, observant les traits de Gustave. Ce dernier le prit en soupirant, le déplia et lut.

Mon cher Gustave,

Ma rencontre avec votre ami Auguste s'est avérée extrêmement productive. Je vous prie de ne pas vous soucier de mon absence ; il m'a recommandé de consulter l'une de ses connaissances pour élucider cette énigme. J'ai un rendez-vous prévu avec cette personne ce soir. Je m'engage à partager avec vous les détails de nos découvertes dès que possible. Dans l'éventualité où nos chemins se croiseraient à l'appartement avant demain, nous pourrons en discuter de vive voix.

Alice

L'absence de la jeune femme le déçut un instant. Non par inquiétude, car il savait qu'elle était en sécurité, mais parce qu'il manquait le frisson de leurs conversations. Il se consola à l'idée qu'elle était sur une piste prometteuse, qui alimenterait sans doute leur prochaine série d'articles. Et au fond, il préférait qu'elle ne soit pas là ; cela lui évitait de devoir user de toute sa persuasion pour la dissuader de l'accompagner dans sa quête nocturne. Il commençait à la connaître, elle aurait insisté pour faire la tournée des bars à ses côtés. Ces bars n'étaient pas des lieux pour elle, pensait-il. Quoique son ire féministe en dise. Un sourire se dessina sur ses lèvres en imaginant sa réaction. Il se dirigea vers le quartier latin.

Situé sur la rive gauche en face de Notre-Dame, le quartier étudiant de Paris s'étendait autour de l'axe des boulevards Saint-Michel et Saint-Germain et regroupait bon nombre de facultés et d'écoles prestigieuses, à commencer par l'Université de la Sorbonne. De jour comme de nuit, les rues y étaient animées. À peine passée la Seine, Gustave aperçut la mère Casimir, sur un trottoir, figure du quartier. Une carte postale lui avait même été consacrée. Cette ancienne danseuse – du moins le prétendait-elle –, à la figure toute ratatinée et aux longs cheveux blanc filasse s'était lancée, panier au bras, comme à son habitude dans une gigue endiablée, et chantait de sa voix aigrelette devant un bar du *boul'mich* sous les encouragements de bandes d'étudiants éméchés. L'ambiance était immédiate ! Il remonta le boulevard, se frayant un passage entre les clients profitant de la douceur de la nuit en terrasse. À l'approche de la fin des examens, l'effervescence des étudiants à la recherche de divertissements se faisait sentir. Gustave fit son apparition sur la place de la Sorbonne, s'arrêtant devant le café d'Harcourt dont la réputation n'était plus à faire. La façade de l'établissement, proclamant une « cuisine soignée » et des « caves renommées », promettait une expérience culinaire de choix. Le café d'Harcourt, avec son public éclectique oscillant entre joyeux lurons assoiffés et gourmets en quête de mets délicats, semblait le point de départ idéal pour les recherches du jeune homme. Certes, il aurait pu sillonner les tavernes avoisinantes, elles aussi fréquentées par des étudiants d'une même discipline, mais le café d'Harcourt, par son ampleur et sa capacité à attirer une clientèle aisée – jeunes héritiers et étudiants en ingénierie, médecine ou sciences –, se dressait comme le carrefour incontournable. En son cœur, la Sorbonne battait le rythme du quartier latin. Et plus que tout, c'était le lieu de travail de Jules, l'informateur clé de Gustave.

En vieux briscard, Théophraste Bardeau avait dit à Gustave tandis qu'il débutait dans le métier que l'information ne venait pas seule, qu'il fallait la dénicher. Alors, patiemment, et à coups de services rendus, de billets lâchés, Gustave avait tissé sa toile dans Paris auprès des portiers, serveurs, gardiens, bonnes, femmes de chambre, concierges, vagabonds, filles de joie, employés... Les invisibles. Bien que leur présence passât inaperçue, chacun d'eux observait et écoutait discrètement, glanant ainsi, l'air de rien, des informations précieuses.

Gustave entra et fut immédiatement assailli par la fumée qui planait au-dessus des tables en bois et les odeurs de tabac qui montaient vers le haut plafond décoré de moulures. Le bruit était infernal. Ça parlait fort, ça s'invectivait en discutant politique ou bonnes femmes, ça riait, ça chantait, ça jouait aux cartes dans la lumière tamisée des lampes à gaz, protégés par les murs lambrissés en bois foncés ornés de miroirs et d'affiches aux couleurs criardes des dernières pièces de théâtre en vogue... Les verres s'entrechoquaient, certains se renversaient et éclataient sur le carrelage. À l'arrière de la salle, un groupe d'environ vingt étudiants, verre en main et vêtus de manière décontractée, marquaient le tempo avec leurs pieds au son de la musique vivante jouée par l'un des leurs à l'accordéon, accompagné avec peine par le pianiste du café.

La clientèle du soir était plus turbulente que celle de la journée et les serveurs ne savaient plus où donner de la tête.

Gustave mit quelques minutes à repérer Jules. Muni d'un grand plateau rempli de verres de bière et de vin, celui-ci essayait tant bien que mal de se faufiler entre un Monsieur en haut-de-forme au ventre proéminent et un frêle jeune homme en blouse noire d'étudiant. Le journaliste attendit dans un coin que le serveur ait fini de faire son office et l'arrêta au moment où il retournait vers le comptoir.

— Jules, mon ami... Ça fait des lustres !

En reconnaissant Gustave, le prénommé Jules, un petit homme au front dégarni transpirant à grosses gouttes, esquissa un sourire las, dévoilant au passage quelques chicots gâtés.

— Gustave ! Tu tombes mal, c'est la folie ce soir !

— Je tombe toujours mal quand j'ai à te parler. Fais une pause.

Jules haussa les épaules et jeta un coup d'œil à son patron, un gros barbu en gilet et tablier qui trônait derrière un immense bar en bois poli derrière lequel s'alignaient des dizaines de bouteilles d'alcool en tout genre : gin, rhum, whisky, cognac, absinthe, etc. Il était pour l'heure occupé à servir de grands verres de bière.

— Bien, mais pas longtemps, j'tiens pas à me faire engueuler. Viens au fond dans la réserve, ce sera plus calme.

Le journaliste suivit Jules au fond du café, passant entre les tables en bois, jusqu'à une porte vitrée sur laquelle était inscrit « Privé ». Les deux hommes pénétrèrent dans un réduit encombré, sanctuaire des caisses et des bouteilles, qui tenait lieu de réserve pour le bar. Jules, s'affaissant sur une pyramide de caisses viniques, essuya son front avec un torchon immaculé, exhalant son exaspération.

— Ces jeunes intellectuels... de véritables bêtes sauvages, je te jure. Des rixes nocturnes à n'en plus finir... Et que dire de ceux qui courtisent les serveuses dans l'ombre ! Les examens touchent à leur fin, alors ils noient leur soulagement dans l'alcool ! Et penser que ces messieurs sont destinés à devenir ingénieurs, docteurs, banquiers... des figures de respectabilité...

Gustave le coupa net, son geste tranchant court-circuitant les lamentations du serveur qui avait une fâcheuse tendance à s'épancher sur les difficultés de son métier.

— Jules, je sais que c'est l'heure de pointe, mais j'ai un besoin urgent d'information.

Jules avança la main, paume ouverte.

— Je t'écoute, mais tu connais la règle : l'information a son prix.

— Ne t'en fais pas, je sais comment ça marche, rétorqua le jeune homme, en tirant quelques billets de sa poche. Un réseau efficace repose sur la juste rémunération de ses informateurs, et j'économise chaque mois pour cela.

— Que désires-tu ? Surveiller un client en particulier ? Tendre l'oreille ?

— Non, je recherche des étudiants arborant sur l'avant-bras un tatouage rouge en forme de chouette. Regarde.

Gustave dévoila à Jules le croquis qu'il avait esquissé.

— C'est tout ? Rien de plus simple ! Ces drôles, je les connais bien, ils sont des habitués d'ici.

Devant la surprise de Gustave, qui n'aurait jamais cru la tâche aussi aisée, Jules s'expliqua.

— Ce sont des jeunes qui viennent ici pour discuter ou faire la fête. Quand l'alcool monte, les esprits s'échauffent et ils se lancent dans des défis absurdes, comme des concours de bras de fer pour prouver leur virilité. C'est en les voyant retrousser leurs manches que j'ai remarqué leurs tatouages.

— Et tu sais où je peux les trouver ?

— Oui, mais cela te coûtera un peu plus.

Gustave fouilla dans sa poche et en sortit quelques pièces.

— Je n'ai rien de plus, tu devras t'en accommoder...

— Pour toi, je ferai une exception ! dit Jules en saisissant la monnaie. Monte au premier étage, dans la salle de billard, ils sont installés sur les banquettes, à droite de l'escalier.

— Merci, Jules. Bonne chance pour la fin de ton service.

Gustave s'éclipsa après avoir lancé un clin d'œil complice au serveur, qui acquiesça d'un signe de tête.

Le journaliste repéra l'escalier et gravit les marches vers la salle de billard. Trois tables de billard français occupaient l'espace, entourées de joueurs maniant leur queue avec adresse pour frapper les billes, dans l'espoir d'accumuler des points et de prolonger leur tour. Un jeu d'habileté plus complexe qu'il n'y paraît. Gustave repéra cinq jeunes attablés sur des banquettes à droite, conformément aux indications de Jules. Plongés dans une conversation animée, ils éclataient de rire. Devant eux, une armada de verres vides attestait de l'épuisement des serveurs, qui ne se donnaient plus la peine de débarrasser. Au vu du nombre de verres abandonnés, Gustave en déduisit que leur ivresse serait un atout pour sa quête d'informations. Vêtu d'une chemise blanche et d'une veste légère, l'un d'eux portait une blouse largement ouverte et avait remonté ses manches. Le journaliste n'eut aucun mal à identifier de tatouage en forme de chouette.

CHAPITRE 20

20 heures, rue de la Pompe, Paris

— Voyez-vous, le spectacle navrant auquel vous avez assisté ce soir n'entache en rien la doctrine spirite, expliqua Camille Flammarion. Vous savez, les étoiles me fascinent vraiment et l'astronomie est ma passion mais je pense qu'avant que l'on puisse aller explorer le cosmos, il existe un autre continent mystérieux qui, lui, est à notre portée : celui des morts.

— Mais pourquoi êtes-vous convaincu que tout n'est pas que supercherie ? demanda Alice.

— Tout simplement parce que j'ai rencontré des médiums qui possédaient vraiment le pouvoir de provoquer des phénomènes surnaturels. Je ne sais pas encore si des esprits se manifestent à nous par leur intermédiaire ou s'il s'agit de capacités extraordinaires du corps humain, mais nous travaillons à le découvrir. Et après, il existera toujours des tricheurs, des manipulateurs. Il n'y a qu'en adoptant une démarche d'étude scientifique, avec des protocoles rigoureux que vous arrivez à les confondre... Même si je m'intéresse aux esprits, je reste avant tout un scientifique.

— N'avez-vous jamais eu le sentiment d'avoir été abusé malgré vos précautions ?

Flammarion éclata de rire.

— Bien sûr, c'est arrivé, et je le sais très bien. Pourtant il y a une dimension humaine à prendre en compte dans ce type d'expériences. Ces phénomènes ne se produisent pas sur commande. Certains sujets, un peu cabots, ont tendance à préparer une tricherie pour être certain que la séance fonctionnera... Pour faire plaisir à l'expérimentateur, pour flatter leur ego, par peur de ne pas réussir ou juste pour profiter d'une situation un peu comme un élève qui prépare une antisèche pour un examen alors qu'il connaît parfaitement sa leçon. Parfois il l'utilise, parfois il ne s'en sert pas. Mais je peux vous garantir qu'ils ne trichent pas tous. Et c'est là que cela devient vraiment intrigant.

Dans l'ambiance tamisée, Camille Flammarion incarnait l'élégance et la passion. Alice, absorbée par leur dialogue, admirait la simplicité avec laquelle cet homme de sciences partageait ses pensées. Son esprit curieux, son ouverture et son humour subtil lui conféraient un charisme naturel, exerçant une influence mesurée sur la jeune femme. Alice se rappelait alors qu'elle avait quitté son poste de gouvernante pour devenir journaliste au Matin, l'un des premiers journaux à accueillir une femme dans ses rangs. Encore en apprentissage, certes, mais déjà sur le terrain, prête à affirmer sa place dans le monde du journalisme.

— Monsieur Flammarion, je suis honorée de vous rencontrer. Savez-vous que je suis venu assister à cette séance dans l'espoir de vous rencontrer ?

— J'en suis flatté. Mais qu'ai-je fait pour mériter une si charmante attention ?

— Un ami à vous, le sculpteur Auguste Rodin, m'a conseillé de venir vous trouver pour vous montrer quelque chose...

— Ah le vieux gredin, j'aurai dû m'en douter ! s'exclama Flammarion. Je l'ai convié à maintes séances et il a toujours trouvé le moyen de s'y soustraire. Mais cette fois-ci, avec votre présence, je gagne au change.

Alice sentit une chaleur monter à ses joues, mais elle se ressaisit rapidement. Pouvait-elle dire la vérité à ce scientifique ? Elle sentit toutefois en confiance.

— Je suis journaliste au *Matin* et j'enquête sur une série de morts étranges.

Une lueur d'intérêt brilla dans les yeux de Camille.

— Des morts, dites-vous ? Et en quoi puis-je vous aider ?

Alice se dressa, s'avança vers le savant et sortit de son sac deux minuscules mains pétrifiées qu'elle lui présenta.

— C'est ce que nous avons retrouvé sur les lieux des différents décès. Et M. Rodin m'a affirmé que vous pourriez m'éclairer, car lui en est malheureusement incapable.

Camille les saisit, les scrutant sous toutes leurs facettes, silencieux.

Alice suspendit son souffle, guettant une révélation qui pourrait sceller son destin. Elle devait prouver sa valeur, démontrer à Gustave sa capacité à dénouer les fils du mystère. Asseoir sa légitimité et lui faire regretter d'avoir douté d'elle. Même brièvement.

Après un interminable moment, le savant releva la tête et poussa un soupir.

— Je le redoutais. Il a persisté dans ses recherches...

Alice, pendue à ses lèvres, attendait, sinon la révélation, une conclusion.

— Mais que tenez-vous là, *my dear* ?

La voix surgissant de l'entrée fit sursauter la jeune journaliste. Elle se retourna pour faire face à l'homme qui avait confondu Madame Magda lors de la séance. Plus âgé qu'Alice de quelques années, il se tenait là, grand, d'une élégance nocturne, vêtu d'un costume trois pièces d'un bleu roi, rehaussé d'une cravate de soie azur. Ses cheveux ébène, tirés en arrière en catogan. Mais plus que tout, c'était son regard qui la captiva : intense, magnétique, presque surnaturel.

D'un geste, Camille Flammarion dissipa l'enchantement et répondit à son ami.

— Voici des reliques que cette demoiselle nous a gracieusement fournies.

Ignorant Alice, l'homme s'avança et examina les mains avec une curiosité scientifique.

— Fort intéressant, murmura-t-il dans une réflexion solitaire.

Alice se sentait négligée, son irritation grandissante face à l'indifférence de l'homme qui ne lui avait pas même accordé un regard, ni salué, ni présenté. Elle se percevait comme une ombre, légèrement humiliée, non pas en tant qu'individu, mais en tant que femme. Pourtant, elle ne pouvait nier l'aura imposante de cet étrange personnage qui, malgré tout, avait une présence certaine. La jeune femme décida de reprendre l'initiative en expliquant d'où provenaient ces objets. L'étranger, frappé de plein fouet par sa présence, planta ses yeux dans les siens. L'attirance et le malaise combattaient. Elle perdit alors tous ces moyens, incapable de poursuivre son exposé. Camille intervint pour la secourir.

— Veuillez m'excuser, j'ai manqué à tous mes devoirs. Mademoiselle Alice, permettez-moi de vous présenter Basile Gordon. Notre ami est un illusionniste de renom, venu des Amériques où il a affiné son art auprès du grand Houdini.

Elle esquissa un geste pour lui tendre la main, troublée et agacée. Gordon s'en empara brusquement avant de l'embrasser avec une délicatesse inattendue. Alice rougit. Les Américains n'étaient donc pas tous des barbares insensibles. La jeune femme réitéra sa fonction et son emploi, le rouge aux joues.

— Je suis ravie de faire votre connaissance, Monsieur Gordon.

— Le plaisir est pour moi, Mademoiselle. Mais il serait plus grand si vous m'appeliez par mon nom de scène : Le Grand Basilic !

— Je présume que votre regard a influencé le choix de ce pseudonyme.

— Et l'on dit qu'il a le pouvoir de pétrifier mon auditoire.

— Je ne crois pas être le bon auditoire alors, mentit Alice.

Basile éclata d'un rire qui résonna jusque dans les salons du rez-de-chaussée avant de recouvrer un air des plus sérieux. Alice en profita pour s'assurer que le nom de l'illusionniste lui était aussi familier qu'elle l'imaginait.

— Je crois que nous avons un ami commun au *Matin*. Gaston Leroux, c'est lui qui m'a parlé de vous.

— Ah ! La dernière fois que je l'ai vu, eh bien pas plus tard qu'hier, il semblait préoccupé. Mais cela me revient ! Il est venu me consulter au sujet d'un meurtre perpétré par un fantôme, et j'ai peu de mal à saisir que vous êtes là pour les mêmes raisons. Vous avez au moins le mérite de suivre des pistes cohérentes.

— Eh bien, bredouilla Alice.

— J'ai amené votre ami Gaston rencontrer une médium amie, rien à voir avec Madame Magda, qui lors d'une séance des plus tumultueuse, a confirmé ses soupçons.

— Vraiment ?

— Il ne vous a rien raconté ? Ah ces journalistes qui gardent tout pour eux. Enfin, la spirite a réussi à communiquer avec l'entité. C'est un esprit malveillant et puissant. Je ne suis pas impliqué dans cette affaire, mais il semblerait que ce spectre ne compte pas s'arrêter à deux victimes.

— Il vous a aussi parlé des victimes, grinça Alice.

— Ne serait-il pas judicieux de la rencontrer, à Juvisy, pour quelques tests, proposa Flammarion.

Basile, d'une voix empreinte d'embarras, répondit à Camille qu'il avait bel et bien l'intention de la lui présenter, mais qu'il avait encore à évaluer ses capacités. Cependant, Alice, toujours dubitative quant à l'idée d'un fantôme meurtrier, enregistra cette information et décida de changer de sujet.

— Ainsi, vous avez quitté l'Amérique pour notre continent... Vous n'avez pas le mal du pays ?

Gordon fit la moue, surpris d'une telle digression.

— Je suis à Paris depuis presque un an. Mais, pour être honnête, j'ai hâte de rentrer, même si le charme de la capitale n'existe nulle part ailleurs.

— Et comment avez-vous rencontré Camille Flammarion ? demanda la jeune femme.

— Oh, ce n'est pas un secret... Comme je m'intéresse au spiritisme, tout comme mon maître Houdini, à mon arrivée, j'ai commencé à fréquenter les séances parisiennes. C'est d'ailleurs là que j'ai rencontré la médium extraordinaire que j'ai présentée à Gaston... Et qu'il faudra que je présente à Camille avant que je ne parte. Donc, en discutant avec Camille, j'ai été séduit par sa démarche de scientifique et j'ai décidé de lui apporter modestement mon aide pour confondre les escrocs qui sévissent dans ces milieux.

— Ainsi, vous pensez que les médiums sont des escrocs ?

— La plupart... Mais pas tous... Loin de là. Vous savez, je garde l'esprit ouvert. Mais qu'il s'agisse de mouvements d'objets, d'apparitions lumineuses, de manifestations de fantômes, de bruits ou de voix soudains, de productions d'ectoplasmes émanant du nez, des oreilles ou de la bouche des spirites... Tout cela peut être facilement simulé. Pourtant, attention ! Le fait de pouvoir imiter un phénomène ne signifie pas que tous les phénomènes sont faux.

Mais certaines manifestations semblaient si réelles pour Alice. Elle peinait à comprendre comment il était possible de faire bouger une table sans artifice, sans trucage. L'esprit trop cartésien de la journaliste semblait vouloir reprendre le contrôle de la conversation. Gordon sourit.

— Si je ne peux révéler tous nos secrets, Mademoiselle, encore moins à une journaliste, je suis disposé à lever le voile sur quelques tours de passe-passe. Voici donc la première question : « Pourquoi pensez-vous que les médiums insistent pour que les séances se tiennent dans la pénombre ? » Ce n'est pas parce que les esprits craignent la lumière ou qu'ils nécessitent l'obscurité pour se concentrer. La première intention est de masquer leurs subterfuges. Si vous observez attentivement sous la plupart des tables utilisées lors des séances, vous y découvrirez souvent un petit trou, une entaille. Un médium peut cacher une tige courbée en crochet dans sa manche, le long de son avant-bras. La main posée à plat sur la table, le crochet se loge dans l'entaille. Lorsque la main se soulève, la table suit le mouvement ! C'est aussi simple que cela. Certains vont même jusqu'à utiliser une fausse main qu'ils placent sur la table, libérant ainsi une de leurs mains pour la faire bouger, toucher un participant, faire léviter un objet à l'aide d'un fil, créer un effet lumineux... Ensuite, l'obscurité permet une immersion plus facile. L'esprit humain est disposé à accepter une situation s'il est mis en condition. En d'autres termes, le public voit ce qu'il veut bien voir.

— Vous en avez eu la démonstration ce soir, confirma Camille. Et grâce à notre ami, nous distinguons le vrai du faux.

— Mais revenons à ces mains, Mademoiselle. Camille, j'imagine que vous savez ce qu'elles sont.

— Malheureusement. Il y a plus d'un an, j'ai reçu la visite d'un individu se prétendant ingénieur. Il voulait être introduit auprès d'authentiques spirites.

— Parce qu'il était en deuil ? rebondit Alice.

— Non. Mais j'ai dû l'interroger longtemps avant qu'il ne me dise avoir mis au point un nouveau procédé pour capter, je le cite, « une preuve formelle et matérielle de l'existence des ectoplasmes ».

— Des émanations gazeuses que produisent parfois les médiums ? réagit Alice.

— Vous êtes familière avec le sujet, sourit Flammarion. En effet, il s'agit bien d'une substance blanchâtre inconnue, d'un fluide gazeux, pourrait-on dire, que certains spirites en transe arrivent à produire. Elles peuvent prendre des formes étranges, des mains ou des pieds par exemple. Mais elles se résorbent et disparaissent comme par enchantement à la fin de la séance.

— Et donc, votre visiteur voulait que ces ectoplasmes ne se dématérialisent pas...

— Il voulait surtout en garder une trace matérielle. Son procédé était ingénieux, je dois le reconnaître.

Camille le détailla. Pour que le procédé fonctionne, il s'agissait de placer à côté du médium une cuvette d'eau tiède recouverte d'une couche de paraffine. Lorsque l'ectoplasme s'était matérialisé sous la forme d'une main, il était demandé au communicateur de la faire plonger dans la cuvette. La paraffine épousait alors la forme de la main. Quand l'ectoplasme se résorbait, il ne restait qu'un gant de paraffine. On pouvait alors y couler du plâtre pour avoir un moulage de la main de l'ectoplasme. Alice regarda les petites mains.

— Vous pensez que ces artefacts sont le résultat de ce type d'expérience ?

— Je pense oui, répondit-il, ennuyé.

— Mais quel est le problème ? Pourquoi n'avez-vous pas essayé cette technique ?

— Le discours de cet ingénieur m'a déplu. Il était trop extrémiste. Il n'avait aucune considération pour la personne humaine, ne semblait avoir aucune éthique. Et je ne travaille pas comme cela.

De nouveau, il expliqua que le fou avait de l'admiration pour ses travaux mais il faisait partie d'une équipe de scientifiques. Et selon lui, ce groupe détenait la vérité sur les phénomènes spirites. Ils allaient révolutionner la science. Alice s'interrogea, puisque pour elle Flammarion se consacrait à la même chose.

— Je garde l'esprit ouvert, mais je n'ai pas un a priori « matérialiste ». Pour le groupe, tout vient de la matière, l'esprit n'est qu'un leurre. Comme je vous l'expliquais tout à l'heure, il se peut que l'au-delà soit une réalité et que l'on puisse l'étudier. Je n'élimine aucune option. Mais la différence, c'est que je respecte la personne humaine. Pour illustrer ses propos, il était prêt à chercher directement dans le cerveau des médiums la source de leur pouvoir extrasensorielle. Vous aurez compris ce que cela signifie...

— Ouvrir le crâne ?

— J'ai eu du mal à le croire, mais il m'a inquiété. Lorsque je l'ai congédié, lui assurant que je ne le mettrai en contact avec aucun médium, que ses expériences semblaient épouvantables, il a disparu sans un mot.

— Cet ingénieur est-il à Paris ?

Flammarion scruta Alice, sidéré. Ne comprenait-elle pas le danger ? La folie d'un homme au nom d'une science ?

— Si c'est l'homme qui est à l'origine de ces moulages...

— Je n'ai rien dit de tel, la coupa-t-il.

— Je dois le rencontrer.

— Ma foi, vous êtes une adulte... Je n'ai pas l'adresse exacte, mais il a un laboratoire près du bois de Vincennes. Son nom est Janus Béranger.

Alice était intriguée. Elle qui n'imaginait pas que la science puisse nuire aux êtres humains et que l'on puisse commettre l'irréparable au nom d'un savoir. Elle ne lâcherait pas cette nouvelle piste. Camille Flammarion et Basile Gordon le virent dans ce regard vert. Celui-ci, qui était resté silencieux pendant la conversation, souffla :

— Comme je vois que vous êtes déterminée à enquêter, coûte que coûte, et que les recommandations de mon ami resteront lettres mortes, je vous accompagnerai. Cela rassurera tout le monde, n'est-ce pas ?

— Votre ami, justement, me disait adulte. Je peux y aller seule.

— Considérez cela comme une faveur que je vous demande. J'avoue être curieux de rencontrer, moi aussi, cet ingénieur. Si je pouvais en apprendre davantage sur ses techniques, je pourrais les expliquer à Houdini. Nous pourrions les utiliser pour mettre en scène un numéro des plus grandioses.

Alice dut convenir que Basile avait raison. Il était tout à fait déraisonnable de traverser la capitale sans accompagnateur, qui plus est pour partir à la rencontre d'un savant fou. L'illusionniste lissa sa moustache, se rapprocha de la journaliste et lui proposa de le rejoindre au théâtre des Gobelins où il donnera un spectacle, demain après-midi.

— Ce que je peux vous proposer, si vous n'avez pas d'autres engagements, bien entendu, c'est de me rejoindre demain en début d'après-midi au théâtre des Gobelins où je donne un spectacle. Ne vous inquiétez pas, je laisserai un ticket pour vous au guichet, au 73 avenue des Gobelins. Après le spectacle, nous pourrons nous rendre ensemble à Vincennes pour rencontrer ce fameux Janus Béranger.

— C'est fort aimable à vous, répondit Alice enchantée d'être invitée à un spectacle de magie – elle n'en avait jamais vu de sa vie. Ce sera avec plaisir.

— Quel nom dois-je indiquer à l'accueil ?

— Alice Lekernec, répondit-elle, folle d'enthousiasme.

— Je vous encourage à assister à ce spectacle, intervint Camille Flammarion. Notre jeune ami est très doué et c'est le seul qu'il a accepté de donner à Paris lors de son séjour. Le directeur du théâtre est un ami à moi et j'ai intercédé pour que Basile accepte l'exhibition. De plus, puisque c'est à lui que l'on doit la façade, vous pourrez y admirer l'œuvre de notre ami commun Monsieur Rodin.

Il y a sculpté un homme représentant le drame et une femme, la comédie !... En revanche, je continue de penser qu'une visite à monsieur Béranger est loin d'être une bonne idée...

— L'enquête avant tout.

— Alors, soyez très prudents, jeunes gens ; j'ai comme un mauvais pressentiment.

CHAPITRE 21

23 heures, quartier Latin, Paris

— T'es qui, toi ?

Le rouquin prénommé Ernest toisa Gustave Ses copains s'étaient tus et regardaient méchamment le journaliste. Au début, tout s'était plutôt bien passé. Gustave avait réussi à se faire passer pour un étudiant un peu éméché en première année de mathématiques qui fêtait lui aussi la fin des examens. Il s'était assuré de choisir une discipline au plus loin de ce que les élèves maîtrisaient pour qu'aucun ne l'interroge. De toutes les manières, ils étaient trop saouls. Le journaliste avait offert une nouvelle tournée et ils l'avaient invité à leur table. Les conversations avaient tourné sur des sujets divers ponctués de blagues grivoises : les barèmes aux examens, les projets d'avenir, l'affaire Dreyfus, des *filles pas farouches* du quartier... Gustave avait réussi à donner le change, paraissait même intégré au sein de la bande. Et lorsqu'il s'était enhardi avec une remarque sur le tatouage de chouette sur le bras de l'un d'eux, les étudiants semblèrent dégriser d'un coup.

— Qui j'suis ? Juste un étudiant intrigué, les amis, répondit-il d'un faux air jovial. Après tout, si on est à l'Université c'est qu'on veut apprendre des trucs, non ?

— C'est quoi ta putain de question sur mon tatouage ?

— Rien, je suis juste curieux. Tout le monde ne se balade pas avec un oiseau sur son bras. Mais désolé, je ne savais pas que le sujet était délicat.

— Arrête de le faire marcher, Ernest ! s'interposa un camarade. Il est tout pâle le nouveau. Et puis entre étudiants, on peut bien se confier ses petits secrets.

Le rouquin éclata de rire.

— T'inquiète, Gustave, il n'y a pas de lézard. C'est le symbole d'une confrérie étudiante. Nous sommes juste discrets sur le sujet. T'en as pas des « corpos » chez les physiciens ?

— Si, si mais j'avoue que je ne sais pas trop à quoi elle sert, et on ne me tatoue pas. J'ai été naturellement approché par des camarades, mais je n'ai pas voulu y rentrer. C'est quoi la vôtre ?

Ernest regarda ses amis d'un air grave.

— On lui dit les mecs ? Il le mérite ?

— Vu qu'il est en première année, vu la descente qu'il a et qu'il nous paie des tournées depuis un bout de temps. Il est des nôtres, répondit Julien, qui faisait médecine.

— Mais attention, reprit le rouquin, baissant le ton et s'adressant à Gustave, pas de conneries. C'est un serment. D'accord ?

— Promis ! ajouta-t-il en levant son verre. Je suis tout ouïe.

— On fait partie des Compagnons de la lumière.

— Le nom sonne drôlement bien. Et c'est quoi exactement, les *Compagnons de la lumière* ?

Gustave avait discerné dans leurs yeux une fierté évidente d'appartenir à cette illustre confrérie. Il comptait exploiter leur orgueil et leur vantardise pour obtenir des informations supplémentaires.

— C'est la science, Gustave, le progrès... Cette confrérie œuvre en coulisses pour améliorer la condition humaine par la recherche. Pour reprendre les idées du philosophe Auguste Comte et sa doctrine positiviste, le progrès est le moteur de l'Histoire.

— Et nous en sommes les rouages ! ajouta fièrement Julien.

— Je ne vois pas comment il pourrait en être autrement..., hasarda Gustave. Elle fait avancer la recherche ! Et dans tous les domaines ! Ce XXe siècle est vraiment celui de l'industrie avec l'électricité, la sidérurgie, la mécanisation... Il suffit de voir l'étalage de technologie et les prouesses techniques présentées à l'Exposition universelle. La France brille dans tous les domaines.

— Ne sois pas naïf. Nous sommes en guerre ! L'obscurantisme campe toujours à nos portes. La religion et la superstition restent des entraves à la science. Au Moyen-Âge, on ne pouvait disséquer les cadavres pour en apprendre plus sur l'anatomie. À écouter les culs bénis, on croirait encore que la Terre est plate ou que le soleil tourne autour d'elle ! Et les écrits de Darwin sur l'origine des espèces, il y a quarante ans, ont soulevé un tollé ! Je te le dis, mon ami, nous sommes en guerre. En guerre contre les spiritualistes de tout poil qui veulent nous maintenir dans l'ignorance pour mieux nous asservir. Ils accusent la science de véhiculer le matérialisme et l'athéisme. Le pape Léon XIII suit la même ligne que son prédécesseur Pie IX. Pour eux et leur engeance, nous sommes des hérétiques.

Gustave trouvait cela exagéré mais ne voulut pas freiner les ardeurs des étudiants.

— Mais concrètement, que faites-vous pour permettre aux sciences de se développer ? demanda-t-il.

— Nous agissons dans l'ombre... Au Parlement, nos pairs essaient de faire voter des financements supplémentaires pour tous les domaines de recherche, par exemple. Nous avons des compagnons dans toutes les branches de la science et de l'industrie, et nous, les jeunes générations, avons conscience de notre rôle pour l'avenir en luttant contre tous les freins, religieux, éthiques, politiques...

— Votre confrérie existe depuis longtemps ? demanda Gustave.

— Elle a vu le jour il y a une vingtaine d'années, fondée par cinq étudiants qui excellaient chacun dans leur domaine. Ils sont devenus chercheurs, ingénieurs, professeurs... Ils ont compris avant tout le monde le génie des idées d'Auguste Comte, l'importance de l'observation et de la démarche scientifique qui doit être libérée de toutes les contraintes que la société veut lui imposer. La raison doit guider les pas de l'humanité. Telle est la voie.

— Ils sont si connus que cela ? demanda innocemment Gustave pour marquer son excitation.

— Oh que oui ! réagit vivement Julien. Vu que tu fais des maths, tu connais sûrement le mathématicien Philippe d'Estorves...

— Et puis il y a le chimiste Hyppolite Dubois et l'ingénieur Janus Béranger, renchérit un de ses compères avec enthousiasme. Sans oublier...

— Arrêtez ! Taisez-vous ! cria soudain Ernest en tapant du poing sur la table. Je vous rappelle que les noms de nos membres et qui plus est de nos fondateurs ne doivent pas être prononcés en public devant un non initié.

Autour de la table, les étudiants baissèrent la tête, comme des gamins pris en faute, regrettant d'avoir cédé à l'envie de montrer qu'ils appartenaient à une confrérie prestigieuse.

— Désolé, Gustave, mais l'alcool aidant, nous t'en avons trop dit. Tu comprendras que tout ne puisse être révélé.

Gustave, qui buvait sa bière, faillit s'étouffer en entendant les noms de deux des victimes sur lesquelles il enquêtait. Il était sur la bonne voie ! Il nota aussi que la nouvelle de leur mort n'avait pas encore atteint les membres de la confrérie. C'était parfait, car sinon, ils auraient été plus méfiants et moins loquaces avec un inconnu. De plus, il avait maintenant un nouveau nom : Janus Béranger... Peut-être celui de la prochaine victime. Après avoir vidé une dernière fois son verre, Gustave jugea que la comédie avait assez duré. Il avait obtenu ce qu'il était venu chercher – une nouvelle piste pour son enquête –, il était inutile de traîner dans les parages. Ces gens-là n'aiment pas que l'on vienne fouiller dans leurs affaires. Simulant l'ébriété et la fatigue, il se leva donc pour prendre congé, prétextant un examen tôt le lendemain. Alors qu'il allait partir d'un pas chancelant, Ernest l'empoigna de nouveau.

— Tu ne comptais pas partir maintenant ? Non, non, ça ne marche pas comme ça. On t'a parlé, maintenant, tu dois nous suivre sans faire d'histoire. Les gars, préparez-le.

«Les Esprits revêtent temporairement une enveloppe matérielle périssable, dont la destruction, par la mort, les rend à la liberté.»

Allan Kardec, *Le Livre des Esprits*

Extrait du journal d'Hélène

Mars 1899

Je nourris enfin l'espoir de m'extirper de cette folie. La semaine dernière, lors d'une séance de spiritisme à laquelle j'assiste, je fais la rencontre d'un homme, un professeur d'université, qui étudie ces phénomènes avec un groupe de spécialistes. Face à mon désespoir, il me promet son aide et m'offre même une rémunération pour participer à leurs expériences. Leur quête est noble : comprendre ce phénomène au nom de la science, pour le progrès et la connaissance. J'accepte, car c'est mon ultime espoir de me libérer de cette malédiction et de mener une vie normale.

Sous leur contrôle, je commence à communiquer avec les esprits. Ils exigent que je me laisse posséder, que les âmes égarées utilisent mon corps pour produire des ectoplasmes. Je déteste cela. À chaque contact, je me sens souillée, vidée de mes forces. En transe, ma personnalité s'efface et l'esprit invoqué prend possession de mon corps. Je le sens pénétrer en moi, et je hais ce contact. C'est comme être envahi par un corps étranger, une entité visqueuse qui se répand lentement en moi, s'insinuant dans chaque pore de ma peau.

Puis, l'ectoplasme émerge de mon corps, par ma bouche, mes oreilles, mes narines. Une substance éthérée, presque gazeuse, qui prend peu à peu la forme d'une main, d'un pied, d'un visage. Les morts cherchent à revenir dans notre monde. Ils se souviennent de leur apparence passée et tentent de la reproduire en se matérialisant, pour retrouver les sensations qu'ils éprouvaient avant leur passage dans l'au-delà. Ils ressentent la nostalgie de leur existence et se servent de moi pour revenir.

L'un des scientifiques qui m'étudie a mis au point un procédé pour réaliser des moulages de ces ectoplasmes. Je ne sais pas en quoi cela m'aidera à me libérer de l'emprise des spectres qui me tourmentent, mais qui suis-je pour douter de ces hommes si instruits ? J'ai confiance en leur réussite… Ils me sauveront.

Jeudi 24 mai 1900

Chapitre 22

0 h 30, quartier Latin, Paris

— Préparer à quoi ? interrogea Gustave, soudain embarrassé.

— À nous accompagner.

— Je ne vais nulle part, mes amis.

— Bien sûr que si ! Tu nous accompagnes chez les Compagnons de la lumière. Toi qui semblais très intéressé par nos activités et nous avons une cérémonie de prévue. Comme ça tu pourras voir de quoi il en retourne et peut-être décider de te joindre à notre lutte. Nous avons besoin de toutes les bonnes volontés !

Vite. Très vite. Gustave pesa le pour et le contre. D'un côté, il désirait ardemment en apprendre davantage sur cette mystérieuse confrérie, et les accompagner lui offrirait l'opportunité de rédiger un article plus approfondi. D'un autre côté, il hésitait à poursuivre cette comédie plus longtemps. Et si c'était un piège ? S'il avait commis un faux pas et qu'ils décidaient de lui faire regretter sa curiosité à coups de poing dans une ruelle sombre ? Mais son instinct de journaliste et son goût du risque prirent le dessus. Manquer un scoop le hanterait toute sa vie.

— J'accepte, Messieurs !

Tous se levèrent, déposant quelques pièces sur la table pour régler les consommations. Ils lui emboîtèrent le pas, traversant tant bien que mal le café bondé avant de se retrouver sur le boulevard Saint-Michel.

— Et maintenant, où allons-nous ? demanda Gustave.

Le rouquin lui sourit et sortit de sa poche arrière une bande de tissu noire.

— Désolé, mais je ne peux te le révéler. Nous avons tout de même nos petits secrets. Tout ce que je peux te dire c'est que tu vas assister à une cérémonie... Mais il va falloir que je te bande les yeux et que tu te laisses guider.

Autour d'eux, les autres pouffaient de rire. Cela sentait le traquenard à plein nez, mais il était trop tard pour reculer. Gustave comptait sur sa bonne étoile qui ne l'avait jamais abandonné. De toute manière, il n'avait plus le choix. Il laissa Ernest lui bander les yeux. Cela lui fit une impression étrange. Privé de la vue, il se concentra sur ses autres sens pour essayer de percevoir son environnement.

Il sentit une main saisir la sienne et l'entraîner. À l'odeur du cheval, il comprit qu'on le conduisait vers une calèche ou un chariot. Les quelques marches qu'il dut gravir avant de s'asseoir confirmèrent son intuition. L'animal s'ébroua, et l'attelage se mit en mouvement. Gustave estima le trajet à environ une demi-heure. Impossible de savoir où ils allaient; ils auraient bien pu lui faire faire dix fois le tour d'une place sans qu'il ne s'en aperçoive, tant il était occupé à se tenir au moindre cahot pour ne pas être ballotté. Enfin, après ce qui lui parut une éternité, d'autant que ses compagnons étaient devenus silencieux, la voiture s'arrêta. On le fit descendre et marcher encore de longues minutes. Soudain, une odeur d'humidité chatouilla ses narines. Il entendit la voix d'Ernest le rassurer:

— Voilà, ton calvaire est presque terminé; nous y sommes presque. Encore quelques marches à descendre et on t'enlèvera le bandeau.

La forte odeur de moisi et la baisse brutale de température confirmèrent au journaliste qu'on le conduisait sous terre, ce qui n'était guère rassurant. Après une vingtaine de mètres de descente, son pied atteignit la dernière marche et il sentit sous sa semelle un sol plus meuble. Il sut qu'ils étaient arrivés à destination. Cela se confirma lorsqu'on lui dénoua le bandeau. Il cligna des yeux, ébloui par la lumière d'une torche. Lorsqu'il réussit à voir, il eut un mouvement de recul en se retrouvant face à face avec un crâne humain. Les étudiants qui l'avaient accompagné éclatèrent de rire.

— Je te présente notre portier ! déclara Ernest en désignant le crâne d'un geste théâtral.

Gustave se ressaisit aussitôt.

— Je savais que c'était un métier mortel !

Les autres éclatèrent de rire et lui donnèrent des tapes dans le dos pour saluer son trait d'esprit.

— Bon, assez plaisanté ! Nous allons être en retard ! Suis-nous, il est temps de nous mettre en tenue !

Sans trop comprendre, Gustave les suivit à travers un véritable labyrinthe de couloirs. Détail des plus macabres, les murs étaient composés d'os humains soigneusement empilés. Pourtant, ce détail ne l'effrayait pas, car il savait exactement où ils se trouvaient. Le seul endroit à Paris où l'on pouvait voir un tel décor était les catacombes. De 1785 à 1860, avec les travaux du Baron Haussmann, les ossements des cimetières parisiens avaient été transférés dans d'anciennes carrières. Près de six millions de squelettes y reposaient ainsi. Lorsqu'il débutait au *Matin*, Gustave avait été envoyé pour un reportage sur les visites publiques de cet ossuaire. Mais la cérémonie semblait se dérouler plus loin dans les tunnels.

À mesure qu'ils avançaient, les galeries se rétrécissaient, les obligeant parfois à baisser la tête et à se faufiler de biais. Les murs d'ossements laissèrent place à des tunnels plus classiques. Gustave n'était pas surpris de se retrouver ici. De nombreuses confréries, sociétés secrètes, associations d'étudiants et amateurs de sensations fortes prenaient les sous-sols de Paris pour une vaste aire de jeu, avec en prime le frisson de l'interdit. Car les anciennes carrières étaient dangereuses. Entre les éboulements, les mauvaises rencontres et le risque de se perdre à jamais, on pouvait y laisser la vie. De nombreuses rumeurs et légendes urbaines couraient sur cette vie souterraine. On parlait d'orgies, de cérémonies païennes et de sacrifices d'animaux. Mais Gustave était confiant, ses compagnons semblaient savoir où ils allaient.

Ils arrivèrent dans une première salle rectangulaire. Une table recouverte d'un drap rouge était posée dans un coin. Un homme en costume les attendait, portant un masque de velours noir et un haut-de-forme.

— Ils ont le sens de la mise en scène, pensa Gustave. Cela promet !

— Hâtez-vous, ça a commencé ! Allez, prenez vos tenues, leur ordonna-t-il en leur tendant une tunique blanche et un masque figurant une tête de chouette.

Ils se hâtèrent de revêtir la tunique et le masque, puis prirent un couloir sur la gauche.

Soudain, ils débouchèrent dans une vaste salle au plafond haut, où des torches allumées noircissaient les murs de pierre aux pieds desquels s'entassaient des amoncellements de crânes et de fémurs, ajoutant à l'atmosphère macabre du lieu. Au centre, une centaine de personnes, vêtues de longues robes blanches, portant un masque de chouette aux yeux rouges étincelants, se tenaient face à une grande statue de marbre entourée de deux braseros d'où s'élevaient des volutes de fumée, chargée d'une odeur entêtante d'encens. Gustave identifia immédiatement une représentation de la déesse Athéna, reconnaissable à son casque grec, sa longue péplos, sa lance, son bouclier orné de la tête de Méduse avec sa chevelure de serpents, ainsi que la chouette posée sur son épaule. Il se promit de vérifier s'il n'y avait pas eu de vol de statue dans les collections du musée du Louvre ces dernières années.

D'un couloir dissimulé derrière la statue, sortit lentement une procession d'une dizaine de femmes masquées, menée par un personnage à tête de grand-duc vêtu entièrement de rouge. Gustave supposa qu'il devait être le responsable de cette mascarade folklorique, somme toute bon enfant. Après s'être inclinées, elles s'alignèrent en ligne devant Athéna et le personnage en rouge prit la parole dans un silence religieux.

Au centre, une centaine de personnes, vêtues de longues robes blanches, portant un masque de chouette aux yeux rouges étincelants, se tenaient debout, face à une grande statue de marbre.

— Mes amis, merci d'être venus ! Vous le savez, nous sommes réunis ce soir pour accueillir dans nos rangs dix nouveaux étudiants. Ils ont prêté serment ici même la semaine dernière, de servir la science et de propager ses idées dans leur future carrière professionnelle, que j'espère brillante. Ils interviendront auprès des politiques pour qu'ils votent des budgets conséquents à la recherche, aux universités et aux laboratoires, ils confondront tous les charlatans, diffuseront nos idées auprès de la population en donnant des conférences et en écrivant des ouvrages de référence... Devant nos pairs, Pythagore, Socrate, Archimède, Euclide et les autres qui ont inspiré nos grands scientifiques, sous l'œil de cette déesse grecque, symbole de la sagesse, nous œuvrons pour un réveil des consciences en luttant contre toutes les formes d'obscurantisme et de croyance.

Il fit une pause pour reprendre son souffle.

— C'est donc la dernière épreuve de votre initiation qui marque votre engagement indéfectible à nos côtés. Récipiendaires, avancez !

Une dizaine de jeunes gens sortirent du public et vinrent se placer devant le grand maître, en silence. Avec théâtralité, celui-ci sortit de sa robe un calice doré et un poignard, et les leva devant les chouettes. Toute l'assemblée applaudit et lança des « Hourra ». En voyant la lame, Gustave se sentit soudain mal à l'aise. Que fabriquaient-ils avec un couteau ? Et en quoi consistait cette dernière épreuve d'intégration ? L'homme à la tête de grand-duc – Gustave avait reconnu une voix masculine lors de son discours – s'approcha de la première femme, qui, aussitôt, pencha la tête en arrière. Le journaliste eut un très mauvais pressentiment. Brusquement, d'un geste sec, le grand maître lui trancha la gorge. La femme, portant les mains à son cou pour tenter désespérément de retenir le geyser de sang qui jaillissait de la plaie, s'affaissa. L'homme s'agenouilla auprès d'elle, remplit le calice de sang, se releva et le présenta à l'assemblée surexcitée. Puis, solennellement, il s'approcha de la première recrue et lui tendit.

— Tu as choisi de faire partie des nôtres, alors bois ce sang, symbole de la vie et de ton engagement. Ce sacrifice n'est que le premier que tu devras accomplir au nom de la science. La recherche de la connaissance par l'expérimentation doit être ton seul guide à présent, et en son nom, rien ne doit vous arrêter, ni la morale, ni l'éthique. Et ce, quelle que soit la discipline dans laquelle tu exerceras tes talents. La vérité, le progrès et la compréhension du monde sont à ce prix.

Le jeune homme prit le récipient et le porta en tremblant à ses lèvres, renversant du sang sur sa robe immaculée.

— Bois jusqu'au bout, lui ordonna l'homme à la tête de grand-duc d'une voix profonde. Après, nous t'accueillerons tous dans notre ordre par des chants et des danses... Ensuite, ce sera le tour de tes camarades et nous verrons s'ils ont autant de courage que toi !

Pendant toute la scène surréaliste qui s'était déroulée devant ses yeux, Gustave était resté tétanisé, incapable de bouger, incapable de réagir. Il était en état de choc ; son cerveau refusait tout simplement de croire que tout cela était réel. Au bout de quelques secondes, il réussit à sortir de sa torpeur. Il fallait que cette folie cesse. Le grand maître avait l'intention de sacrifier gratuitement les autres femmes ! Et pourquoi ne bougeaient-elles pas, voyant ce qui était arrivé à la première ? Étaient-elles consentantes ou plus vraisemblablement droguées ? Gustave n'aurait jamais imaginé une horreur pareille.

En discutant avec les membres de la confrérie, il avait eu l'impression qu'il s'agissait d'une bande d'allumés inoffensifs, campés sur la certitude que la science pourrait un jour tout expliquer. Certes, leurs propos étaient un peu extrémistes et leurs rites ridicules, mais ce qui se passait dans ce souterrain était tout simplement abominable.

Chapitre 23

2 heures, dans les dédales des catacombes, Paris

C'en était trop pour le journaliste. Il réfléchit aux options dont il disposait. S'il intervenait directement en tentant d'arrêter la cérémonie, ils lui tomberaient dessus... Et seul, à un contre cent, il n'avait aucune chance. Il ne ferait qu'allonger la liste des victimes de ce rite macabre. Il fallait qu'il aille chercher de l'aide, la seule solution pour arrêter au plus vite le massacre. Dans l'attente de voir si la jeune recrue parviendrait à ingérer tout le sang, tous les regards étaient fixés sur le grand maître, qui avait annoncé une pause dans les sacrifices. Dans ce moment d'inattention générale, Gustave passait inaperçu. Il s'éclipsa discrètement parmi les individus masqués, se frayant un chemin vers la sortie.

Une fois seul dans le couloir, il accéléra le pas. À son soulagement, l'homme en noir, qui leur avait fourni les costumes, avait quitté la pièce rectangulaire, vraisemblablement pour assister au spectacle. Le journaliste se hâta à travers un des couloirs et parvint, sans trop savoir comment, au pied d'un grand escalier taillé dans la pierre, sans doute celui pas lequel il était entré. Quelques centaines de marches plus tard, il atteignit une grille ouverte et déboucha sur le boulevard.

Ce trajet lui avait permis de mettre au point un plan d'action clair. Dans la rue, il repéra un groupe de jeunes garçons qui jouaient malgré l'heure tardive. Il les interpella et parvint à persuader l'un d'eux de transmettre en urgence un message à la police. Il était impératif de contacter l'inspecteur Lazard, même si cela impliquait de le réveiller et de demander des renforts. Gustave avait été favorablement impressionné par l'inspecteur lors de leur rencontre à l'Exposition universelle, après la mort de Dubois. Bien qu'il ne soit pas en très bons termes avec Lazard, étant donné que ce dernier lui en voulait probablement d'avoir divulgué les détails de l'autopsie du chimiste dans un article, à laquelle Gustave avait assisté incognito, il comptait sur sa réputation de journaliste. Faire appel à lui serait également une manière de regagner sa confiance. Une secte meurtrière se rassemblant dans les catacombes... Une telle arrestation serait un succès marquant dans la carrière du policier, et le Préfet lui-même ne manquerait pas de le féliciter.

Pendant que l'enfant filait dans la rue en serrant dans son poing la pièce donnée par Gustave, avec la promesse d'en recevoir cinq de plus s'il réussissait sa mission, le journaliste retourna près de la grille d'entrée pour s'assurer qu'aucun des membres de la secte ne s'échappait. Il ne lui restait plus qu'à attendre, espérant que la pause se prolongerait et qu'aucune autre femme ne serait égorgée. Gustave commençait à perdre espoir quand la police arriva. L'information donnée par le journaliste avait été prise au sérieux par Lazard, qui avait rassemblé une vingtaine de Pandores, de fort mauvaise humeur d'avoir été réveillés au milieu de la nuit. Armés de leurs gourdins et de lanternes, ils semblaient prêts à en découdre. Gustave exposa rapidement la situation à Lazard, le suppliant d'intervenir au plus vite. Surprenant le journaliste par son zèle, l'inspecteur prit aussitôt la situation en main, laissant deux agents en faction à l'entrée des catacombes et ordonnant à Gustave de rester à l'extérieur. Avec ses hommes, il se lança sous terre.

Déçu de ne pas participer à l'arrestation, Gustave fit les cent pas devant l'entrée, imaginant ce qui pouvait se passer en bas. Il espérait que la police avait pu sauver les jeunes femmes et arrêter cette bande de cinglés qui organisaient des sacrifices humains lors de rites grotesques dans les catacombes de la capitale. Que se passait-il en dessous ? Les Compagnons de la Lumière, surpris en pleine cérémonie, avaient-ils été arrêtés sans heurts ? S'étaient-ils défendus ? Les policiers avaient-ils réussi à interpeller leur Grand

Maître ? Qui se cachait sous le masque de grand-duc ? Au bout d'une demi-heure, il entendit des pas dans l'escalier et vit surgir un inspecteur Lazard au visage cramoisi, hors de lui. Apercevant Gustave, il se précipita vers lui pour décharger sa colère.

— Cela vous amuse de déranger la maréchaussée pour rien ?! hurla-t-il. Vous mériteriez que je vous fasse jeter en prison !

Perplexe, Gustave balbutia sous le choc :

— Mais que s'est-il passé ? Vous ne les avez pas trouvés ?

— Si, bien sûr, nous les avons trouvés ! Mais à part avoir enfreint l'interdiction de visiter les catacombes la nuit, ils n'ont rien à se reprocher !

— Quoi ?! s'exclama le jeune homme. Il y a eu un meurtre !

— Un meurtre ? C'est bien là une idée délirante de journaliste ! répliqua l'inspecteur, hors de lui. Nous avons interrompu une simple cérémonie d'intégration d'une confrérie étudiante, rien de plus. Le prétendu égorgement n'était qu'un tour de passe-passe digne des séances du Grand Guignol avec un faux couteau à lame rétractable ! Quant au sang que vous avez cru voir gicler, il s'agissait de poches de sang de porc dissimulées sous les vêtements de la femme. Vous nous avez ridiculisés, et vous avec !

Gustave réalisa son erreur de jugement. Beaucoup d'associations étudiantes organisaient des soirées d'initiation pour les nouveaux membres, avec des épreuves plus ou moins humiliantes. Les Compagnons de la Lumière ne faisaient pas exception. Ce qu'il avait pris pour un sacrifice humain n'était en fait qu'une farce destinée à impressionner les nouveaux. Après cette bévue, ses relations avec Lazard ne risquaient pas de s'améliorer. Confirmant ses craintes, l'inspecteur, toujours furieux, poursuivit :

— Allez-vous-en ! Et si je vous reprends à interférer dans l'une de mes enquêtes, je vous arrêterai sur-le-champ ! Je n'aurais pas grand mal à trouver un motif pour vous mettre derrière les barreaux.

Gustave garda le silence. Face à la colère de Lazard, il savait qu'il était inutile de tenter de le raisonner. Il préféra partir en méditant sur cette étrange soirée, espérant ne plus jamais avoir besoin de l'inspecteur.

CHAPITRE 24

8 heures, boulevard Poissonnière, Paris

— Garçon ! Un autre café et deux croissants !

On était en fin de matinée et Gustave avait proposé à Alice de prendre un petit déjeuner tardif à la terrasse d'un café, pas très loin des locaux du journal pour faire le point sur leurs découvertes et programmer leur prochaine série d'articles. Alice soupçonnait Gustave d'avoir de nouveau une difficulté avec leur intimité matinale. Mais il n'en était rien.

Quant à Gaston, qui avait fait sa part en matière d'informations, il s'était réveillé à la hâte pour les accompagner. Pour son plus grand malheur. Sans lui parler de sa rencontre avec le magicien, Alice lui reprocha de ne rien lui avoir dit au sujet de la séance de spiritisme à laquelle il avait assisté et sur laquelle il avait écrit un article retentissant. Que cachait-il encore ? N'étaient-ils pas tous membres d'une équipe ? Gaston, sans trahir son ami qui lui avait demandé de ne rien dire à Alice, avait trouvé une excuse : l'habitude d'agir seul. Dans un élan de camaraderie, Gustave détourna l'attention d'Alice avec une anecdote croustillante sur sa dernière escapade nocturne. Il narra avec verve comment sa soirée festive s'était transformée en matinée pénible, marquée par une gueule de bois épique et un mal de tête féroce. Toutefois, il garda pour lui les détails moins reluisants de sa virée dans les catacombes, honteux d'avoir été dupé par des légendes urbaines de sacrifices humains. Gaston, amusé par la pâleur spectrale de Gustave, ne put s'empêcher de lancer une pique :

— Ah, les aléas de la vie de journaliste, mon cher !

Alice, espiègle, enfonça le clou avec malice :

— Quelle abnégation professionnelle... J'en suis tout bonnement admirative !

Gustave, piqué au vif, se renfrogna légèrement.

— Moquez-vous, mais pendant ce temps, mon enquête progresse.

Il baissa la voix, adoptant un ton conspirateur.

— Imaginez que Dubois et d'Estorves, nos défunts, faisaient partie d'une mystérieuse confrérie scientifique nommée « Les Compagnons de la Lumière ». Chacun arborait fièrement une chouette tatouée sur l'avant-bras, symbole de leur allégeance à la sage Athéna.

Gaston acquiesça, intrigué :

— C'est une coïncidence troublante, certes, mais cela ne prouve pas que quelqu'un a décidé de décimer cette confrérie.

— Je pressens que je suis sur la bonne voie. Ils partageaient tant en commun : leur science, leur amitié, leur rôle de pionniers dans ce mouvement. Et sur les lieux de leur crime, ces étranges sculptures de mains... Certes, c'est insuffisant pour la police, mais pour un journaliste, c'est un filon à exploiter.

Alice, curieuse, interrogea :

— Connaissez-vous les autres fondateurs de ces « Compagnons de la Lumière » ? Leur témoignage sur Dubois et d'Estorves pourrait être révélateur, surtout s'ils ont été menacés.

— Non, mentit Gustave, je n'ai pas cette information. Mais vous avez raison, ce serait une piste à suivre.

Il omit volontairement de mentionner qu'il détenait un nom, celui de Janus Béranger. Après avoir enquêté sur ce dernier, Gustave préférait le confronter seul. Se levant aux aurores malgré son mal de tête, il avait mené son enquête à l'école d'ingénieurs où Béranger enseignait, interrogeant étudiants et collègues. Avec son don pour gagner la confiance, se faisant passer pour un étudiant en quête d'orientation, Gustave recueillait aisément des confidences. Ce qu'il apprit de Béranger le refroidit : un tyran du campus, un monstre d'arrogance et d'autoritarisme, semant la terreur parmi ceux qui croisaient son chemin. Les récits de brimades et d'humiliations étaient légion, certains frôlant la cruauté. Les anecdotes que Gustave avait recueillies étaient glaçantes comme pour cet élève qui, pour avoir oublié un devoir à rendre, avait dû rester pendant plus de huit heures à genoux sur une règle, les bras écartés, avec de lourds volumes dans les mains. On parlait même de suicides. Sa hiérarchie avait étouffé les affaires trop gênantes et il paraissait intouchable, étant le beau-frère d'un homme politique en vue – Gustave n'avait pu savoir lequel. En revanche, l'homme était brillant et, malgré les risques, les étudiants continuaient à vouloir suivre leur cours. Ceux qui arrivaient à passer entre les gouttes de ses humeurs changeantes et de ses coups de colère avaient l'impression de revenir victorieux du front avec de sacrées références dans leur parcours universitaire. L'homme était considéré comme un génie de l'ingénierie, de la mécanique et s'intéressait avec succès à de multiples domaines. C'était un puits de science, une sommité à qui l'on pardonnait sa personnalité détestable. De nombreuses rumeurs couraient sur son compte. Il se murmurait que Béranger détenait un cabinet de curiosités d'une noirceur fascinante, abritant une collection de spécimens humains préservés dans du formol, chacun marqué par des anomalies singulières. On le disait créateur d'instruments diaboliques. Plus troublant encore, les rumeurs prétendaient que, dans l'intimité de son laboratoire secret, niché près du bois de Vincennes – dont Gustave avait scrupuleusement noté l'adresse –, ce misanthrope se livrait à des expérimentations nocturnes prohibées, allant jusqu'à exhumer des dépouilles des cimetières pour animer ses créations mécaniques, à la manière du Docteur Frankenstein de Mary Shelley. Bien sûr, Gustave accueillait ces récits avec scepticisme. L'imagination débordante des étudiants et la machine à rumeurs universitaire avaient tendance à enfler les récits sur un personnage aussi énigmatique. La moitié de ce que Gustave avait entendu devait être fausse ou exagérée. Mais il retint que malgré son génie, Béranger était craint, et ses excès étaient couverts par sa hiérarchie.

Gustave, prudent, décida de le rencontrer seul, épargnant à Alice toute confrontation avec cet homme. Pour la première fois, il ne pouvait supporter l'idée qu'il lui arriva quelque chose.

Dans une tentative délicate de changer de sujet, Gustave interrogea Alice avec une feinte innocence :

— Et vous, chère Alice, quelles révélations avez-vous déniché aux côtés de notre ami sculpteur ?

Alice, rayonnante, partagea son enthousiasme :

— Gustave, vous serez ravi... J'ai fait des découvertes capitales sur ces mystérieuses mains !

Gaston, anticipant la réponse, s'exclama avec assurance :

— Nous n'en attendions pas moins, n'est-ce pas, Gustave ?

Gustave, légèrement échauffé par la remarque, sentit ses joues s'empourprer. Gaston avait percé à jour son affection pour la jeune femme. Poursuivant sur sa lancée, il demanda :

— Alors, Alice, que vous a révélé Rodin ?

À cette question, Gaston faillit laisser échapper sa tasse de café.

— Rodin ! Vous l'avez envoyée au-devant du « bouc sacré », cet amateur de chair fraîche et d'argile à pétrir ! Quelle audace !

— Mais Alice est tout à fait capable de se défendre, n'est-ce pas ?

— Ne vous tracassez pas, rétorqua-t-elle. Auguste Rodin est un vieil homme à la fois charismatique et captivant, je sais néanmoins rester sur mes gardes. Gustave, je vous suis infiniment reconnaissante pour cette rencontre ; c'est un véritable génie.

— Et ce génie, a-t-il jailli de sa lampe à votre contact ? plaisanta Gaston.

Alice, légèrement embarrassée par la remarque suggestive, choisit de ne pas y répondre.

— Le maître ne m'a rien révélé sur les mains... si ce n'est leur proportion et leur caractéristique inhabituelles... Des mains d'adulte à l'échelle d'un enfant, m'a-t-il dit.

— L'œuvre d'un sculpteur, donc ? s'enquit Gustave.

— Il n'y croit guère. Cependant, ma seconde visite de la soirée s'est avérée bien plus instructive.

— Une seconde visite ? Chez qui ? s'empressa de demander Gustave, une pointe de jalousie dans la voix.

— M. Rodin m'a recommandé de rencontrer l'astronome Camille Flammarion. Et vous serez enchantés d'apprendre qu'il a jeté une lumière nouvelle sur notre enquête.

— Je suis impatient d'en apprendre davantage, déclara Gaston en mordant dans un croissant au beurre croustillant.

— Imaginez qu'il participait à une séance de spiritisme où Rodin m'a invitée, dans un hôtel particulier.

— Une séance de spiritisme ? Quel rapport avec notre affaire de mains ? s'interrogea Gustave.

— Et que vient faire un astronome de renom dans une mascarade pareille ? s'étonna Gaston.

— Calmez-vous, messieurs, tempéra Alice, se sentant comme une institutrice face à des élèves agités. Laissez-moi vous expliquer...

Elle dut hausser la voix pour couvrir les échanges houleux de deux cochers sur la route, le premier transportant dans sa charrette de gros tonneaux de vins reprochant à l'autre d'avoir coupé son chemin.

— Camille Flammarion est un esprit libre, loin de tout dogmatisme, reprit-elle. Il s'intéresse aux phénomènes spirites et cherche à les comprendre de manière scientifique. Il collabore avec des médiums pour élucider la nature de leurs prouesses.

— À moins qu'il ne s'agisse de supercheries..., interrompit Gustave, teintant sa voix d'ironie.

— Vous avez tout à fait raison. D'ailleurs, il en a bien conscience. Il y a beaucoup d'escrocs dans ces milieux. Et d'ailleurs...

Alice se retint in extremis de mentionner le magicien Basilic. C'était idiot mais elle s'abstint de peur d'attiser la jalousie que Gustave ne manquerait pas d'exprimer s'il la voyait rougir en évoquant l'américain. Il l'avait troublé, elle dut se l'avouer et avait envie de le revoir. Ce n'était pas un coup de foudre à proprement parler mais une attirance vers quelque chose d'inconnu, de mystérieux, d'exotique. Il était auréolé de tout ce qu'elle avait entendu sur son pays : de vastes espaces, un esprit de conquête...

— Alice, vous êtes avec nous ? demanda Gaston impatient d'entendre la suite.

— Oui, pardon... J'étais ailleurs. Donc, selon Flammarion, ce que nous prenons pour des sculptures pourrait en fait être des moulages de mains d'ectoplasme...

Après avoir expliqué la technique probablement utilisée, Gustave et Gaston étaient bouche bée. Gustave s'exclama :

— Des moulages d'ectoplasmes ! Quelle trouvaille pour notre série d'articles ! Le public va adorer : un fantôme, une exposition hantée, une confrérie... et maintenant des ectoplasmes ! Alice, vous avez un don pour dénicher des sujets fascinants !

Touchée par le compliment, Alice rougit légèrement.

— Je dirais même plus, vous êtes née pour ce métier, ajouta Gaston avec un clin d'œil complice à Gustave.

— Si j'avais imaginé vous entendre me dire ces éloges avant-hier... Mais ils me touchent, sincèrement. Soit. Il me reste juste un détail à vérifier, et je serai prête à écrire. Accordez-moi la soirée.

— Un détail ? De quoi s'agit-il ? s'étonna Gustave.

— Oh, rien de bien important, mentit Alice. Je ne voudrais pas commettre d'erreurs. Maintenant, Messieurs, veuillez m'excuser, j'ai du travail à faire, dit-elle en se levant de la table.

— Bonne rédaction ! lui lancèrent-ils en chœur.

Alice avait pris sa décision. Hors de question de leur révéler son rendez-vous avec Basile Gordon à son spectacle ou sa visite prévue chez Janus Béranger dans l'après-midi. Aussi sympathiques que soient les deux garçons, ils devaient être comme les autres hommes, trop protecteurs. Beaucoup étaient paternalistes, voyant les femmes comme de petites choses fragiles à protéger... Et cela l'agaçait au plus haut point. Elle était capable de se débrouiller seule, elle l'avait déjà prouvé. Elle était certaine que si elle leur disait qu'elle comptait aller voir le probable créateur de ces moulages, un homme peu recommandable, aux dires de Flammarion, ils essaieraient de l'en dissuader ou, pire, voudraient venir avec elle. Mais elle n'irait pas seule, le magicien lui avait proposé de l'accompagner. Et il ne l'avait pas fait pour lui éviter un danger mais parce que le sujet l'intéressait lui aussi.

Restés seuls, Gustave et Gaston recommandèrent du café.

— Jolie et intelligente ! Elle a tout d'une bonne recrue pour le journal, tu ne trouves pas ? demanda soudain Gaston.

— Je suis de ton avis, reconnut Gustave. Je dois te dire, mon ami qu'elle me plaît de plus en plus. Du charme et du caractère, tout ce qu'il me faut. Si tu veux une confidence, elle a tout pour me faire renoncer à mon célibat !

— Quand vas-tu te décider à lui dire ?

— Laisse-moi le temps... Avec une fille comme cela, il ne faut pas aller trop vite.

— Eh bien j'espère pour toi que tous les hommes qui la croiseront se diront la même chose, plaisanta Gaston.

Gustave se renfrogna.

— Très drôle ! Changeons de sujet... Pourrais-tu me rendre un petit service ?

— Parle, je suis tout ouïe

— Je n'ai pas tout révélé devant Alice... Je possède le nom d'un autre fondateur de cette confrérie. Un ingénieur, Jules Béranger.

Gaston eut l'air surpris.

— Pourquoi lui cacher cette information ?

— La connaissant, elle aurait insisté pour que je l'emmène le rencontrer. Or, si j'ai raison, c'est une entreprise des plus risquées. Si je ne me trompe pas et que la série de crimes se poursuit, quelqu'un va bientôt attenter à la vie de Béranger. Je ne voulais pas mettre Alice en danger, tu comprends.

— Humm... Et que puis-je faire pour toi ?

— M'accompagner ! Je compte me rendre chez lui en fin d'après-midi. On ne sera pas trop de deux si jamais l'assassin se pointe et que ça tourne mal.

— Et moi, cela ne te dérange pas de me mettre en danger !

Gustave ne sut que dire. Devant sa mine déconfite, Gaston le rassura.

— Je te fais enrager. Ne t'inquiète pas, ce sera un plaisir de venir avec toi et de te servir de garde du corps. Je prendrai mon révolver au cas où.

Gustave lui mit la main sur l'épaule.

— Merci. Je savais que je pouvais compter sur toi.

CHAPITRE 25

14 heures, théâtre des Gobelins, Paris

Camille Flammarion avait tout à fait raison. Au-dessus des colonnes encadrant l'entrée du théâtre des Gobelins, les sculptures de profil d'un homme et d'une femme couchés lui sautaient aux yeux. Alice admira la finesse des drapés et les traits des visages de ce qui symbolisait le drame et la comédie. Une œuvre de jeunesse de Rodin alors qu'il était encore étudiant aux beaux-arts. Elle passa sous le porche et alla directement au guichet. Basile Gordon n'avait pas menti ; il lui avait laissé un billet. Armée de son précieux sésame, elle pénétra dans le hall et découvrit sur un mur l'affiche du spectacle. On y voyait le Grand Basilic coiffé d'un haut-de-forme, faisant jaillir des éclairs de sa canne provoquant l'apparition d'une espèce de démon cornu sous le regard terrifié de spectateurs. Cela mettait dans l'ambiance ! Alice alla trouver une ouvreuse, lui remit son ticket et la suivit dans l'escalier jusqu'à la première galerie. Le magicien lui avait réservé une loge sur le côté, au premier balcon. Elle s'assit au premier rang de l'un des quatre sièges. C'était la première fois depuis qu'elle était à Paris qu'elle entrait dans un théâtre. Elle était impressionnée par le faste de l'endroit. Colonnes et sculptures de visages dans tous les coins, fresques colorées au plafond. Sous elle, une étendue de sièges en velours rouge occupés par le Tout-Paris. Des hommes et des femmes endimanchés bruissaient d'un brouhaha joyeux mêlé d'excitation en attendant la levée du rideau. Au-dessus d'eux, un gigantesque lustre en cristal baignait la salle d'une lumière douce. L'intensité lumineuse décrut doucement et trois coups sonores résonnèrent. Les conversations se turent. Le spectacle allait commencer. Le lourd rideau de velours qui fermait la scène s'entrouvrit dans un chuintement. Un murmure secoua la salle. La scène était déserte. Tout à coup, une épaisse fumée se propagea sur les planches tandis qu'un éclair aveuglant explosa au centre, laissant apparaître la silhouette majestueuse du Grand Basilic, tout de noir vêtu. Un tonnerre d'applaudissements salua son entrée. Il s'inclina et sourit au public qui attendait impatiemment la suite. Il prit sa canne et la fit tournoyer dans ses mains en un ballet hypnotique jusqu'à ce qu'elle se transforme en un rouleau de tissus noir qu'il déroula de haut en bas. Quand il le lâcha, celle qui devait être son assistante – une jeune femme brune vêtue d'une robe dorée – était apparue à ses côtés, ainsi qu'une rangée de trois petits piliers. Nouvelle salve d'applaudissements.

— Mais comment fait-il cela ? dit une voix féminine dans la loge à côté de celle d'Alice. C'est impossible. Cet homme est un sorcier ! Il a dû passer un pacte avec le diable...

— Mais non très chère, répondit une grosse voix d'homme, ce ne sont que de simples tours de prestidigitation. Il est doué, voilà tout.

Sur scène, l'illusionniste se tourna vers sa partenaire, planta ses yeux dans les siens en murmurant des paroles inaudibles et, d'un geste, lui fit fermer les yeux. Il la retint tandis qu'elle basculait vers l'arrière, la prit dans ses bras et installa son corps raide sur les piliers. Ceci fait, il ramassa le tissu à terre et la recouvrit. Tout le monde attendait impatiemment la suite. Il commença par ôter le support du milieu, puis les deux autres. Le corps flottait devant lui en lévitation.

— Il doit y avoir d'autres supports sous le drap qui la maintiennent, expliqua l'homme de la loge à sa compagne, essayant de rationaliser ce qu'il voyait.

Comme s'il l'avait entendu, et il voulait lui prouver le contraire, d'un geste ample, le magicien enleva le tissu. Il n'y avait rien en dessous du corps de la jeune femme.

À côté d'Alice, la femme gloussa, se moquant de son compagnon.

— Mon pauvre ami, vous vous êtes bien fait avoir !

L'homme, vexé, grommela une phrase incompréhensible.

D'un mot, le magicien réveilla son assistante et l'aida à se redresser. La jeune femme salua sous un tonnerre d'applaudissements et alla chercher au fond de la scène, une grosse malle en bois bardée de chaînes tandis que le Grand Basilic prenait la parole.

— Mesdames, Messieurs, le tour qui va suivre m'a été enseigné par mon maître, le grand Houdini. Il n'est pas sans danger. De nombreux magiciens imprudents ont perdu la vie en tentant de le réaliser... On ne joue pas impunément avec les forces obscures.

Sur scène, la jeune femme ôta les chaînes qui entouraient la grande malle, la déverrouilla et l'ouvrit en grand. Elle contenait d'épais cordages.

— Mesdames, Messieurs, lança à nouveau le magicien à travers la salle, j'ai maintenant besoin de trois volontaires pour m'aider. Trois gaillards costauds !

Des bras se levèrent dans l'assistance.

— Vous, vous et vous, désigna le Grand Basilic. Venez me rejoindre.

Les trois hommes se levèrent. Vu leur musculature, au moins deux auraient pu travailler comme fort des Halles, pensa Alice.

Un peu intimidés, ils s'approchèrent de la malle.

— Vous allez prendre ces cordes et m'attacher avec, le plus solidement que vous pouvez, leur demanda Gordon.

Les hommes s'exécutèrent et attachèrent le magicien le plus solidement qu'ils purent. Il est impossible qu'il puisse se libérer de liens aussi serrés pensa Alice.

— Maintenant, mettez-moi dans cette malle.

Les trois hommes le soulevèrent aussi facilement qu'un fétu de paille et l'installèrent dans la malle. L'assistante la referma, remit les chaînes et ferma les cadenas.

Elle fit signe aux trois costauds de regagner leur place et lança un clin d'œil à l'assistance. Puis, se tournant vers le fond de la scène, elle tapa dans ses mains. Aussitôt, quatre hommes en bleu de travail apparurent, traînant à leur suite, avec des grosses cordes, un large cylindre d'environ un mètre cinquante de haut, rempli d'eau. Entièrement en verre, il était monté sur une plate-forme à roulettes pour faciliter son transport. Un treuil complétait l'ensemble. Elle ordonna aux hommes de s'emparer de la malle, de l'attacher au treuil et de la hisser et l'immerger complètement. La malle fut ainsi descendue au fond de la piscine improvisée. Dans la salle, c'était l'incompréhension. Des murmures s'élevèrent devant cette folie. Ils n'étaient pas venus assister à une mise à mort par noyade. Indifférente, la jeune femme sortit de sa poche un ouvrage, s'assit et commença à lire tranquillement.

Au fur et à mesure que les secondes s'égrenaient, la tension montait dans la salle, le public se demandant s'il devait ou non réellement s'inquiéter. Tout le monde avait les yeux rivés sur le coffre dans l'espoir de voir le magicien en surgir. Au bout de trois minutes, un homme cria.

— Ce n'est pas normal ! Il devrait être remonté... Faites-le sortir de là !

Comme sortie de sa rêverie, l'assistante ferma le livre et regarda sa montre. Une lueur de panique passa dans son regard. Quelque chose clochait. Le numéro avait viré au drame.

— Vite, venez m'aider à remonter le coffre ! hurla-t-elle, paniquée.

Des cris d'angoisse fusèrent dans la salle. Sous le coup de l'émotion – et de leur corset très serré –, des femmes s'évanouirent. Plusieurs hommes se levèrent, bousculant sans vergogne leurs voisins pour se ruer sur scène dans l'espoir de sauver le magicien de la noyade. Dans la cohue, certains trébuchements dans les escaliers qui menaient à la scène. Les premiers arrivés près du treuil empoignèrent fébrilement la manivelle pour remonter la malle. Celle-ci commença à sortir de sa prison aquatique très lentement... Trop lentement. Au treuil, les hommes redoublaient d'effort en poussant des grognements. Au balcon, Alice, s'était

Plusieurs hommes se levèrent, bousculant sans vergogne leurs voisins pour se ruer sur scène dans l'espoir de sauver le magicien de la noyade.

levée, incrédule. Elle assistait au drame qui se jouait devant elle dans un état second. Elle était comme paralysée, n'arrivant pas à réaliser la tragédie qui se jouait devant elle. Elle avait lu que certains magiciens trompe-la-mort avaient péri en se mettant dans des situations dangereuses dont ils n'avaient pas réussi à s'extirper... Mais pas là, pas dans ces circonstances, pas Basile Gordon !

La malle à peine sortie de l'eau, des hommes se précipitèrent pour diriger sa descente sur la scène. Dès qu'elle eut touché le sol, l'assistante de Gordon se dépêcha d'ouvrir les cadenas. Les chaînes tombèrent rapidement sur les planches dans un fracas métallique qui résonna dans le silence. Le brouhaha s'était tu. Le temps paraissait suspendu à cet instant. Personne ne parlait mais les visages témoignaient de l'angoisse de découvrir le corps sans vie du magicien. Tout le monde retenait son souffle. Après un instant d'hésitation, la jeune femme souleva enfin le couvercle de la malle... Elle était vide ! À ce moment-là, l'un des hommes monté pour aider à remonter la malle s'avança vers le bord de la scène. D'un geste théâtral, il enleva sa blouse et sa fausse moustache. Le public, hébété, reconnut Basile Gordon. Après quelques secondes de flottement, remis de leur surprise, les spectateurs applaudirent à tout rompre pendant que le rideau se refermait.

Alice, toute retournée mais soulagée se laissa choir dans son siège en poussant un grand soupir de soulagement. Que d'émotions ! Le magicien était vraiment très fort. Ses numéros étaient savamment orchestrés, mêlant prodiges et sensations fortes. Qu'importe comment il faisait, à cet instant, des étoiles brillaient dans les yeux d'Alice. Elle était redevenue une gamine prête à s'abandonner à l'extraordinaire, à la magie. Le spectacle lui fait croire que tout était possible et qu'un homme pouvait s'affranchir des lois de l'univers et défier la mort.

Elle se leva encore toute tremblante et sortit de la loge. Les spectateurs qu'elle croisa dans la galerie étaient tous fortement impressionnés par la performance du magicien et ne tarissaient pas d'éloges sur le spectacle auquel ils venaient d'assister. Dans le hall, elle respira profondément pour se calmer et avisa une petite porte marquée « Loges des artistes ». Elle l'ouvrit et s'enfonça dans les sous-sols du théâtre. Après avoir parcouru quelques couloirs, elle trouva ce qu'elle cherchait : la loge du grand Basilic. Elle frappa.

— Entrez !

Elle poussa la porte et découvrit Gordon assis face à une glace. Avec un morceau de coton, il enlevait soigneusement le fard qu'il avait sur son visage. Sans cesser de se démaquiller, il la regarda dans le reflet du miroir.

— Ah, Alice ! s'exclama-t-il avec sa charmante pointe d'accent américain. Je suis heureux de vous voir. Comment avez-vous trouvé mon spectacle ? lui demanda-t-il.

— Fantastique ! répondit la jeune femme. Même si vous m'avez fait une peur bleue. Vous mériteriez des claques ! ajouta-t-elle avec son franc-parler.

Basile rit.

— Oh, il faut savoir jouer avec les émotions du public... Lui faire croire qu'il y a un enjeu, qu'il y a du danger. Mais je peux vous rassurer, tout est minutieusement préparé. Il n'y a aucune improvisation. Nous autres, magiciens, savons très bien que le moindre détail laissé au hasard peut nous coûter la vie.

— En tout cas, je vous félicite. Vous avez été vraiment formidable.

— J'accepte le compliment... Surtout venant d'une si jolie parisienne.

Alice rougit un peu. Les Américains étaient directs... Et l'homme séduisant. Gênée, elle changea de sujet.

— Vous n'avez pas changé d'avis ? Vous voulez toujours m'accompagner chez Janus Béranger ?

— Bien sûr. J'ai promis à notre bon Camille de vous chaperonner pour cette petite visite.

— Mais je suis assez grande pour me défendre, réagit la journaliste piquée au vif.

— Je suis certain qu'il s'alarme pour rien et que ce monsieur, aussi sévère soit-il, n'est pas un démon sorti tout droit des enfers. Et puis, je vous l'ai expliqué, je suis curieux qu'il me parle de ses moulages d'ectoplasmes et qu'il me détaille son procédé. J'ai déjà idée d'un numéro formidable avec ces artefacts ectoplasmiques.

— Vous pensez donc que ces mains ont été obtenues avec des trucages ?

— Pas forcément... Vous le savez, pour moi, l'au-delà est une réalité et certains spirites produisent de véritables phénomènes que la science a bien du mal à comprendre aujourd'hui mais pourra l'expliquer sans nul doute demain. Maintenant, il existe toujours des escrocs et tous ces phénomènes sont reproductibles avec des tours de passe-passe.

— Je n'y connais rien en magie mais, pour un moulage, je ne vois pas comment une tricherie pourrait être possible, objecta-t-elle.

Il se tourna vers elle.

— Imaginez par exemple que notre médium ait réalisé au préalable un moulage de sa main en glace. Imaginez maintenant que lors d'une séance, dans la pénombre propice, elle réussisse à glisser cette main de glace dans la bassine de paraffine. L'eau tiède servant à garder la paraffine molle fera naturellement fondre la glace. Et il ne restera en définitive que l'empreinte de la main...

— Ingénieux reconnut-elle. Mais comment préserver l'intégrité de cette hypothétique main de glace avant la séance ?

— Je ne me suis pas encore penché sur la faisabilité ni ce que demanderait la mise en scène d'un tel tour, mais je pense sincèrement que cela est réalisable.

— Vous croyez vraiment qu'aucun expérimentateur ne découvrirait une telle supercherie ?

— Les hommes de science sont parfois de grands naïfs. Il suffit parfois de vouloir croire en la réalité d'un phénomène pour le voir. C'est pour cela que les magiciens doivent être associés à l'étude du spiritisme et des phénomènes paranormaux. Nous sommes en quelque sorte les garants de la réalité des manifestations. Et croyez-moi, j'ai vu des choses réalisées sans trucage qui vous feraient dresser les cheveux sur la tête.

Sur ces mots, Basile se leva, enfila sa redingote, prit sa canne et son chapeau et se dirigea vers la porte.

— Très chère Alice, c'est l'heure de partir pour l'aventure !

Alice lui prit le bras, espérant que l'aventure en question ne se transforme pas en cauchemar.

CHAPITRE 26

16 heures, Vincennes

Alice ne connaissait la ville de Vincennes que de réputation. Située à l'est de Paris, cette villégiature prisée des Parisiens en quête de nature offrait l'un des plus vastes parcs boisés de la région. Le dimanche, ouvriers et bourgeois se côtoyaient dans les longues allées ombragées ou autour des lacs, où l'on contait fleurette à l'élu de son cœur lors de balades en barque. Certains passaient leur journée à jouer à la pétanque, d'autres à jouer au croquet en famille, avant de pique-niquer sur l'herbe ou de faire une sieste... Les charmes de la nature en ville. Vincennes était aussi une cité animée, centrée autour de son château du XIVe siècle, érigé sur un ancien manoir royal du XIIe siècle. D'autant plus animée qu'elle s'apprêtait à accueillir des épreuves d'équitation lors des IIe Olympiades, après les jeux d'Athènes de 1896. La ville était en effervescence, les préparatifs allaient bon train dans une ambiance festive. Signe des temps, qui n'était pas pour déplaire à Alice, ce serait la première fois que des femmes participeraient à ces compétitions. Début juin, un défilé de gymnastes aurait même lieu dans le vélodrome municipal, inauguré quatre ans plus tôt pour la fête fédérale de l'Union des sociétés de gymnastique, et en septembre, les épreuves de cyclisme.

— Alors, prête pour notre visite ? demanda Basile à Alice en l'aidant à descendre du tramway.

Encore une fois, elle fut frappée par sa prestance. Loin de l'image du rustre américain que beaucoup de ses compatriotes avaient en tête. En la voyant, il lui adressa un sourire ravageur. Cet homme était assurément conscient de son magnétisme sur la gent féminine !

— Je dois bien vous l'avouer, Monsieur, je suis rassurée que vous veniez avec moi, mentit-elle, sachant que les hommes aiment à se sentir indispensables et à voir leur ego flatté.

— Ce n'est rien, répondit-il avec ce léger accent qui avait tant plu à la jeune fille. Je vous le répète, je suis ici par intérêt professionnel, étant moi-même très intrigué par le procédé dont Monsieur Béranger a parlé à Camille. Cette technique de moulage arrivera bien un jour sur notre continent, et mon maître, Harry Houdini, sera plus qu'intéressé d'en avoir la primeur.

Sur le trottoir, Alice observait avec délice l'agitation de la rue. Fiacres, promeneurs, ouvriers sortant des usines comme celle des frères Pathé dédiée à la fabrication de films, cyclistes et marchands ambulants cohabitaient dans un joyeux tumulte quotidien. Elle se sentait galvanisée par cette vie grouillante autour d'elle. Elle était libre. Et cela faisait du bien. Elle n'était plus la gouvernante, aux ordres de ses employeurs, réglant son emploi du temps sur les activités ménagères, mais une journaliste indépendante, menant une enquête pour écrire des articles !

— Venez, Monsieur Gordon, si je ne me trompe pas, la maison de Janus Béranger ne se trouve qu'à quelques minutes d'ici, le pressa Alice, impatiente, en lui indiquant la direction.

— Bien volontiers, Mademoiselle... Je vous suivrais jusqu'au bout du monde, répondit-il taquin.

Pour éviter qu'il la voie rougir, la jeune femme préféra poursuivre la conversation.

— Alors, comme cela, votre maître Houdini se passionne pour les phénomènes spirites ? demanda-t-elle en commençant à marcher.

— Il est assez sceptique sur le sujet. Plus que moi en tout cas. En Amérique, il s'est fait une spécialité de démasquer les médiums qui utilisent des trucs d'illusionnistes.

— Mais je croyais qu'il était spécialiste de l'évasion ?

— Effectivement... Ce qu'il réalise dans le domaine est prodigieux. Il y a deux ans, il a lancé un défi à la police de Chicago en promettant de se libérer d'une de leur cellule en moins de trente minutes.

— A-t-il réussi ?

— Haut la main ! En trois minutes il était libre ! Je pense que ses exploits ont dû être relatés dans vos journaux.

Alice se souvenait effectivement d'avoir vu passer un article à ce sujet.

— Je voulais vous demander, monsieur Gordon... Y a-t-il un rapport entre Houdini et l'illusionniste français Robert Houdin ?

— C'est amusant, depuis que je séjourne en France, tout le monde me pose la question. Et je réponds par l'affirmative. Effectivement, il semble que le grand Houdini ait choisi son nom de scène en hommage à votre magicien national...

Ils continuèrent leur chemin pendant quelques minutes en conversant, jusqu'à une grande propriété à l'orée du bois. Elle était entourée d'un haut mur de briques rouges au sommet duquel des pointes métalliques acérées dépassaient.

Je crois que c'est ici, dit la jeune fille. Il va falloir longer le mur jusqu'à trouver l'entrée.

— Cela a tout d'une forteresse, fit remarquer Basile.

— Je ne vous le fais pas dire, rétorqua Alice. On dirait que M. Béranger aime bien sa tranquillité.

Ils arrivèrent enfin à un grand portail noir en fer forgé.

Les mains sur les hanches, Basile émit un sifflement.

— Il ne va pas être facile à escalader ! En plus, cela risque d'être impossible avec votre robe. Il vaut peut-être mieux que vous m'attendiez ici.

Alice leva les yeux au ciel. Elle alla vers la porte, tourna la poignée et la poussa en se demandant pourquoi les hommes cherchaient toujours à tout compliquer. Elle s'ouvrit en grinçant, dévoilant une longue allée de graviers, bordée de buissons bien taillés et de pelouses soigneusement entretenues. Béranger aimait l'ordre et la rigueur ; ça se voyait. Ils se dirigèrent en silence vers l'imposante maison en pierre de taille qui trônait au bout de l'allée. Après avoir monté la dizaine de marches en pierre du perron, Alice frappa à la porte. Au bout de cinq minutes, elle entendit un remue-ménage derrière la porte. Des verrous furent tirés et elle s'ouvrit brusquement.

— Qu'est-ce que vous fichez là ? Comment êtes-vous entrés ?

Le ton était glacial, émanait de l'homme en robe de chambre bordeaux, ceinturée de noir, et en pantoufles de cuir, qui venait d'ouvrir la porte. Petit et trapu, il devait avoir plus de cinquante ans. Son air hautain, sa mine sévère, ses cheveux noirs plaqués en arrière, ses joues rouges et rebondies, sa bouche pincée, son cou de taureau et ses yeux rougis le rendaient intimidant. Il était manifestement irrité et n'aimait pas être dérangé.

Alice prit son courage à deux mains pour répondre.

— Pardonnez-nous, le portail de votre jardin était ouvert...

— Ouvert ! hurla Béranger, rouge de colère.

Alice sursauta devant cet accès de rage et perdit tous ses moyens. Elle ne supportait pas qu'on lui crie dessus, encore moins les goujats. Tétanisée, elle ressemblait à une enfant réprimandée. En retrait, voyant Alice se décomposer, Basile sentit la colère monter. Béranger continuait à éructer.

— Encore ces idiots de jardiniers ! Ils ont la clé, mais ils ont oublié de fermer la porte. Croyez-moi, demain matin ils chercheront du travail ailleurs. Et vous deux, que faites-vous ici en fin d'après-midi ? Déguerpissez de chez moi !

Béranger semblait d'une humeur massacrante. Sa réputation n'était pas usurpée. Basile décida d'intervenir.

— Ça suffit ! cria-t-il, plus fort que Béranger, en brandissant sa canne. Vous allez m'écouter maintenant... Moi aussi je peux hurler... Et plus fort que vous !

Décontenancé, l'ingénieur sembla se ratatiner dans sa robe de chambre. Gordon, plus grand d'une tête, était impressionnant lorsqu'il se mettait en colère. « Un chien qui aboie mais ne mord pas, pensa Alice en regardant Janus avec mépris. Il se dégonfle comme une baudruche si on lui tient tête.» Basile reprit plus posément.

— Pardonnez notre intrusion, mais il est dans votre intérêt de nous recevoir. L'affaire qui nous amène est des plus importantes. Cette jeune fille, journaliste, et moi-même venons de la part de Camille Flammarion pour vous entretenir de moulages d'ectoplasmes retrouvés sur des lieux d'assassinats.

Janus Béranger fronça les sourcils. Gordon poursuivit sur sa lancée :

— Je suis persuadé que la police aimerait avoir des explications à ce sujet... Alors, si vous ne voulez pas avoir à vous justifier devant un inspecteur, je vous conseille de baisser d'un ton et de nous recevoir.

C'était un coup de poker; une intuition. Le magicien avait légèrement travesti la réalité, car il ne savait pas s'il s'agissait véritablement de crimes, mais l'argument sembla faire mouche et impressionner Béranger, qui ne s'attendait visiblement pas à cela. En entendant le mot «police», il pâlit soudainement, perdant de sa superbe. Après un soupir de capitulation, à contrecœur, il se poussa pour les laisser passer.

— Ça devait bien arriver un jour, marmonna-t-il pour lui-même. Entrez, si ce n'est pas long. J'ai fort à faire, ajouta-t-il sur un ton désagréable.

— Cela ne vous prendra que quelques minutes, lui garantit Basile. Allez-y, Alice.

La jeune femme, ayant repris un peu d'assurance, pénétra dans le vestibule.

— Comme mon ami vous l'a dit, je suis Alice Lekernec, journaliste au *Matin*, et voici Basile Gor...

— Le Grand Basilic, illusionniste de son état, la coupa Basile avec emphase.

Béranger acquiesça machinalement. Visiblement, il se fichait de savoir à qui il avait affaire. Il leur fit signe de poser leurs affaires sur le portemanteau en fer forgé orné de fleurs qui trônait dans un coin.

La décoration de l'entrée étonna Alice. Elle n'aurait jamais imaginé que l'austère ingénieur puisse vivre dans un décor si chatoyant. On se serait cru dans une exposition d'art nouveau. Volutes dessinées au plafond, murs aux couleurs pastel, meubles délicats, lampes colorées aux motifs floraux et arrondis, un tableau d'Alfons Mucha au mur, des statues aux courbes fines célébrant la nature et la beauté féminine. Béranger remarqua son intérêt.

— C'était la passion de ma femme, dit-il comme pour s'excuser. Elle est décédée l'année dernière.

— J'en suis vraiment désolée, répondit la jeune femme avec empathie.

Béranger balaya la réponse d'un revers de la main. Il les conduisit au salon, dont la décoration était du même acabit. Il les fit asseoir sur un grand canapé, alla à la cuisine et revint avec une carafe de citronnade et trois verres. Il s'assit sur un fauteuil en face d'eux et entreprit de les servir. Alice nota qu'il tremblait légèrement.

— Bon, par tous les diables, que me voulez-vous ? attaqua-t-il sans préambule.

Sans rien dire, Alice sortit les deux mains de son sac et les posa sur la table.

L'ingénieur blêmit, fixant ces mains maudites.

— Où avez-vous trouvé cela ? parvint-il à articuler après quelques instants.

— Près des cadavres d'Hyppolite Dubois et de Philippe d'Estorves, répondit Alice, espérant provoquer une réaction. Une autre a été découverte dans la gorge de Dubois.

Béranger se balançait nerveusement sur son fauteuil, silencieux, visiblement très mal à l'aise. L'air hagard, il enfouit soudainement sa tête dans ses mains et éclata en sanglots. Après quelques minutes, il parvint à se calmer et releva la tête, les yeux rougis.

— Cela devait arriver... Nous sommes tous maudits... Nous avons poussé nos expériences trop loin et créé une abomination... Et elle se venge aujourd'hui.

Alice et Basile échangèrent un regard perplexe.

— Que voulez-vous dire ? Qu'est-ce qui est allé trop loin ? demanda doucement Basile.

— Tout ! Nos expériences, notre aveuglement en tant que chercheurs... J'ai appris qu'Hyppolite avait été tué et sa maison incendiée. Quant à Philippe, je me doutais qu'il ne s'agissait pas d'un suicide... Un homme comme lui n'aurait jamais commis l'irréparable.

— Vous les connaissiez donc ? interrogea Alice.

— C'étaient des amis, avoua Béranger, des collègues avec qui nous avions fondé une confrérie étudiante pour promouvoir et célébrer la science et nos pairs, il y a quelques années. Nous travaillions ensemble sur un projet de recherche... Et ils en ont payé le prix de leur vie, par ma faute.

— Expliquez-nous tout, Janus, cela vous soulagera. Le poids d'un secret est toujours lourd à porter, dit doucement la jeune femme en esquissant un geste vers lui.

Reprenant ses esprits, il repoussa sa main et la fixa d'un regard mauvais. Une femme n'avait pas à assister à un tel spectacle de faiblesse masculine. Il se tourna vers Basile.

— Je veux bien tout vous raconter si vous me promettez de ne pas impliquer la police dans cette affaire. Si nos noms sont cités, cela entachera durablement notre réputation scientifique et notre crédibilité. Ce milieu est une jungle et on ne pardonne pas ceux qui s'égarent, vous savez.

Gordon acquiesça. Alice préféra rester silencieuse, laissant Basile mener l'interrogatoire. Elle avait l'intuition que ce qu'elle allait entendre lui fournirait une matière formidable pour ses articles. Elle préféra faire profil bas. De toute façon, elle avait bien compris qu'en tant que femme, elle était invisible aux yeux de Béranger, qui devait la considérer comme un simple bibelot de son salon. C'étaient des affaires sérieuses, des affaires d'hommes. Elle se dit aussi qu'être prise pour une plante verte pouvait avoir ses avantages dans de telles circonstances.

— Tout ce que vous direz restera entre nous. Nous vous écoutons, le rassura le magicien.

L'ingénieur transpirait la peur par tous les pores de sa peau et suait abondamment. Il but d'un trait son verre de citronnade. D'un geste assuré, Basile le remplit à nouveau. Il était prêt à parler... et à se souvenir.

Chapitre 27

20 mai 1899, Paris

Janus Béranger était nerveux. Ils touchaient au but, et cette journée d'expériences s'annonçait décisive. Accroupi devant un grand baquet de zinc, il testait la température de l'eau, qui devait être suffisamment chaude pour ramollir la couche de paraffine destinée à accueillir l'ectoplasme. Selon les calculs de D'Estorves, ils pouvaient espérer la matérialisation complète de l'enveloppe d'un esprit, et non plus seulement une main ou un pied. Tous pourraient enfin voir sous quelle forme les spirites imaginaient les êtres de l'au-delà. Pour Janus, la survie après la mort n'était qu'un conte de bonnes femmes. Face à la montée du phénomène spirite, il avait lancé, avec quatre collègues scientifiques, un projet de recherche ambitieux. Leur objectif : prouver scientifiquement que les médiums ne communiquaient pas avec un autre monde, mais produisaient eux-mêmes, souvent inconsciemment, des phénomènes paranormaux, révélant des capacités psychiques inconnues de l'homme. Pour le démontrer, ils devaient soumettre les médiums à de véritables expériences scientifiques, en laboratoire, et non dans des salons mondains. Pas question de céder à leurs caprices de diva : les scientifiques devaient mener la danse. Exit les séances dans la pénombre, prétendument propices au contact avec les esprits. Les expériences devaient se dérouler en pleine lumière, contrôlées par des capteurs, selon des protocoles rigoureux.

Mais où trouver ces sujets doués ? Béranger avait eu l'idée de s'adresser à Camille Flammarion pour qu'il l'introduise auprès de nécromanciens compétents. Le vieux savant était resté courtois, mais Janus avait bien senti qu'il le prenait pour un fou et avait refusé de l'aider. Quel couard ! À s'encombrer de considérations éthiques et à éprouver de la sympathie pour les médiums qu'il fréquentait, alors qu'ils n'étaient que de simples rats de laboratoire. Ce n'est pas ainsi que la science progresserait et apporterait progrès et connaissance à l'humanité ! Malgré ce contretemps, ils avaient fini par trouver un sujet prometteur. Dubois leur avait amené, trois mois auparavant, une jeune fille terrorisée par des visions cauchemardesques, qui se disait poursuivie par les esprits. Elle avait déjà pratiqué le spiritisme et était capable de produire des ectoplasmes. Ils avaient fait des essais, lui promettant de l'aider à comprendre ce qui lui arrivait, à trouver pourquoi les prétendus esprits la harcelaient et à la guérir. Ils avaient obtenu de bons résultats avec la production d'ectoplasmes, et Janus avait pu tester son procédé de moulage avec succès. Aujourd'hui, ils allaient passer à la vitesse supérieure. Pour vérifier leurs hypothèses, il fallait découvrir si, au cours des séances, la production électrique du cerveau n'était pas décuplée. Et si oui, quelles zones spécifiques s'activaient. Il fallait mettre des capteurs en place pour la mesurer. Et en fixant des électrodes sur la tête du messager pour augmenter la puissance du courant, que se passerait-il ? Est-ce que cela influerait sur la taille de l'ectoplasme produit ? Évidemment, l'idéal aurait été d'intervenir directement sur le cerveau. C'était l'étape suivante qu'ils prévoyaient. L'électricité était l'avenir dans tous les domaines, et l'électrothérapie commençait à se développer. Il existait même des mallettes individuelles avec différentes canules, en forme de peigne pour faire repousser les cheveux ou de poire pour soulager les maux.

Janus entendit des bruits de pas provenant de l'escalier métallique qui donnait accès au laboratoire. Il se retourna et vit apparaître la jeune médium, suivie de Dubois. Dans quelques minutes, ils sauraient si leur hypothèse sur la production d'ectoplasmes par stimulation électrique du cerveau était la bonne. La spirite paraissait avoir à peine vingt ans. Ses longs cheveux bruns encadraient un visage fin au teint de porcelaine. La jeune femme s'arrêta au bas de l'escalier, angoissée par le décor. Le laboratoire était sinistre et froid, tapissé de carrelage noir. Des ampoules électriques éclairaient des machines et des paillasses sur lesquelles reposaient des instruments chirurgicaux menaçants et des éprouvettes remplies de liquides aux couleurs étranges. Sur le sol, tels de gros serpents, des câbles couraient jusqu'au fond de la pièce, aboutissant à une sorte de fauteuil surmonté d'un casque en métal argenté hérissé de pointes. Deux grosses bobines électriques étaient disposées à ses côtés. Quand elle le vit, la communicatrice chancela.

Janus s'approcha d'elle. Elle recula instinctivement.

— Ne soyez pas intimidée, Madame, tout est prêt pour notre petite séance. N'ayez pas peur, tous les instruments que vous voyez là vont nous aider à vous guérir de votre mal.

— Non, je ne veux pas y aller, cria-t-elle soudain, en proie à la panique. Les premières séances s'étaient déroulées dans des salons feutrés ; elle ne s'attendait pas à être conduite dans cet étrange laboratoire qui lui inspirait une terreur irraisonnée. Ce lieu l'effrayait, elle en ressentait les ondes maléfiques. Son corps se mit à trembler, ses yeux se révulsèrent.

— C'est une bouche de l'enfer... Je vois des démons qui approchent, hurla-t-elle, hystérique.

Elle voulut se retourner pour s'enfuir, mais Dubois, resté derrière elle, la ceintura.

— Vite, elle entre en crise, ordonna Béranger.

La médium se débattait, essayant d'échapper à la poigne de fer de Dubois. D'Estorves, qui avait accouru du fond de la pièce, une seringue à la main, lui plongea l'aiguille dans le cou. Elle ressentit une douleur aiguë et cessa de se débattre, sans force. Elle se sentait comme une poupée de chiffon, incapable du moindre mouvement.

— Conduisez-la au fond pendant que la drogue fait encore son effet, commanda Béranger.

Dubois et d'Estorves la traînèrent rapidement jusqu'au fauteuil, la forcèrent à s'asseoir et lui attachèrent les bras et les jambes avec de grosses sangles en cuir. Béranger s'approcha et compléta le dispositif en lui passant une autre sangle autour du cou, l'obligeant à se maintenir droite.

— N'ayez pas peur, tous les instruments que vous voyez là vont nous aider à vous guérir de votre mal, lui susurra-t-il à l'oreille. Mais nous devons avant tout comprendre ce qui se passe dans votre corps.

Il baissa le casque sur sa tête et le fixa avec une jugulaire à son menton.

— Tout ce que vous avez à faire, c'est d'invoquer les esprits pour qu'ils se matérialisent sous leur forme ectoplasmique, lui expliqua-t-il.

Les préparatifs terminés, il fit signe à Dubois et à d'Estorves de se reculer et d'aller à leur poste. Il alla chercher la grande bassine en zinc remplie d'eau de paraffine pour la déposer au pied du fauteuil. Attachée comme elle l'était, la médium ne pouvait bouger. La jugulaire serrée l'empêchait de hurler. Seul son visage et ses yeux trahissaient la terreur qu'elle éprouvait. Dubois fit signe aux deux autres scientifiques affairés autour des cadrans du générateur.

— Allez-y, envoyez le courant !

L'un d'eux abaissa une manette et un bourdonnement s'éleva des machines. Les deux bobines s'éclairèrent, envoyant vers le fauteuil des éclairs bleutés, percutant le corps de la femme devineresse. Celui-ci fut pris de soubresauts incontrôlés.

— Plus de puissance, il faut plus de puissance ! cria Béranger.

Le grésillement s'amplifia, se mêlant à une écœurante odeur de chair grillée.

CHAPITRE 28

16 h 30, Vincennes

— Quoi ? s'exclama Alice, hors d'elle, interrompant le récit du savant. Vous l'avez électrocutée ? Mais c'est de la torture pure et simple !

Piqué au vif, l'ingénieur se défendit avec véhémence :

— Vous exagérez, Mademoiselle... Et vous n'y connaissez rien ! Nous ne sommes pas des monstres, mais des scientifiques. Le courant électrique, qu'il soit alternatif ou continu, produit des tremblements nerveux, mais rien de plus. Il y a eu une erreur de réglage pour les décharges envoyées... L'électricité ne provoque normalement qu'un inconfort temporaire. Elle devait probablement avoir des problèmes de santé dont nous n'avions pas connaissance... Je vous le répète, c'était un malheureux accident, asséna-t-il, cherchant des excuses à l'inexcusable.

— Un inconfort, vous voulez rire ! explosa la jeune femme. À l'Exposition universelle, j'ai vu un bœuf, victime de ce que vous appelez « inconfort ». On l'a cramé pour la galerie sous les applaudissements des spectateurs !

Alice était ulcérée... Ces scientifiques ressemblaient à une bande de gamins qui auraient décidé de tourmenter un animal pour tester sa résistance à la douleur sous prétexte de recherche. La soif de connaissance ne pouvait pas tout justifier !

— Taisez-vous, vous n'y entendez vraiment rien en science, s'emporta l'ingénieur. C'est une affaire sérieuse, pas une affaire de femmes. Nos expériences visaient à comprendre comment les phénomènes se produisaient. Sa mort fait partie des accidents – regrettables, j'en conviens – mais qui font avancer la recherche.

Gordon, qui avait étonnamment conservé son flegme, demanda gravement :

— Et ensuite, que s'est-il passé ?

— Nous avons fait disparaître son corps... Il y a quatre jours, j'ai appris que Dubois était mort et qu'on avait aperçu une forme spectrale avant qu'il ne tombe... Je ne crois pas au hasard, notre chimiste est mort un an jour pour jour après l'accident. Elle est revenue pour se venger. C'est du moins ce que l'on a soupçonné, même si cela paraissait impossible. On ne peut revenir de l'au-delà pour commettre des crimes. Puis, d'Estorves s'est jeté par la fenêtre. Nous avons pensé que cela pouvait être lié et qu'il y allait y avoir une enquête, forcément. Notre secret risquait d'être dévoilé. Alors nous avons décidé d'arrêter momentanément nos expériences et de mettre à l'abri notre matériel et nos instruments pour que personne ne remonte jusqu'à nous. Nous avons même envoyé un de nos membres de la confrérie – un jeune homme du nom d'Arnaud Pelletier – récupérer les notes d'expériences chez d'Estorves. Lui aussi est mort... Tombé d'un toit.

Alice baissa la tête, elle savait ce qui s'était passé.

— Depuis, nous vivons tous les trois dans la terreur, conclut-il.

— Pour quelqu'un qui ne croit pas en l'au-delà, voilà que vous craignez les fantômes ! ricana Alice. C'est ironique, vous ne trouvez pas ?

Béranger la fusilla du regard.

— Ça ne prouve rien. Scientifiquement, on peut par exemple imaginer que sa colère ou son énergie mauvaise ait survécu sous forme d'ondes électriques qui se matérialisent pour accomplir sa vengeance... Je ne sais pas trop. Nous entrons là sur un terrain inexploré... et passionnant. Nous travaillons jour et nuit sur cette hypothèse pour essayer de comprendre comment cela est possible. Demain, en désespoir de cause, je compte demander conseil auprès de spécialistes du spiritisme. Il faut que cela s'arrête !

— C'est de la science-fiction, votre truc, assena Alice. Vous essayez de vous raccrocher aux branches de la raison parce que vous ne comprenez pas ce qui arrive. Ce que je vois, c'est que vous étiez cinq et que vous n'êtes plus que trois.

— Justement, intervint Basile, qui sont les deux autres ? Eux aussi sont en danger, je suppose.

— Au point où j'en suis... Autant tout vous révéler. Il s'agit de deux scientifiques de renom : Philippe de Pierremont, l'ingénieur responsable du Palais de l'électricité, et un médecin, le professeur Théodore Crapieux. Mais avec la mort de Dubois et celle de D'Estorves, ils doivent rester sur leur garde. Je sais qu'ils doivent se rencontrer ce soir au Palais de l'électricité dans notre laboratoire pour y faire le ménage. J'ai décliné leur invitation, je préfère me terrer chez moi et ne prendre aucun risque.

Alice se souvenait de l'homme au chapeau haut de forme qui avait présidé à l'exécution du taureau.

— Un laboratoire dans le Palais de l'Exposition universelle ? s'étonna-t-elle.

— Oui, il y a une porte dérobée dans le bureau de Pierremont, derrière le vaisselier. Nous y étions tranquilles pour mener nos expériences... Voilà, vous savez tout maintenant et j'ai votre parole que ça ne sortira pas d'ici.

Gordon, l'air grave, acquiesça d'un mouvement de tête. Alice ne dit rien. Elle n'avait aucune sympathie pour le bonhomme et une parole donnée à un meurtrier ne comptait pas. Ce salaud ne perdait rien pour attendre. Mais elle sentait qu'il devait y avoir autre chose qui l'avait poussé à leur parler si facilement. C'est comme s'il avait ressenti le besoin de s'ouvrir à des inconnus ; comme si une force impérieuse l'y avait poussé... Comme s'il s'agissait d'une question de vie ou de mort pour lui.

Janus Béranger semblait épuisé par sa confession. Il avait l'air d'avoir pris dix ans.

— Pourquoi nous avoir raconté toute l'histoire ? demanda soudain Alice.

Béranger la regarda intensément, l'air hagard.

— Parce qu'elle est trop lourde pour moi. Le poids de la culpabilité. Depuis l'accident, je ne dors plus, je suis assailli de cauchemars. Peut-être que vous parler rendra mes nuits plus paisibles.

— « Quand il se fut assis sur sa chaise dans l'ombre / Et qu'on eut sur son front fermé le souterrain / L'œil était dans la tombe et regardait Caïn »... murmura Alice.

— Oui... « La Conscience », le poème de Victor Hugo de *La Légende des siècles* est admirable. C'est cette conscience qui nous travaille et fait de nous des hommes, conclut Béranger, philosophe.

Il se leva de son fauteuil.

— Laissez-moi maintenant. Vous ne pouvez rien pour moi ni contre ces forces qui nous dépassent et que nous ne comprenons pas encore. Je vais essayer de me protéger en m'enfermant dans mon bureau pour la nuit.

Alice et Basile se levèrent également pour prendre congé. Il fallait qu'ils aillent d'urgence au Palais de l'électricité avertir Pierremont et Théodore Crapieux du danger qui les guettait. Bien qu'ils en ignorent la nature exacte, ils devaient bien se rendre à l'évidence : deux personnes étaient mortes et ça avait vraisemblablement un lien avec la mort accidentelle de cette spirite dont leur avait parlé Béranger.

Alice et Basile remontaient à présent en silence l'allée de gravier de la propriété de Béranger, chacun perdu dans ses pensées. Soudain, le portail s'ouvrit et deux silhouettes apparurent : Gustave et Gaston. En reconnaissant Alice, ils eurent un moment de stupéfaction, puis pressèrent le pas.

— Alice ? Que diable faites-vous là ? Et qui est ce Monsieur ?

— Ne vous énervez pas, Gustave, répondit Alice, légèrement gênée. Je vous présente Basile Gordon, un célèbre magicien venu des Amériques. Votre ami Rodin m'a envoyé rencontrer Camille Flammarion hier. Ce dernier m'a orienté vers un ingénieur, Janus Béranger, pensant qu'il avait fabriqué les mains... Monsieur Gordon m'a proposé de m'accompagner...

— Ne t'inquiète pas, Gustave, coupa Gaston. Je connais monsieur Gordon. Il s'agit du magicien qui m'a emmené à cette fameuse séance de spiritisme. Puis, serrant chaleureusement la main de Basile :

— Comment allez-vous, cher ami ? C'est toujours un plaisir de vous revoir.

— Mais tout le plaisir est pour moi ! répondit le magicien. Je vois que vous semblez entièrement remis de votre rencontre avec ma médium... Et que votre enquête vous a conduit sur la même piste que notre amie journaliste.

Passée sa surprise, Alice regardait sévèrement Gustave, qui lui avait caché bien des informations.

— Mais vous, Gustave, que faites-vous ici ?

Avant même que Gustave pût répondre, des cris inhumains se firent entendre. Ils provenaient de la maison.

CHAPITRE 29

17 heures, Vincennes

Janus Béranger se sentait fiévreux. La visite des journalistes l'avait profondément perturbé, faisant remonter à la surface des souvenirs qu'il aurait préféré oublier. Dès leur départ, il s'était précipité au sous-sol, dans son bureau. Là, entouré de ses objets familiers, il se sentait en sécurité. Une pièce sans fenêtre, aux murs tapissés de papier peint jaune à fleurs – seule concession à sa femme. C'était son refuge, où il s'enfermait souvent, à l'abri du monde, trouvant le calme nécessaire pour ses expériences. Il vérifia trois fois que la porte était bien verrouillée, resserra nerveusement la cordelette de sa robe de chambre et alla s'asseoir à son bureau, un superbe secrétaire en acajou fait sur mesure par un ébéniste de Vincennes. Machinalement, ses yeux se posèrent sur le compartiment secret contenant son journal et ses observations sur les expériences spirites réalisées avec les médiums. Prouver scientifiquement que certaines personnes pouvaient produire des phénomènes extraordinaires comme des ectoplasmes, voire déchirer le voile entre la vie et la mort pour entrer en contact avec des entités de l'au-delà... Tout cela méritait d'être étudié sérieusement.

Avec les événements tragiques des derniers jours, Janus avait revu ses hypothèses, se demandant si les esprits des défunts n'existaient pas réellement et s'ils pouvaient se manifester ici-bas. Peut-être qu'un jour, grâce à leurs travaux, percerait-on le mystère de la mort ! Le secret ultime de l'humanité révélé par lui,

Janus Béranger ! Sûr qu'il aurait une statue à son effigie à l'entrée du Collège de France. Et ce n'est pas la vie insignifiante d'une « voyante », aussi douée soit-elle, qui entravera son heure de gloire ! Il se défendra bec et ongles des accusations qui ne manqueront pas d'être portées à son encontre, une fois que les journalistes auraient révélé l'affaire. Il avait été lâche avec eux ; il n'aurait rien dû dire. Après tout, il n'y était pour rien. C'était un accident ! Un dommage collatéral dans la quête de la connaissance. Une simple erreur de réglage. Il chassa les images de cette maudite soirée qui le hantaient. Le regard suppliant de la médium, le grésillement infernal de la machine, l'odeur écœurante de la chair brûlée... Et puis, le responsable, c'était le chef du projet, Pierremont. C'est lui qui avait augmenté la puissance électrique en tournant le potentiomètre au cours de l'expérience, il s'en souvenait très bien.

Mais pourquoi diable s'était-il ouvert à ces journalistes... Pourquoi avait-il fait preuve de faiblesse ? Il connaissait la réponse : la peur superstitieuse d'être le prochain sur la liste. La peur d'avoir déclenché des forces obscures qu'il ne maîtrisait pas et de subir une vengeance d'outre-tombe. Pourtant, c'était impossible, une morte ne pouvait pas lui faire de mal. Mais ces mains d'ectoplasmes ? Comment s'étaient-elles retrouvées là ? Il devait y avoir une explication logique, il ne pouvait en être autrement... La raison, il fallait qu'il se fie à la raison. Et les autres alors, qu'était-il arrivé à ses confrères ? Suicides ? Accidents ? Là était l'explication la plus rationnelle. Ce n'était que de faibles esprits, travaillés par la culpabilité. Il fallait réfléchir au meilleur moyen de se sortir d'affaires. Soudain, une idée lui vint. Puisque l'histoire se saurait dans quelques jours, s'il ne voulait pas être inquiété, il fallait qu'il prenne les devants et qu'il écrive une lettre au préfet de Police pour se dédouaner, expliquer qu'il n'y était pour rien. Avec sa réputation, il pourrait s'en tirer sans trop de dommage. Il laisserait passer un peu de temps, histoire que l'affaire soit oubliée et il reprendrait ses expériences... Oui, c'est cela qu'il fallait faire ! Décidé, il souleva son sous-main en cuir et en tira une feuille qu'il posa devant lui.

Il avait déjà en tête la teneur de la lettre qu'il devait rédiger. Il s'essuya le front avec un mouchoir. Il suait à grosses gouttes. Il ouvrit son encrier, prit une plume et la trempa dans l'encre noire. Soudain, il blêmit. Les premiers mots qu'il avait écrits avaient pris la couleur du sang. Il se recula brusquement, la plume toujours à la main. Il la vit se tordre jusqu'à se transformer en un petit serpent aux couleurs vives. L'animal s'enroula lentement autour de son bras, remontant inexorablement vers son visage. Il hurla de terreur, ferma les yeux et secoua le bras. Quand il les rouvrit, le serpent avait disparu. Il se leva de son siège comme un possédé et recula, bousculant frénétiquement les meubles, cherchant le reptile du regard. Fiévreusement, les yeux rivés au sol, attentif au moindre mouvement, il s'approcha de la bibliothèque et prit à tâtons le pistolet qu'il gardait dans un coffret sur une des étagères. Il eut soudain chaud, avec l'impression que son sang bouillait dans ses veines et que des cloques allaient surgir sur ses bras. Il se gratta jusqu'au sang. Maintenant, ses yeux le brûlaient, comme si ses gouttes de sueur étaient devenues acides. Il les frotta fébrilement avec ses ongles, s'acharnant jusqu'à s'arracher des lambeaux de peau. Et soudain, dans un brouillard de sang, il l'aperçut. Au fond de la pièce, enveloppée par des volutes de fumée, se tenait une jeune femme, un ange de la mort. Elle était vêtue d'une longue robe couleur corbeau et son visage, encadré de longs cheveux noirs, était livide. Elle lui souriait. Il la reconnut tout de suite ; c'était la médium qu'il avait vue mourir.

CHAPITRE 30

18 heures, Vincennes

Sans hésiter, Gaston, Gustave, Gordon et Alice se précipitèrent vers la porte d'entrée, qui, heureusement, n'était pas verrouillée. Gaston, pistolet en main, mena la charge. Les cris provenant de la cave poussèrent le quatuor à descendre les marches en courant, à traverser un couloir et à se retrouver face à une porte close cette fois-ci. Des hurlements inhumains leur vrillaient les oreilles. C'était ceux de Béranger, hystériques. Il vociférait.

— N'approchez pas... Retournez en enfer...

— Il faut faire quelque chose, cria Alice. Il est en train de se faire massacrer !

Gaston, Gustave et Basile martelèrent la porte de leurs épaules, mais elle résistait, inébranlable. Leroux renonça à tirer sur la serrure, craignant de blesser l'ingénieur à l'intérieur. Le vacarme derrière la porte était assourdissant, donnant l'impression d'une bagarre. Cris de Béranger, meubles renversés, objets jetés à terre... Soudain, des coups de feu. Les hommes redoublèrent d'effort pour pénétrer dans la pièce. La porte céda enfin, s'ouvrant avec fracas. Ils se ruèrent à l'intérieur. Le spectacle de désolation les figea. Le bureau de Béranger était une petite pièce sans fenêtre tapissée en jaune avec des motifs floraux aux murs. Quelques becs à gaz étaient chichement allumés et projetaient des ombres fantomatiques sur les murs. Des feuilles et des dossiers étaient étalés par terre, une grande bibliothèque avait été renversée et les livres étaient éparpillés partout, le bureau avait été retourné et fracassé, le fauteuil était en miettes comme si une force monstrueuse s'était acharnée dessus. Au fond de la pièce, au milieu du chaos, Béranger était méconnaissable. Son visage rougeaud, déformé par un rictus de dément, ses yeux exorbités étaient en sang. Il ne cessait de faire des grands gestes désordonnés en proférant des menaces aussi incohérentes qu'incompréhensibles. Il était dans un tel état d'agitation qu'il semblait tout proche de l'apoplexie.

Et surtout, il pointait une arme sur eux. Gaston, Gustave et Alice essayèrent de le calmer. Basile resta en retrait.

— Doucement, professeur Béranger, dit Gustave, nous ne vous voulons aucun mal... Posez votre arme, nous allons vous aider.

Janus ne semblait pas être conscient de leur présence. Il regardait fixement le mur d'en face, tremblant de tous ses membres. Il était terrorisé, comme s'il avait en face de lui un monstre de cauchemar qu'il était le seul à voir.

— Monsieur Béranger, c'est moi Alice, la journaliste. Vous souvenez-vous ?

Béranger n'entendait rien. Il se tourna vers eux, le pistolet toujours en main. Alors l'ingénieur ouvrit la bouche pour un hurlement qui resta coincé dans sa gorge, remplacé par une déflagration assourdissante.

Un morceau de la boîte crânienne de Béranger explosa, sa tête partit en arrière et il s'affaissa contre le mur laissant une traînée sanglante. Alice hurla. Gustave et Gaston, presque impassibles, se retournèrent pour découvrir Basile Gordon, un petit Derringer encore fumant à la main.

Gustave courut vers le corps de Béranger, s'accroupit près de lui, remonta la manche de sa robe de chambre bordeaux et chercha machinalement son pouls alors qu'il avait vu sa tête exploser. La panique rend les gens désespérés. Il remarqua le tatouage de chouette sur son avant-bras. Alice hésita à lui rappeler que le professeur était mort, qu'ils n'avaient pas besoin d'un autre constat. Gustave se tourna vers elle.

— Oui. Cet idiot l'a tué.

— J'ai agi en état de légitime défense, se justifia Basile. Cet homme allait faire feu sur nous !

Gustave le fusilla du regard, prêt à exploser.

— Espèce d'imbécile ! Chez vous, on a peut-être l'habitude d'avoir la gâchette facile mais ici, nous sommes civilisés, le dialogue est une arme plus efficace, moins redoutable. Cet homme n'était visiblement pas dans son état normal. J'aurais pu le raisonner.

— Je vous ai sauvé la vie tout de même, se défendit Gordon. Cet homme était fou à lier. Vous n'auriez rien pu en tirer !

— Nous ne le saurons jamais puisque vous avez décidé de l'assassiner froidement...

Alice s'interposa entre les deux hommes qui se faisaient face à présent. Leur conversation risquait de dégénérer et ils étaient bien capables d'en venir aux mains.

— Assez, Messieurs ! Gardons notre calme. Remontons au salon, nous raisonnerons mieux loin du corps.

Soufflé par le sang-froid de la jeune femme, ils se calmèrent et tous remontèrent s'installer dans le petit salon autour de la table à manger.

— Et maintenant ? lança Gaston. Que faisons-nous ? On appelle la police ? On explique que le pauvre homme a vu le diable et que pour le soulager, on a mis fin à ses souffrances ?

— Je ne pense pas que ce soit une bonne idée, intervint Gordon.

— Et pourquoi donc ? Vous avez peur de la prison, monsieur le magicien ? se moqua méchamment Gustave.

— Basile a raison trancha Alice. Nous n'avons pas le temps. Ce sont les scientifiques que nous devons avertir en priorité. Ils sont en danger. Comme ils se retrouvent ce soir, c'est une parfaite occasion pour l'assassin d'achever sa sinistre besogne.

— Mais, Alice, de quoi parlez-vous ? demanda Gaston, perplexe.

La journaliste raconta aux jeunes hommes sa rencontre avec Flammarion, sa visite à Vincennes et tout ce qu'elle avait appris de l'ingénieur. Devant leur air choqué, elle promit des excuses pour plus tard. Gustave enchaîna sur ses propres découvertes : le tatouage de chouette, les Compagnons de la lumière et ce qui l'avait amené à s'intéresser à Janus Béranger. Il résuma pour Gaston et Basile, restés muets et bien surpris que leurs compagnons aient tant découvert, en si peu de temps :

— Si je comprends bien, une bande de scientifiques étudiant le spiritisme avec des méthodes d'expérimentation discutables et peu éthiques ont accidentellement causé la mort d'une médium. Quelques mois après, celle-ci aurait décidé de revenir de l'au-delà pour se venger d'eux...

Et il éclata de rire, conscient de l'absurdité de ses paroles.

— Vous vous rendez compte, je l'espère, de l'énormité de cette histoire ? Au mieux, la police nous rira au nez, au pire, elle nous enverra à la Salpêtrière... Mais cela vaut tout de même le coup d'essayer de les convaincre. Quant à vous, Alice, ne me dites pas que vous avez changé de camp ? Vous me paraissiez si... rationnelle ! Si nous enlevons cette histoire de spectre et il nous reste un crime, un suicide et un mort par légitime défense d'un homme écrasé par le poids de la culpabilité, qui avait des hallucinations. C'est trop léger pour parler d'une vengeance de l'au-delà, vous en conviendrez. Et surtout, nous n'avons aucune preuve.

— Les mains ? rappela Alice. Une dans la poche de la première victime, la seconde aussi, et la troisième, c'est elle qui les avait fabriquées. Je veux bien admettre que mon esprit vagabonde, mais ce ne peut être des coïncidences.

Gustave toussota, et reprit :

— Spectre ou non... Je suis persuadé qu'il y a une intention derrière ces morts. Toutes les victimes ont un point commun : celui d'appartenir à la même confrérie scientifique, d'avoir travaillé sur le même projet de recherche et d'être responsable de la mort d'une jeune femme. Quelqu'un ou quelque chose tire les ficelles. Et ne me faites pas dire que c'est de l'au-delà ! Nous devons découvrir qui est à la tête de l'organisation pour enrayer cette mécanique infernale. Mais pas sans la police pour nous aider.

Il se tourna alors vers Basile Gordon, intrigué :

— Et vous, l'Américain, qu'en pensez-vous, vous n'avez rien dit ?

— Qu'ajouter face à cette perspicacité ? Mais si un être surnaturel ou de chair et d'os est derrière ces cadavres, il est plus qu'urgent d'avertir les autres chercheurs.

— Et moi je pense que nous devons avertir l'inspecteur Lazard de ce que l'on a découvert, même si c'est dur à croire, il faut les convaincre, assena Gustave.

— Faire les deux, ce n'est pas incompatible, proposa Alice. Monsieur Gordon et moi irons au Palais de l'électricité mettre en garde les scientifiques, et vous, avec Gaston irez au commissariat pour les convaincre de nous rejoindre. C'est de loin, la meilleure chose à tenter.

Les trois hommes se jaugèrent, leurs regards empreints de tension. Ils acquiescèrent gravement, Gustave à contrecœur. Pourtant, il reconnaissait l'astuce de l'idée, qui semblait convenir à tous. Néanmoins, laisser Alice seule avec Basile le tourmentait. Et puis, devait-il vraiment être jaloux ? Après tout, un Américain était bien trop exotique pour une femme convenable, n'est-ce pas ? De surcroît, deux journalistes auraient plus de poids qu'un simple magicien pour convaincre l'inspecteur de police d'une histoire aussi abracadabrante. Et lorsque cet inspecteur était Lazard, connu pour sa nature bornée et sa méfiance envers la presse, ils ne seraient pas de trop. Surtout que Lazard ne pouvait avoir oublié l'épisode désastreux des catacombes impliquant les Compagnons de la Lumière. Gustave avait brièvement envisagé d'envoyer Alice, mais il connaissait la misogynie du policier. Jamais il ne croirait une femme. Elle aurait été bonne pour un séjour à l'asile de la Pitié.

Alice, impatiente, demanda à Basile Gordon de récupérer leurs affaires dans le vestibule. Ils entreprirent de trouver un fiacre pour se rendre à l'Exposition. La tâche s'avéra ardue à cette heure de la journée, car la douceur du soir incitait de nombreux Parisiens à dîner au restaurant, à applaudir un spectacle au cabaret ou à assister à une pièce de théâtre. Bien sûr, certains profitaient également des attractions nocturnes de l'Exposition. Cependant, la chance leur sourit. À peine débarqués sur le boulevard, ils trouvèrent un fiacre libre... Restait à arriver rapidement à destination, ce qui n'était pas gagné compte tenu de la circulation. Les chevaux avançaient au pas, tandis que les voitures restaient parfois bloquées pendant de longues minutes. Dans l'habitacle, l'ambiance était morose et empreinte de suspicion. Chez Béranger, Gaston s'apprêtait à sortir lorsque Gustave l'arrêta.

— Avant de partir, nous devrions redescendre fouiller un peu le bureau, non ? Peut-être y trouverons-nous des dossiers, des notes sur ces expériences. N'importe quoi qui pourrait appuyer nos dires et nous aider à convaincre Lazard de protéger les deux scientifiques restants.

— Tu sais que j'aime travailler avec toi ! reconnut Gaston.

Mais en descendant les marches de la cave, les journalistes hésitèrent. Non qu'ils aient peur des fantômes – quoique –, mais tous deux appréhendaient un peu de retourner dans la petite pièce où le cadavre défiguré de l'ingénieur les attendait, baignant dans une mare de sang... La fierté masculine l'emportant toujours et aucun d'eux ne renonça. Dans le bureau mis à sac, ils commencèrent par recouvrir le corps d'un rideau arraché dans le salon et se mirent à examiner les feuilles éparpillées, les dossiers et les livres tombés à terre. Définitivement, il n'y avait rien d'intéressant.

— Je n'en reviens pas qu'un homme seul ait pu renverser cet endroit, si rapidement et avec sa propre force, fit remarquer Gustave.

— Dans certains cas la peur ou la terreur pure peut décupler les forces physiques, expliqua Gaston.

— Je ne sais pas ce qui ne le poursuivait ni ce qu'il a cru voir mais cela devait vraiment être terrifiant.

— Tu sais, poursuivit Gaston pour alléger l'atmosphère, un homme seul enfermé à clé dans une pièce sans fenêtre qu'on découvre à moitié mort... Ça, c'est un sacré sujet ! Ça pourrait même faire un bon roman... Avec un titre ronflant et bien énigmatique du genre *« Le mystère du bureau jaune » !*

— Tu veux écrire des romans, maintenant ? Le journalisme ne te suffit plus ?

— J'avoue que l'idée me séduit. Un romancier a bien plus de liberté qu'un chroniqueur. Il n'est pas obligé de s'en tenir aux faits...

Gaston s'interrompit et désigna les débris du bureau à Gustave. D'une joue du meuble à moitié cassée dépassait une enveloppe bleue. Boisyvon s'approcha.

— Ce devait être une double paroi, commenta-t-il en examinant l'orifice, un compartiment secret. Comme il y en a tant. Nous aurions dû y songer plus tôt !

Gustave en sortit délicatement une grosse enveloppe et entreprit de la décacheter.

— Ce sont des comptes rendus de leurs expériences... Écoute ça, Gaston.

Aujourd'hui, le sujet a réussi à produire un ectoplasme. La substance qui semble mi-gazeuse mi-solide est sortie de sa bouche et a pris la forme d'une main... Ce sujet est exceptionnel.

— Et plus loin...

Nous avons tenté une expérience pour voir si l'électricité parvenait à augmenter la force des manifestations spirites produites. Malheureusement, nous n'avons pu la mener à terme : le sujet est décédé accidentellement au cours de l'expérience.

— Tout y est... Les preuves de leurs méfaits et leurs intentions ! Lazard fera déployer sa brigade en un rien de temps. Et nous remonterons dans ses bonnes grâces.

Gustave continuait de tourner les pages presque sans rature.

Il s'interrompit, livide.

— Qu'y a-t-il ? s'inquiéta Gaston.

— Non, non...

— Gustave ? Qu'y a-t-il ?

— C'est un cauchemar, répondit le journaliste, très ébranlé à mesure que sa découverte se confirmait.

— Tu m'effraies, bredouilla Gaston.

Son ami releva la tête, l'air effaré.

— La médium de leur expérience infernale...

— Eh bien quoi ? s'impatienta Gaston. Tu la connais ?

— Hélène Gordon. Elle s'appelait Hélène Gordon. Le même nom que ce satané magicien ! Tout fait sens, poursuivit-il, paniqué. Il a abattu Béranger pour son silence. Il a les moyens d'éliminer ceux qu'il considère responsables de la mort de cette femme. Une femme ? Une amie ? Une sœur ? Une fille ?

Gustave sentit ses jambes chanceler. Un seul prénom lui vint, un seul son sortit de sa bouche.

— Alice.

Et il sortit en trombe.

Chapitre 31

19 h 30, Vincennes

Dans le fiacre qui les emmenait, lui et Alice, vers l'Exposition, Basile Gordon était contrarié. La jeune journaliste assise à ses côtés était quant à elle silencieuse, sans doute plus sonnée par les derniers événements qu'elle ne l'avait montré. La mort horrible de Béranger la hanterait longtemps. Mais cela arrangeait l'illusionniste de ne pas jouer les mondains à devoir faire la conversation. Ruminer ses pensées suffisait, bercé par le cahot de la voiture avec le brouhaha de la rue pour mélodie. À cause de ces fouineurs de journalistes, lui, le Grand Basilic, était obligé de bâcler la fin du plan.

Ce plan qu'il avait minutieusement imaginé, des mois durant, un plan élaboré dans les moindres détails pour venger Hélène, sa sœur. Elle méritait que ses assassins paient le prix le plus élevé que Basile pût réclamer. Et maintenant, il allait devoir improviser. Ce qu'il détestait par-dessus tout ! Pour lui, un crime c'était comme un numéro de magie. Il fallait penser au moindre détail, anticiper le moindre imprévu. Faire un grand spectacle. Et cette situation, il ne l'avait pas vu venir.

Cinq ans plus tôt, sa sœur Hélène, avec laquelle il entretenait une relation fusionnelle depuis la disparition de leurs parents, avait pris une décision impulsive : elle s'était envolée pour Paris afin d'y suivre des cours de peinture. Elle prétendait étouffer à ses côtés, asphyxiée par leur lien trop étroit, et elle brûlait de découvrir le monde. Un rêve d'enfant, ignorant les dangers qui rôdaient. Lui, en proie à la colère et à l'inquiétude, avait assisté impuissant à son évasion. Sans un mot, elle avait embarqué sur un navire à destination de l'Europe pendant qu'il sillonnait les États-Unis en tournée avec son mentor, Houdini.

À son retour, elle avait déjà pris le large. Il avait compris qu'elle cherchait à échapper à sa propre malédiction. Car Hélène était spéciale, dotée d'un véritable don de médium, bien loin des charlatans qu'il s'acharnait à démasquer. Elle communiquait réellement avec les morts, produisant même des ectoplasmes. Mais ce pouvoir, aussi terrifiant qu'il fût, avait un prix. Les visions cauchemardesques la hantaient régulièrement, et elle sombrait parfois dans des absences incontrôlées, plongeant dans une transe inquiétante. Ces épisodes pouvaient la saisir n'importe où, et plus d'une fois il l'avait retrouvée inanimée sur le sol de leur appartement. Elle était trop fragile pour supporter les messages venus de l'au-delà. Les médecins avaient évoqué des troubles mentaux, des crises d'épilepsie, mais lui connaissait la vérité : elle possédait un don puissant. Elle rêvait même d'événements avant qu'ils ne se produisent – des catastrophes, des accidents, des morts violentes. Et toujours, ces défunts, ces âmes désincarnées qui la tourmentaient et la faisaient sombrer dans la folie.

Malgré la distance, Hélène n'avait pas rompu le lien qui les unissait. De temps à autre, elle lui envoyait de courtes lettres, le rassurant sur sa santé. Au début, il avait envisagé de la rejoindre en France, de monter à bord d'un navire pour la retrouver. Mais au fil des missives, il avait renoncé. Aussi douloureux que cela fût, il avait dû se rendre à l'évidence : elle semblait plus apaisée loin de lui, et ses visions s'étaient atténuées. Il avait espéré que sa nouvelle vie trépidante à Paris la guérirait. Puis, il y a un an, plus rien. Au début, il n'avait pas paniqué. Peut-être avait-elle rencontré un Français et vivait-elle un amour passionné au bord de la Seine. Après tout, Paris était la capitale du romantisme. Mais à mesure que les jours passaient sans nouvelles, il s'était convaincu du pire. Il avait organisé un voyage en France pour la retrouver. À Paris, il avait commencé par se rendre à l'adresse indiquée dans

Quant à d'Estorves, sa chute avait été aisée. Gordon s'était glissé dans son appartement déserté par la famille et la domestique du mathématicien. Il avait mêlé à son café moulu une drogue hallucinogène, du peyotl, découverte lors d'un voyage au Texas. Ce petit cactus sphérique, légèrement bleuté, abritait en son sein une fleur rose qui éclosait trois jours par an, laissant place à un fruit écarlate renfermant de minuscules graines noires. Il ne fallait pas se fier à son apparence inoffensive : ces graines recelaient un pouvoir hallucinatoire puissant. Les Indiens locaux en consommaient pour prédire l'avenir, communiquer avec les esprits et vivre des visions intenses, souvent terrifiantes, de l'au-delà. D'Estorves, rongé par la culpabilité, devait être hanté par des horreurs liées à Hélène. Pour s'en assurer, Gordon avait recréé le spectacle du spectre et des fumigènes, disposant même près de l'entrée deux moulages de mains imprégnés d'une capsule de sang... L'effet avait été saisissant. Sa mise en scène avait fonctionné au-delà de ses espérances. Terrorisé, l'homme s'était jeté par la fenêtre de son immeuble, laissant en guise d'avertissement quelques moulages.

Puis cette journaliste s'était immiscée dans ses affaires. Sur la piste du troisième complice grâce à Flammarion, Gordon avait accompagné Basile pour tuer l'homme, après avoir entendu de sa bouche le nom du cinquième expérimentateur manquant. Il avait évité de justesse qu'Alice ne révèle son nom à l'ingénieur, qui aurait inévitablement fait le lien avec Hélène. Pour intoxiquer le professeur, Gordon avait glissé du peyotl dans sa citronnade, espérant que les crises hallucinatoires l'emporteraient vers la mort. Malheureusement, ils étaient tombés sur Gustave et Gaston en sortant. Gordon avait dû trouver un prétexte pour achever Béranger d'une balle dans la tête. Si les journalistes l'avaient maîtrisé, il aurait été hospitalisé et les médecins auraient découvert qu'il avait été drogué.

Restaient Philippe de Pierremont et le professeur Théodore Crapieux pour que sa vengeance s'accomplisse. Gordon imaginait un final grandiose, avec une nouvelle apparition du spectre vengeur les éviscérant en public. Mais à cause d'Alice, Gustave et Gaston, il se retrouvait contraint de les abattre froidement dans leur laboratoire. Un gâchis pour des hommes méritant de mourir dans d'atroces souffrances, exposés au monde. Et puis Alice... Que faire d'elle ? La tuer et la faire disparaître ? Non, elle n'était pas responsable du sort d'Hélène. Gordon ne se considérait pas comme un vulgaire assassin, mais comme le grand Basilic, un justicier brandissant le glaive d'une justice divine défaillante.

Il comblait les lacunes de la police, incapable de retrouver sa sœur et de châtier les coupables. Alice, innocente et diablement attirante, semblait loin d'être indifférente à son charme magnétique. Cette manière de le regarder, de succomber à son aura naturelle, avait quelque chose de captivant. Si les circonstances avaient été différentes, peut-être aurait-il envisagé de la séduire et de l'emmener aux États-Unis. Une femme aussi intelligente, forte et déterminée ne courait pas les rues, même à New York. Mais comment l'épargner tout en accomplissant sa vengeance ? Son bateau quittait le port dans quelques jours ; peut-être pourrait-il l'enlever et la retenir captive jusqu'à son départ. Une idée folle, semée d'embûches, mais pourquoi pas ? Une femme aussi perspicace qu'elle comprendrait son combat, et elle avait toute sa place dans ce nouveau monde où talent et persévérance ouvraient toutes les portes...

Quant à Alice, elle était plongée dans d'autres réflexions. Les récents événements avaient ébranlé sa confiance en sa carrière. L'enthousiasme initial s'était évanoui. Rencontrer des célébrités pour rédiger des articles, couvrir l'actualité, c'était une chose. Assister à un meurtre en était une autre. L'idée du danger pouvait être excitante, mais quand il vous touchait de près, c'était une tout autre histoire. L'image de Béranger, la tête en partie détruite, la hantait. Malgré son courage, elle n'était peut-être pas faite pour de telles horreurs. Par fierté, elle avait réussi à garder son calme devant les trois hommes, mais cela lui avait coûté. Si elle avait suivi son instinct, elle aurait fui cette maison d'horreur pour oublier le spectacle macabre auquel elle avait assisté. Et puis, le geste de Gordon l'avait déconcertée. Certes, Béranger n'était pas dans son état normal, mais il n'aurait jamais tiré sur eux, elle en était convaincue. Il ne les visait pas, il voyait autre chose – sans doute des visions, réelles ou imaginaires, du spectre de la médium assassinée. Il était confus, terrifié, tout se passait dans sa tête. Malade, certes, mais cela ne justifiait en aucun cas qu'on l'abatte comme un chien. Elle savait que les Américains avaient la gâchette facile, mais elle n'aurait jamais imaginé cela de Gordon. Le magicien l'avait effrayée par son impulsivité. Et cela ne lui ressemblait pas. Pour être illusionniste, il fallait maîtriser ses émotions, garder son sang-froid. À croire qu'il avait tout calculé, qu'il avait délibérément abattu l'ingénieur. C'était incompréhensible. Plus elle y pensait, plus cela lui paraissait étrange. Cet homme, pour qui elle éprouvait une certaine attirance, la répugnait désormais, voire la terrifiait. Il semblait dénué de tout remords pour son acte abject. Elle avait même cru déceler une lueur de satisfaction dans ses yeux. Qui était-il vraiment ? En fin de compte, elle ne le savait pas.

— Vous disiez ? dit-elle soudain, imaginant qu'il lui avait parlé.

— Oh, rien, je pestais contre cette maudite circulation qui nous retarde. Nous sommes encore loin de l'entrée de l'Exposition ! Vous connaissez l'Amérique ? lui demanda-t-il soudain.

— Non, reconnut la jeune femme qui n'a jamais quitté la France. Je n'en sais que ce que j'en ai lu : une terre encore sauvage, une nation en construction fédérée en états où l'on peut facilement faire fortune et où la chance sourit aux audacieux.

— Vous savez l'essentiel. La vieille Europe et ses colonies tiennent encore la dragée haute au monde, mais je vous parie que dans quelques années, les États-Unis la surpasseront sur tous les plans.

— Je vous fais confiance, répondit la journaliste, bien que cette conversation géopolitique l'ennuyât. Elle avait d'autres préoccupations en tête et se répétait en leitmotiv : pourvu qu'on n'arrive pas trop tard...

Le fiacre les déposa enfin à la porte Binet, place de la Concorde, l'entrée de l'Exposition. L'arche monumentale surmontée d'une grande coupole et encadrée de deux minarets resplendissait sous les projecteurs avec ses drapeaux et ses cabochons jaune, vert et bleu. Mais ni Alice ni Basile n'avaient le temps de les admirer. Au pas de course, ils s'acquittèrent du franc demandé au guichet et pénétrèrent sur le site. De l'allée principale, ils bifurquèrent vers la rue de l'avenir, le trottoir roulant installé sur trois plateformes à 7 mètres de hauteur. En pressant le pas et en slalomant entre les utilisateurs courroucés, il leur permit d'arriver à la tour de Monsieur Eiffel en moins de 20 minutes. Pour accéder au Palais de l'électricité, ils durent contourner le champ de Mars, celui-ci étant exceptionnellement occupé par les essais d'un grand ballon captif gonflé à l'hydrogène, avant sa mise en service sur le site de Vincennes pour les épreuves olympiques qui commençaient mi-juin. Cela faisait une attraction supplémentaire pour les visiteurs de l'Exposition. L'immense toile blanche reliée à une nacelle était pour le moment prisonnière d'un filet retenu au sol par quatre grosses cordes et bougeait, au gré du vent, comme si elle voulait s'échapper pour dépasser en hauteur la tour de métal qui sommeillait à ses côtés. L'image d'une gigantesque méduse géante prise dans les filets d'un pêcheur surgit dans l'esprit d'Alice. Que la mer lui manquait ! Elle n'eut toutefois pas le temps de s'appesantir sur ses relents nostalgiques : Basile l'entraîna vers l'entrée du Palais. À l'accueil, Alice demanda à voir Philippe de Pierremont, prétextant un rendez-vous fictif. La jeune femme au comptoir l'examina avec un sourire en coin, pensant certainement que le directeur s'était offert les services d'une demi-mondaine pour la soirée. Le petit cachottier ! Comme à son habitude, elle ne manquerait pas de le rapporter à tout le palais ! L'employée lui indiqua le bureau, au fond du bâtiment. D'après Béranger, c'était là que se trouvait le laboratoire. Basile, dissimulé derrière Alice, lui emboîta le pas en la voyant prendre l'allée principale entre les puissantes turbines qui déversaient leur bruit infernal. La porte en bois devant laquelle ils arrivèrent était verrouillée. Basile sortit un passe-partout de sa poche, fit signe à Alice de faire le guet tandis qu'il opérait. Quelques secondes plus tard, la porte s'ouvrait. Ils entrèrent dans le laboratoire.

Alice avisa les étagères où s'alignaient les verres et les bouteilles que Pierremont réservait à ses visiteurs de marque.

— Janus nous a dit que l'entrée était derrière... Il doit donc y avoir une porte dérobée.

— Laissez-moi faire, dit Basile en l'écartant pour tirer le meuble.

Vexée, Alice inspecta le bahut.

— Rien à faire, il ne bouge pas, pesta Gordon, essoufflé par l'effort.

Pendant que le magicien essayait de lui faire une démonstration masculine de force brute, Alice, sur la pointe des pieds, cherchait à tâtons un autre mécanisme d'ouverture. Un homme de la stature de Pierremont, qui rassemblait des scientifiques éminents, ne manquerait pas d'ingéniosité pour développer ce type d'ouverture. Elle jubila dès lors qu'elle sentit un bouton sous ses doigts. Elle appuya dessus. Le « clic » se fit entendre.

— Réessayez de tirer le meuble maintenant, ça devrait aller beaucoup mieux, se moqua-t-elle à l'intention de Basile. Parfois l'esprit surpasse la force, vous ne trouvez pas ?

L'illusionniste lui jeta un regard mauvais. Apparemment, il n'appréciait pas les traits d'esprit. Il tira et le vaisselier pivota, dévoilant un escalier qui s'enfonçait dans les profondeurs du Palais.

Alice fit un pas vers la première marche, Basile s'interposa.

— J'irai seul. C'est dangereux, et nous arrivons certainement trop tard. Vous me remercierez de vous épargner un spectacle macabre.

— Enfin... Nous ignorons s'il est trop tard ou non. Et...

— Et s'ils sont encore en vie, l'interrompit l'illusionniste, je pense que j'aurais plus de chance de les convaincre de venir se livrer à la police.

Même si elle reconnaissait la pertinence de son argument, cela l'énerva, surtout de la part d'un homme qui, jusque-là avait semblé la traiter – pour une fois – sur un pied d'égalité. Mais devant l'urgence de la situation, Alice capitula. Elle se détourna sans ajouter un mot et le laissa descendre.

Pour Gordon, l'heure de la vengeance avait sonné.

Chapitre 32

21 heures, sous-sol du Palais de l'électricité, Exposition universelle, Paris

Le magicien retint son souffle, dissimulé dans l'ombre du couloir. Le plan était simple, mais il savait que l'exécution serait cruciale. Les deux hommes restants ne pouvaient échapper à son numéro macabre. Même s'il n'avait pu leur administrer une dose de son hallucinogène, ils seraient confrontés au spectre terrifiant de sa sœur, une terreur qu'ils n'oublieraient jamais. Gordon retira sa cape noire, ôta la doublure et fit apparaître un linceul blanc dans lequel il s'enroula. Son chapeau dissimulait un masque de femme effrayant, prêt à être enfilé. Il sortit deux petites boules de pulvérin du pommeau de sa canne, prêtes à être allumées pour créer un nuage de fumée théâtral. Oh, comme il aurait aimé pouvoir reproduire les moulages de mains flottants en l'air, comme chez d'Estorves ! Mais sans son matériel, c'était impossible.

Ainsi préparé, il descendit silencieusement les dernières marches et pénétra dans le laboratoire. La pièce était vaste, tapissée de carreaux de faïence noire. Des câbles électriques couraient le long d'un mur, alimentant sans doute les puissantes turbines du rez-de-chaussée. De l'autre côté, des appareils complexes étaient alignés, munis de cadrans, tandis qu'une paillasse de laboratoire était jonchée d'éprouvettes et de microscopes. Au fond de la pièce, trônait ce qui ressemblait à un siège : une grande chaise en bois équipée de sangles en cuir. Accroché au dossier, un casque métallique orné de pointes. Basile frissonna. C'était dans cet endroit froid et impersonnel que sa sœur avait trouvé la mort.

Le laboratoire semblait désert, mais soudain, une voix derrière lui fit sursauter le magicien.

— Je vous attendais, monsieur Gordon. Enlevez votre masque de pacotille, il ne vous servira plus maintenant.

Oh, ce timbre... Il le reconnaissait, et il lui paraissait impossible de l'entendre ici ! Lentement, comme dans un rêve, et par obéissance, Basile ôta son masque avant de se retourner. Gustave Boisyvon sortit de sous l'escalier, pointant un pistolet sur lui.

— Mais... comment ? s'exclama Basile, chancelant.

Gustave afficha un sourire triomphal.

— Moi aussi j'ai des tours que vous ne soupçonnez pas ! Quand j'ai su que c'était vous à l'origine de ces tueries, il fallait absolument que j'arrive avant vous au laboratoire pour contrecarrer vos plans. Et sauver, mon amie. Avec la circulation de ce soir, la seule solution était de passer sous terre.

— Sous terre ? rugit le magicien, incrédule. Par quelle diablerie... ?

— Avec Gaston, nous nous sommes rués dans une bouche de métro. La première ligne qui doit être inaugurée dans quelques jours passe heureusement par Vincennes. J'ai eu de la chance, en ce moment, ils procèdent aux derniers essais. Il m'a suffi de convaincre le conducteur d'une rame qu'il fallait que j'arrive à l'Exposition le plus rapidement possible. Ça m'a coûté mes derniers billets, mais cela valait le coup ; il ne s'est même pas arrêté aux stations !

— Mais... Vous deviez aller alerter la police...

— C'est ce que nous avons fait ! À l'heure où je vous parle, l'inspecteur Lazard doit être en route. Quand nous sommes arrivés ici, nous avons trouvé Philippe de Pierremont et Théodore Crapieux en plein travail. Nous leur avons expliqué la situation et menacé de les dénoncer pour le meurtre de la médium. Ils ont fini par accepter de partir avec Gaston trouver la police. Et moi, je suis resté pour vous attendre. Qu'avez-vous fait d'Alice ?

— Pas d'inquiétude, je ne comptais pas la supprimer. Elle est dans le bureau. Je ne voulais pas qu'elle me voie tuer ces deux savants... Je suis un gentleman. Soit, puisqu'il est trop tard pour sauver les apparences, que comptez-vous faire de moi ?

— Hormis vous livrer à l'inspecteur Lazard ? Rien. Vous êtes un meurtrier et ce sera à la justice de décider de votre sort. Vous lui expliquerez comment vous avez tué Dubois et d'Estorves, le reste ne m'intéresse pas.

— Vous mentez mal, monsieur Boisyvon. Au contraire, tout vous intéresse. Les détails sordides, les spéculations, les présomptions. Qu'allez-vous donc écrire demain ? Parler de ma jeune sœur, Hélène, que je suis venu venger ? Mais puisque vous êtes là, je vais vous raconter la suite, que cela ne s'oublie pas. Quand je suis parti des États-Unis, je ne savais pas ce qui lui était arrivé. Je n'avais que le nom de Dubois. C'est lui qui m'a tout avoué sous la torture et dénoncé ses complices.

Basile s'avança, l'air plus détendu.

— N'approchez pas !

— Je dois reconnaître que vous êtes malin, monsieur Boisyvon... Mais pas assez pour moi !

En disant cela, le magicien fit apparaître une flamme au bout de son doigt. Prestement, il enflamma ses capsules de poudre noire qu'il gardait dissimulée dans son autre main et les jeta par terre.

Les explosions surprirent Gustave qui tira au jugé, l'épaisse fumée l'empêchant de viser. Lorsque celle-ci se dissipa, Gordon avait disparu. Le temps que le journaliste reprenne ses esprits, le magicien était déjà à mi-parcours de l'escalier. À bout de souffle, il fit irruption dans le bureau devant une Alice stupéfaite.

— Vite, aidez-moi à refermer la porte ! ordonna-t-il en poussant le vaisselier.

Sans chercher à comprendre ce qui se passait, la jeune femme s'exécuta. Le magicien bloqua ensuite le meuble avec une chaise.

— Allez-vous enfin me dire ce qui se trame ? exigea la journaliste. Où sont les deux savants ? Pourquoi fuyez-vous ?

Au lieu de lui répondre, Basile la tira violemment par le bras.

— Venez, répondit Gordon, excédé. Nous verrons plus tard pour les explications !

Mais d'un geste brusque, elle se dégagea. C'en était trop ! Elle sentait que Gordon était inquiet. Lui, si calme et maître de lui d'habitude montrait un empressement qu'elle ne lui connaissait pas. Et pourquoi arborait-il cette cape en linceul ? Que voulait-il fuir ? Il commençait sérieusement à lui faire peur.

— Je ne bougerai pas d'ici avant que vous m'ayez expliqué de quoi il retourne, insista-t-elle, l'air butée et si loin du danger qu'elle encourait.

Gordon poussa un soupir, exaspéré. Elle était plus idiote qu'il ne l'avait imaginée.

— Puisque vous ne me donnez pas le choix...

D'un geste vif il fit apparaître le petit pistolet Remington dans sa main et Alice recula à la vue du canon. Étrangement, elle n'avait pas peur. C'était plutôt la stupéfaction qui dominait. Dans la précipitation, Gordon sortit une cordelette avec un nœud coulant d'une de ses poches et le jeta à la jeune femme.

— Passez vos mains dans le nœud ! Sachez que je n'ai plus rien à perdre et que je n'aurai aucune hésitation à tuer. Vous le comprenez, n'est-ce pas ?

— Mais pourquoi faites-vous cela ? protesta la journaliste en obéissant, terriblement maîtresse de ses émotions.

— Si je vous proposais un voyage, un long voyage ? Qu'en diriez-vous ? Je vous emmène avec moi et nous aurons le temps de nous connaître. Je vous assure qu'une fois que vous saurez toute l'histoire, vous me comprendrez, vous me soutiendrez, même.

Acculé, obligé de fuir, le magicien n'avait pu se résoudre à se débarrasser de la jeune femme. Sentimentaliste ? Idéaliste ? Elle lui rappelait surtout sa sœur, Hélène, et il éprouvait le besoin, presque viscéral, de l'arracher à la France. Il était persuadé qu'elle finirait par comprendre... Et peut-être même par l'aimer.

Alice, incrédule, s'exécuta tant bien que mal. Basile s'approcha d'elle et tira sur la corde pour s'assurer qu'elle emprisonnait suffisamment les mains de la jeune femme. Il devait accélérer. Boisyvon ne tarderait pas à reprendre ses esprits et il était assez fin pour deviner comment dégager le vaisselier. Gordon s'empara d'un foulard au fond de sa poche et l'enfonça dans la bouche de sa captive, non sans efforts.

— Ce sera mieux comme cela. Vous n'aurez pas la tentation de crier.

Alice n'y comprenait rien. Que lui arrivait-il ? Cet Américain était fou !

Des coups donnés depuis la porte fermée du laboratoire résonnèrent dans la pièce.

— Il n'y a plus de temps à perdre, il faut y aller, dit Basile en traînant Alice.

Pour le moment, Alice était coincée, à la merci du fou furieux. Le mieux à faire était d'attendre la meilleure occasion de s'échapper, ne pas contrarier la démence de cet homme.

Ils quittèrent le bureau et empruntèrent l'allée centrale. Les rares visiteurs encore présents à cette heure tardive s'écartèrent sur leur passage, effrayés par le magicien qui traînait la jeune femme derrière lui. L'arme braquée sur eux les dissuadait d'intervenir et les incitait à chercher refuge derrière les machines. Tandis qu'il marchait, le cerveau de l'illusionniste tournait à cent à l'heure. Il devait impérativement trouver un moyen de se dégager de ce piège. Le journaliste ne tarderait pas à s'échapper du laboratoire et à se lancer à sa poursuite. Et puis, il y avait la police. Si Gustave disait vrai, elle ne tarderait pas à arriver. L'urgence était de quitter le site de l'Exposition universelle sans être appréhendé. Si seulement il pouvait disparaître ou s'envoler dans les airs...

Ensuite, il trouverait bien un moyen de rejoindre un port et d'embarquer avec Alice sur un navire, quitte à la droguer et à la confiner dans une malle pour préserver ses projets. En sortant du Palais, la solution s'imposa à lui sous la forme d'une gigantesque toile blanche dressée fièrement devant eux : le ballon captif ! Complètement insensé, mais la meilleure et unique chance de s'en sortir.

Basile accéléra le pas en direction de sa porte de sortie. Alice le suivait tant bien que mal, gémissant. Son ravisseur ouvrit une barrière délimitant la zone de décollage et se dirigea droit vers la première corde du filet retenant le ballon captif. S'agenouillant près du cordage, il sortit un grand couteau de chasse qu'il portait à la ceinture et entreprit de le trancher. La corde tendue claqua dans l'air. Le magicien se releva et fit de même avec la deuxième et la troisième corde. Ils devraient courir rapidement jusqu'à la nacelle lorsque la quatrième céderait. C'était jouable. Alors qu'il s'apprêtait à s'attaquer à la deuxième corde, un homme à l'allure débraillée, casquette vissée sur le crâne, surgit en hurlant.

— Vous êtes fou ? Où croyez-vous être ? Vous ne voyez pas que c'est une zone interdite... Dégagez de là !

Gordon en conclut qu'il s'agissait du gardien chargé de surveiller le ballon ; les essais devaient sans doute reprendre le lendemain. À cette heure-là, il était seul et somnolait probablement avant d'être alerté par le bruit des cordes. Le magicien pointa son pistolet vers l'homme à la casquette, ce qui le fit taire aussitôt. Basile se dit que, pour ce qu'il devait gagner, il ne risquerait pas sa vie à tenter de l'arrêter.

— Si vous tenez à la vie, vous détacherez cette dernière corde lorsque nous serons dans la nacelle du ballon ! menaça Gordon. Je vous préviens, je suis tireur d'élite. Même de là-haut, je n'aurai aucun mal à vous loger une balle dans la tête.

— Mais vous êtes fou ! s'écria le gardien. Il va s'envoler !

— Mais là est tout le projet ! N'oubliez pas, si vous tenez à la vie : à mon signal, coupez la corde !

Basile et Alice s'éloignèrent vers le centre de la zone, non sans avoir jeté le couteau au gardien, qui le ramassa en tremblant. Il n'en revenait pas : il allait participer, bien malgré lui, à un vol de ballon.

Abasourdie, Alice grimpa dans la nacelle en osier. Un cauchemar. Basile, à sa suite, délesta le panier de quelques sacs de sable et ordonna au gardien de trancher la dernière corde. Enfin libéré de son filet, le ballon s'éleva doucement dans les airs. Gordon pouvait souffler. Il avait réussi à s'échapper. Il ignorait combien de temps le vol pourrait durer ni où il allait l'emmener, encore moins s'ils s'en sortiraient vivants. Mais avec de la chance et des vents favorables, ils atterriraient dans un champ hors de Paris. Alice, prostrée au fond de la nacelle, avait réussi à enlever son bâillon et reprenait son souffle à grande goulée d'air pur.

Dès qu'elle aurait récupéré, elle espérait s'attaquer avec les dents à la corde qui lui entaillait cruellement les poignets et que Basile avait lâchée pour effectuer les premières manœuvres. La montée se poursuivait, inexorablement. Basile voyait le sol se rapetisser avec soulagement, les gens devenir fourmis. Il aperçut même Gustave Boisyvon sortant en trombe du Palais de l'électricité pour se précipiter vers la zone de décollage. Le journaliste n'avait pas mis si longtemps à trouver le mécanisme de la porte et s'échapper. Enfin assez longtemps pour manquer le grand départ. Derrière le magicien, Alice se releva tant bien que mal et aperçut Gustave courant sur l'herbe. Son cœur fit un bond dans sa poitrine. Cet homme avait changé sa vie, avait eu confiance en elle, l'avait aidé. Mais à présent, il était trop tard ; il ne pouvait pas la sauver.

La panique la submergea, mêlée à une profonde tristesse. Elle aurait voulu le remercier, lui dire combien il comptait pour elle, combien sa présence avait été un phare dans l'obscurité de ces derniers jours. Mais les mots se coinçaient dans sa gorge, étouffés par l'urgence de la situation. Elle le suivit des yeux, priant pour qu'un miracle survienne et lui permette d'échapper à sa destinée. Mais au fond d'elle, elle savait que c'était impossible. Gustave était un homme courageux, mais même les plus braves avaient leurs limites. Et cette fois-ci, elles étaient atteintes. Alice se détourna, les larmes aux yeux, et se prépara à affronter ce qui l'attendait à des dizaines de mètres de haut.

CHAPITRE 33

22 h 30, esplanade du Champ-de-Mars, Exposition universelle, Paris

Soudain, à une quinzaine de mètres au-dessus de l'esplanade, la nacelle chancela, stoppée nette dans son ascension. Alice retomba sur le bois du sol, à moitié assommée. Déstabilisé par la secousse, Gordon se rattrapa in extremis au bord du panier. Qu'est-ce qui avait pu ainsi les arrêter ? Nerveusement et tout en essayant de garder l'équilibre dans le réduit ballotté par les vents, il fit le tour pour essayer de voir ce qui les retenait au sol. Il aperçut une longue corde avec, à son extrémité, un grappin accroché à un piquet. Il sentit la colère monter. L'ancre ! Quel imbécile ! Il avait oublié de détacher l'ancre ! Certes, il n'était pas un expert en aérostats, et tout s'était passé rapidement, mais tout le monde savait qu'un ballon était équipé d'un grappin pour ralentir à l'atterrissage et s'amarrer. Comment avait-il pu l'oublier ? Et cet imbécile de journaliste profitait de son incompétence.

Gustave avait en effet entrepris de se hisser le long de la corde pour les rejoindre. Un fou, lui aussi.

— Et il progresse vite, le bougre ! commenta rageusement Basile.

Le magicien ramassa un sac de sable au fond de la nacelle et le jeta en direction de Gustave qui réussit à l'esquiver. Puis tout devint évident : il allait couper la corde pour que ce ballon puisse reprendre son envol. Il n'était pas à un meurtre près. Celui-ci serait peut-être même le plus savoureux. Le plus utile. Mais fouillant dans ses poches, Basile se maudit alors d'avoir laissé son couteau de chasse au gardien. Il n'y dénicha qu'un petit canif. Ce sera plus long mais ça fera l'affaire, se dit-il en reprenant espoir.

Malgré les rafales de vent qui chahutaient la nacelle et rendaient son équilibre précaire, Gordon réussit à se pencher vers la corde et entreprit de la sectionner. Alice, tanguant, reprenait ses esprits. Elle était ballottée, projetée de nouveau en arrière. Un peu, et elle passerait par-dessus bord. Puis elle aperçut la silhouette de Gustave, agrippé à sa corde. L'urgence et le drame qui se jouaient sous ses yeux la poussèrent à ronger frénétiquement ses liens. Elle devait se libérer. Maintenant. Et Gordon avait réussi à entamer la moitié de la corde. Gustave n'arriverait jamais à les atteindre. Alice redoubla d'efforts et tira furieusement sur les derniers fils qui cédèrent. Basile finissait son travail. Gustave allait mourir.

Dans un élan féroce, la jeune femme se redressa et se rua sur les jambes de Basile qu'elle souleva. Ce dernier, emporté par le poids de son corps, bascula dans le vide sans un cri. Quelques secondes plus tard, la tête de Gustave apparut. Alice l'aida à se hisser à l'intérieur de la nacelle, et tous deux s'écroulèrent sur le sol. Épuisés, terrorisés. Conscients de la mort qu'ils venaient d'effleurer. Gustave peina à se redresser.

Mais alors que l'adrénaline de la fuite s'estompait, les jeunes gens se retrouvèrent enfin. Leurs regards se croisèrent, mélange de soulagement et d'épuisement. Un instant, elle avait cru que le magicien avait emporté Gustave dans sa chute, mais il était là, vivant, à ses côtés. Ils étaient conscients de la mort qu'ils venaient d'effleurer, de la fragilité de leur existence suspendue dans les airs. Le ballon captif, témoin silencieux de leur évasion, flottait au-dessus d'eux. Gustave, le souffle court, contemplait Alice, les cheveux désordonnés par la course. Ses yeux brillaient d'une émotion qu'il n'avait jamais ressentie, il en était persuadé.

— J'ai cru ne jamais vous revoir..., murmura-t-il d'une voix rauque. Si quelque chose vous était arrivé, je ne me le serais jamais pardonné et...

Avant qu'il puisse finir sa phrase, Alice, submergée par ce désir qui la travaillait depuis leur première rencontre, l'interrompit. Elle prit sa tête entre ses mains et scella leurs lèvres dans un baiser presque passionné. C'était comme si le temps s'était suspendu, comme si l'urgence de leur situation avait décuplé leur besoin l'un de l'autre.

Puis, elle s'écarta et lui sourit d'un air mutin :

— Et moi qui rêvais d'aller en Amérique... Vous m'avez gâché le voyage ! J'espère que vous êtes content de vous, monsieur le journaliste !

Gustave la dévisagea, l'air bête. Il n'avait pas l'habitude qu'une femme prenne l'initiative d'un baiser. Il allait lui répondre, lorsqu'une rafale plus forte que les autres secoua le ballon. À force de tension, la corde le reliant au sol et grandement entamée par Gordon s'était rompue. Le ballon était libre et les entraînait au gré du vent, vers la Tour de Monsieur Eiffel, à proximité. Ils n'étaient pas tirés d'affaires. Le journaliste se remit debout et évalua rapidement la situation. Elle était tout bonnement catastrophique. Le ballon n'avait jamais été conçu pour être piloté. Ils pouvaient essayer de déchirer la toile pour que le gaz s'échappe mais ni Alice ni Gustave n'y connaissaient quelque chose. Ils allaient s'écraser. L'amateurisme ne pardonnait pas ; c'était la mort assurée.

Puis avisant le sac en toile dans la nacelle, Gustave eut un espoir.

— Alice, fouillez-le ! demanda-t-il à la jeune femme. Voyez si quelque chose peut nous servir !

La journaliste se précipita, en sortit des cordages et quelques outils. Rien qui leur sauverait la vie. Elle allait renoncer lorsque ses doigts agrippaient un dernier objet. L'ancre de rechange !

— Attachez un bout de la corde au grappin, intima Gustave. J'ai une idée. Elle est complètement folle mais...

— Ce ne serait pas la première du genre, sourit Alice pour masquer sa frayeur.

La jeune femme noua solidement la corde à l'ancre, la tendit au jeune homme qui s'en saisit et se pencha hors de la nacelle. Sur le champ de Mars, ça grouillait de monde. Une foule de curieux, une foule en apnée, s'était formée et regardait vers le ciel. Alice crut reconnaître leur ami Gaston, entouré d'hommes en uniforme.

Mais le ballon s'approchait de plus en plus de la tour, la frôla pour presque la dépasser. Ainsi Gustave attendit d'être au plus près de l'édifice de fer pour lancer l'ancre. Qui malheureusement rebondit sur l'armature. Le journaliste la remonta vivement pour un dernier essai. Ensuite, ce serait la fin.

Cette fois-ci, il eut de la chance. Le grappin s'accrocha à un montant. La corde paraissait solidement arrimée. Gustave la fixa à la nacelle et se tourna vers Alice.

— Ici, le vent est plus faible. Nous allons en profiter pour nous glisser le long de la corde.

— Certainement pas !

— Faites-moi confiance, Alice ! Croyez-moi que si nous avions eu le choix, j'aurais emprunté l'escalier, comme tout le monde.

— Je passe devant vous, Gustave. Si je tombe, vous me rattraperez bien, non ?

Elle lui lança un regard aussi désespéré qu'amusé. À cette heure, les émotions n'avaient aucun sens. Ce n'était pas tous les jours qu'elle se suspendait à une corde à des centaines de mètres au-dessus de la capitale. Cette ville qu'elle n'avait voulu quitter pour rien au monde, au point de mettre sa vie en péril, ici, maintenant, à la merci d'un homme qu'elle connaissait à peine. Elle inspira et, le plus naturellement du monde, déchira le bas de sa robe pour une meilleure aisance. Aidée par Gustave, elle enjamba le bord de la nacelle. Tenant la corde à deux mains, elle bascula dans le vide. C'était monstrueusement terrifiant. Par un mouvement de balancier, elle réussit à lancer ses jambes et à les bloquer sur la corde.

Loin du danger qui les prenait en otage, Gustave la regardait, admiratif. Alice commença à progresser lentement le long de la corde. Le journaliste abandonna à son tour la nacelle, priant pour que la corde tienne avec le poids de deux personnes. Il le fallait. Il la suivit dans la même position, en rampant à l'envers. La traversée sembla durer une éternité malgré la courte distance. La rugosité de la corde leur entaillait les paumes mais ils tinrent bon. Enfin, Alice décroisa ses jambes et parvint à poser le pied sur la tour. Bien calée, elle tendit la main à Gustave pour l'aider à la rejoindre. Enlacés ainsi sur la structure en fer, fouettés par l'air frais, ils dominaient à Paris. Ils prirent quelques instants pour contempler le paysage époustouflant qui leur était offert, là sur le toit du monde.

— Il va falloir penser à redescendre. Avez-vous déjà escaladé une tour de fer, Alice ?

— Non, mais j'ai passé mon enfance à grimper sur des rochers, à sauter par-dessus des ruisseaux, j'ai vécu en collocation avec vous, et j'y ai survécu ! Alors une petite tour ne me fait pas peur.

— En êtes-vous sûre ? J'ai presque envie de parier avec vous. Le prochain papier à la une du *Matin* pour le premier à rejoindre terre !

— Je suis prête à tout ! Vous prenez un risque, monsieur Boisyvon !

— Il faut parfois en prendre pour atteindre les sommets, mademoiselle Lekernec !

« Plus il est donné à l'homme de pénétrer avant dans ces mystères, plus son admiration doit être grande pour la puissance et la sagesse du Créateur ; mais, soit par orgueil, soit par faiblesse, son intelligence même le rend souvent le jouet de l'illusion ; il entasse systèmes sur systèmes, et chaque jour lui montre combien d'erreurs il a prises pour des vérités, et combien de vérités il a repoussées comme des erreurs. Ce sont autant de déceptions pour son orgueil. »

Allan Kardec, *Le Livre des Esprits*

Épilogue

Quatre mois plus tard, 12 heures, Palais de Justice, île de la Cité, Paris

— Dernier jour du procès des savants tueurs ! Édition spéciale ! Tous les détails des séances de torture d'Hélène Gordon ! Vivez les dernières heures de son supplice...

Assis à même le sol près d'une porte cochère, le petit crieur de journaux hurlait son texte à tue-tête tandis que les promeneurs déambulaient à côté de lui en cette belle journée de fin d'été. Certains lui jetaient négligemment une pièce, en échange d'un exemplaire du *Matin*. À quelques pas de là, Alice, Gustave et Gaston faisaient le pied de grue devant les grilles du Palais de Justice de Paris, sur l'Île de la Cité, comme des dizaines de leurs confrères. Le verdict du procès de Pierremont et Crapieux pour le meurtre d'Hélène Gordon allait tomber dans l'heure. On attendait plus que l'arrivée des prévenus, transférés de la prison de la santé au tribunal pour que les jurés se prononcent.

— À votre avis, demanda Alice à ses compagnons, ils sont bons pour l'échafaud ? Après tout ce qu'ils ont fait subir à cette pauvre jeune femme, ce serait mérité !

— Je n'en suis pas si certain, répondit prudemment Gustave, l'air grave. Pierremont et Crapieux sont deux sommités dans leur domaine, et ont les relations qui vont avec. Bardeau m'a confié qu'il ne se faisait guère d'illusions sur l'issue du procès. Acquittés, au nom de la science !

— J'abonde malheureusement dans ton sens, confirma Gaston. J'ai rencontré hier un collègue du Petit Parisien qui a réussi à les interviewer en prison. Les deux lascars sont plutôt optimistes sur leur avenir. Ils se voient déjà acquittés !

— Il faut dire qu'après les meurtres atroces perpétrés par le frère d'Hélène, ils font figure de victimes. L'avocat a plaidé l'accident par électrocution, non ?

— Mais ce serait une terrible injustice ! s'insurgea Alice.

— Vous savez, ma chère Alice, comme le disait Victor Hugo, « il se passera du temps encore avant que la justice des hommes ait fait sa jonction avec la justice », rétorqua Gaston.

S'impatientant, Gustave sortit de sa poche sa montre à gousset et la consulta.

— Déjà midi... Mais que font-ils ? Ils vont nous faire rater notre déjeuner, pesta le jeune homme. Figurez-vous, Alice, que j'ai prévu de vous emmener au Bouillon Chartier, votre préféré ! Et je sais déjà quel sera votre menu, comme à votre habitude : la saucisse au couteau des plus succulentes.

Alice le dévisagea d'un air glacial.

— Mais comment pouvez-vous songer à manger alors que deux hommes jouent leur vie, que dans quelques minutes nous saurons enfin le verdict de cet interminable procès !

— Vous ne cesserez donc jamais de vous chicaner ? intervint Gaston magnanime. Après tout ce qui s'est passé, je comprends votre impatience, mais moi aussi, je meurs de faim !

Alice allait lui lancer une réponse cinglante lorsqu'ils entendirent un terrible vacarme suivi de hurlements.

Les trois amis tournèrent la tête et aperçurent un attroupement au bout de la rue, à l'entrée du pont Saint-Michel.

Sans se concerter et pressentant un drame, ils se mirent à courir dans cette direction.

Il se passait quelque chose de grave.

Ils durent se frayer un chemin à l'entrée du pont, parmi les curieux regroupés qui bouchaient la vue. Le chaos. Des calèches étaient stationnées dans tous les sens. Une partie de la balustrade de droite avait disparu et des badauds affolés regardaient en direction de la Seine. Gustave fut le premier à arriver au garde-fou écroulé. Il regarda lui aussi dans l'eau et aperçu avec horreur le toit noir d'un fourgon en train de s'enfoncer au milieu de remous. Sa première pensée fut de plonger, mais Gaston le retint :

— Ce n'est pas la peine de risquer ta vie. Il n'y a plus rien à faire. S'il y avait du monde là-dedans, ils doivent être tous noyés.

En silence tous les trois regardaient médusés spectacle hypnotique du fourgon disparaître petit à petit dans les eaux noires. Autour d'eux, les commentaires allaient bon train. « C'est horrible », disait une dame tenant son ombrelle d'une main tremblante. « Une catastrophe », en disait une autre.

— J'espère que les policiers ont pu sauter avant l'accident, affirma une dernière.

Alice, Gustave et Gaston se regardèrent.

— Les policiers ? Quels policiers ?

— Ceux qui conduisaient le fourgon pénitentiaire. Vous ne suivez pas les actualités, mon brave ?

— C'est le fourgon qui amenait les sieurs Dubois et Crapieux, précisa un monsieur à leur droite. Vous savez, les scientifiques qui ont tué une femme en faisant des expériences...

— Mais que s'est-il passé ? l'interrompit Gaston.

— Vous ne lisez pas les journaux ? J'ai tout vu ! dit une vieille femme en robe de velours mauve. Au moment où le fourgon s'est engagé sur le pont, une dame a traversé devant lui, les chevaux ont paniqué, se sont emballés. Les bêtes sont devenues folles. Elles étaient terrorisées. Elles avaient bien le diable à leur trousse ! Elles se sont précipitées au galop vers la balustrade qui a cédé sous le choc et se sont jetées dans l'eau avec le fourgon qu'elles tiraient. Les conducteurs ont eu beau tirer sur les rênes, ils n'ont rien pu faire. Je n'ai jamais assisté à une telle tragédie !

— Mais qu'est-ce qui les as effrayés ainsi ? se renseigna Alice.

— Je n'en sais rien, je ne suis pas dans la tête d'un cheval !

— Une jeune femme, murmura un homme en tenant un petit garçon par la main. Le foulard rouge noué autour du cou de l'enfant contrastait avec son teint livide. Cependant, si je vous raconte ce que j'ai vu, vous risquez de me faire interner à Sainte-Anne avec les fous.

— Racontez, l'encouragea la jeune journaliste.

— Eh bien, quand le fourgon est arrivé, elle était face à lui, en plein milieu de la voie. J'ai pensé qu'elle était suicidaire ou qu'elle était ivre même ! Qu'elle voulait se faire écraser, peut-être ! Et puis c'est là que les chevaux ont commencé à hennir. Quand j'ai vu cela, j'ai poussé mon fils sur le trottoir.

— Et la femme, le pressa Gustave, elle a été renversée ?

— C'est le plus bizarre, mon brave monsieur ! Après l'accident, je me suis retournée pour vérifier où elle se trouvait, et la femme avait disparu. J'ai cherché partout pour m'assurer qu'elle n'était pas blessée, j'étais certain qu'elle avait été renversée, mais je ne l'ai pas trouvée. Elle aurait pu passer sous les roues du fourgon, pourtant rien. Même les témoins ne se souvenaient pas d'elle. Un véritable fantôme. Pourtant, je sais ce que j'ai vu.

— Vous rappelez-vous à quoi elle ressemblait ? demanda Alice, fébrile.

— Pour sûr ! Elle avait une allure étrange, presque surnaturelle, avec de longs cheveux noirs, un visage livide, un regard glacial. Et puis, elle portait une longue robe noire ! Même que je me suis dit qu'elle devait être en deuil.

— Vous souvenez-vous d'un autre détail ?

— Oui... Maintenant que vous me le dites, je crois que quand les chevaux sont arrivés sur le pont, elle a brandi un objet. Une sorte de sculpture ou quelque chose du genre.

Mais Alice ne l'écoutait déjà plus. Suivant son instinct, elle s'était précipitée au milieu du pont encombré de badauds. Elle se mit à genoux, chercha l'objet autour d'elle, parmi la forêt de jambes. Soudain l'aperçut. Il avait roulé contre un trottoir. Elle réussit à se frayer un chemin et le ramassa.

Deux jours plus tard

Les murs suintaient des larmes de sang. Autour d'Alice, des silhouettes éthérées flottaient, leurs corps déformés par une douleur indicible. Dans la pièce, une table de spiritisme comme elle en avait vu chez Camille Flammarion sur laquelle des dizaines de bougies étaient allumées. Leurs flammes vacillaient, faisant briller les murs poisseux sur lesquels se dessinaient des ombres fantomatiques démesurées, des ombres qui bruissaient de murmures sinistres.

Soudain, une main se matérialisa devant elle. Ses doigts translucides effleurèrent sa joue. Alice voulut crier. Rien ne sortit de sa bouche. La terreur la paralysait, son cœur battait à tout rompre. Les esprits jouaient avec elle. Les visions d'horreur se succédaient, oppressantes, jusqu'à ce qu'un hurlement de femme déchire l'air.

Trempée de sueur, le souffle court, la jeune femme sentit qu'on la secouait. Gustave la réveillait. Dans le lit en fer de l'appartement du boulevard Poissonnière, qu'Alice Lekernec n'avait pas quitté, le journaliste la prit dans ses bras.

— C'est fini, Alice, chuchota-t-il. Ce n'est rien. Tout va bien. Tu es à la maison.

Alice, encore à moitié dans son rêve, se blottit contre son épaule.

— Je l'ai vue, encore ! Je ne veux plus y penser !

— Avec ton article, cela me semble difficile. Tu nous as surpassés. Et ce n'est pas rien de le dire.

Gustave sourit, un œil sur la dernière édition du *Matin* dont l'article d'Alice avait fait la une. Bardeau, épaté par le récit des dernières minutes des meurtriers d'Hélène Gordon, avait remercié le Ciel – auquel il ne croyait pas – d'avoir eu l'exclusivité de l'accident... Et surtout le scoop qu'Alice lui avait rapporté. La jeune femme avait réussi à récupérer un objet étrange sur le pont, le moulage d'une main et l'avait fourré dans celle du rédacteur en chef. Elle lui avait promis un article sensationnel aux aurores et elle avait tenu parole. Un vrai coup de génie !

— Tu crois que c'était elle ? demanda Alice, encore troublée par son cauchemar.

— Non. Évidemment. L'affaire a fait tellement de bruit que n'importe quel mariole peut en faire son terrain de jeu et s'amuser à faire croire que son spectre existe vraiment.

— Ce regard glacial, cette main que j'ai trouvée...

— Toutes les femmes ne peuvent-elles pas avoir un regard glacial ? Est-ce que cela en fait des fantômes ? Allons, rendors-toi. Maintenant que Bardeau t'a à la bonne, tu as intérêt à prendre des forces : il va falloir lui fournir des papiers !

Gustave caressa délicatement les cheveux d'Alice, laissa sa tête reposer sur son épaule, attendit qu'elle ferme de nouveau les yeux. Soudain la porte de la chambre s'ouvrit à la volée.

Instinctivement Alice s'agrippa à Gustave alors que le jeune homme resserrait son étreinte. Un courant d'air froid balaya le journal sur la table de chevet, faisant tourner les pages jusqu'à celle qui affichait la photographie d'Hélène Gordon, que tous les journaux avaient surnommé « la Maîtresse des ombres ».

Remerciements

J'ai toujours un livre avec moi, quitte à déformer mes poches, au grand dam de mes proches. Plonger dans des mondes ou des tranches de vie imaginaires en m'émerveillant du style, de l'imagination et des mécaniques scénaristiques de certains auteurs m'a toujours fait du bien et rendu l'existence plus belle, plus légère. Lesquels ? me demanderez-vous... Je ne citerai que Leblanc, Leroux, Zweig, Vian pour les plus anciens, Brussolo, Grangé, Thilliez, Chattam, Giacometti-Ravenne, Lœvenbruck, Rollins, Preston-Child pour les plus récents. Mais il y en a bien d'autres qui m'ont happé au fil de leurs pages. Ma « came », ce sont les thrillers, les romans de science-fiction, fantastiques ou de fantasy. Ils m'ont toujours accompagné et ont été des bouées – peut-être dérisoires – dans la mer agitée des vicissitudes de la vie dans un monde que j'ai parfois du mal à comprendre.

Après avoir écrit la série de thrillers ésotériques sur Thomas Cazan chez City Éditions, je ne pensais pas reprendre la plume. Cela avait été une belle aventure de quelques années qui m'avait entrouvert les coulisses de l'édition et montré le parcours du combattant d'un auteur, le plus difficile n'étant pas d'écrire un livre mais de le faire éditer, puis de le faire vivre.

Et puis j'ai eu la chance de rencontrer Virginie. Cette jeune éditrice m'a séduit par son énergie, son enthousiasme et son projet un peu dingue de sagas historiques plus modernes s'affranchissant des genres. Le tout avec l'appui d'une prestigieuse maison d'édition. Chez Jeanne & Juliette, vous trouvez, en effet, aussi bien de la saga familiale et romanesque que du thriller, son pari étant de fidéliser un lectorat et de l'amener à découvrir d'autres types de romans autour d'héroïnes attachantes malmenées par les tourbillons de l'Histoire.

Il suffisait que le projet soit un peu fou et relève du défi pour qu'il me séduise et que je veuille en faire partie. C'est ainsi qu'est née Alice, jeune femme intrépide du début du siècle dernier, férue d'énigmes et de mystères. Ses aventures se dérouleront sur trois tomes, et peut-être plus si vous vous y attachez.

N'ayant pas la prétention de faire de la littérature et n'étant pas historien, j'ai voulu, avec Alice, rendre un hommage aux romans-feuilletons de cette époque et vous faire passer de bons moments de lecture en sa compagnie, lui faisant côtoyer des personnages historiques et vous faisant découvrir des thématiques ou des anecdotes oubliées... Alors que le début du XXe siècle s'enorgueillissait des avancées scientifiques et érigeait le Progrès en nouveau Dieu pour le bien-être de l'Humanité, le spiritisme connaissait son apogée. De nombreux intellectuels et scientifiques parmi lesquels Hugo, Flammarion, Curie, Conan Doyle se sont intéressés à ces phénomènes, cherchant à les étudier. Si vous souhaitez en savoir plus sur ces recherches, allez faire un tour sur le site de l'Institut Métaphychique international. https://www.metapsychique.org Cet institut, créé en 1919, mena un grand nombre d'études et d'expériences sur ces sujets. Notamment celles du Dr Gustave Geley dans les années 1920, utilisant la technique des moulages d'ectoplasmes, que j'ai repris dans ce roman.

Bien que l'écriture reste un plaisir solitaire, un roman est aussi une aventure collective et se construit au fil des jours par des rencontres. Ainsi, je tiens à remercier Fabien Bleuze, complice de toujours qui m'a permis de rencontrer Virginie et son équipe, et donc de me lancer dans cette folle aventure. Un grand merci à Didier Boisyvon, pour m'avoir prêté son patronyme, à Marc Fontaine pour sa documentation mais aussi à Philippe Baudoin qui m'a orienté vers Christian Chelman, spécialiste de la magie sous toutes ses formes et guide attentif et passionné. Je vous invite d'ailleurs à visiter son cabinet de curiosité à Bruxelles, consacré à l'Histoire surnaturelle : www.surnateum.com.

Un grand merci également à Jérôme Félix qui m'a mis en contact avec le dessinateur Jérôme Eho avec qui nous partageons l'amour des romans de gare et des univers pulp. Ses illustrations de quatre scènes de ce roman m'ont d'autant plus touché que c'est un peu un rêve de gamin que de voir mis en images des scènes sorties de mon imagination.

Merci aussi à Isabelle Brandon et Line, premières lectrices et chasseuses de coquilles et à mon fils Gabriel pour ses encouragements, ses idées et son imagination.

Il ne me reste plus qu'à vous donner rendez-vous pour la suite des aventures d'Alice qui vous réserve encore bien des surprises.

Mis en pages par DV Arts Graphiques à Saint-Nazaire,
cet ouvrage a été achevé d'imprimer
par Normandie Roto Impression s.a.s., à Lonrai
pour le compte des éditions Jeanne & Juliette
57, rue Gaston-Tessier – 75019 Paris
en septembre 2024

Imprimé en France
Dépôt légal : octobre 2024
N° d'édition : 1133 – N° d'impression : 2403279